U0723466

大鱼

有爱的青春陪伴者

正式官宣

Zhengshiguanxuan
Xihuanni

喜欢你

鹿尧

著

广东旅游出版社
GUANGDONG TRAVEL & TOURISM PRESS
中国·广州

图书在版编目（CIP）数据

正式官宣喜欢你 / 鹿尧著. — 广州 ：广东旅游出
版社，2022.1
ISBN 978-7-5570-2607-3

Ⅰ．①正… Ⅱ．①鹿… Ⅲ．①长篇小说－中国－当代
Ⅳ．①I247.5

中国版本图书馆CIP数据核字(2021)第189981号

正式官宣喜欢你
ZHENGSHI GUANXUAN XIHUANNI

鹿尧 / 著

◎出版人：刘志松　◎总策划：苏瑶　◎责任编辑：何方　◎责任技编：冼志良　◎
责任校对：李瑞苑　◎策划：蒋彩霞　◎设计：孙欣瑞　◎封面绘制：夏日的猫酷

出版发行：广东旅游出版社
地址：广州市荔湾区沙面北街71号
邮编：510130
电话：020-87347732
印刷：长沙鸿发印务实业有限公司
地址：长沙黄花工业园三号
邮编：410137
开本：880毫米×1230毫米　1/32
印张：9
字数：154千字
版次：2022年1月第1版
印次：2022年1月第1次
定价：39.80元

目 录 MULU

目 录 MULU

第一章
天将降大运于李大壮 /

"言哥,快注册个账号吧。"贾汀趴在祁言的床上,此刻正可怜巴巴地望着祁言,双手抱成拳前后晃动,一副招财猫的样子,"帮帮兄弟吧,求求你了。"

祁言靠在枕头上,连一个眼神都没施舍给贾汀,面无表情道:"不。"

"注册个账号就可以。"贾汀一副急得快哭了的表情,试探着想抓祁言的胳膊,被祁言一个眼神扫过后,又尿尿地缩回手,"动动指头就可以。"

这次祁言没有再说出拒绝的话,因为他已经自动屏蔽了贾汀。

贾汀眼巴巴地看着时间一秒一秒地逼近,再没多余的时间和祁言周旋,只好率先抛出诱饵:"你要帮我的话,李樱的事情,哥们儿帮你解决掉,怎么样?"

祁言眉头一挑,思索两秒后,将手机扔给了贾汀:"五分钟。"

"好嘞,哥。"贾汀忙不迭地接过祁言的手机,指尖在屏幕上飞快移动。

一顿操作猛如虎之后,贾汀点开安装好的软件,进入主播"青檬"的主页,然后讨好似的将手机递给祁言:"等直播开始的时候,你进去随便发条评论就可以。"

这是一个直播的活动,只要他这边人头够多,就意味着踩到狗屎

运的机会越大。

"嗯。"祁言接过手机，淡淡地应了一声。

贾汀的女神是"随播"平台里一位名叫青檬的主播，她歌声甜美动人，街舞更是跳得潇洒肆意，引发众人模仿的狂潮，还凭着抢眼的妆发吸睛，即使戴着口罩也不影响人气的飙升，仅用半张脸就征服了无数人，眼角一颗泪痣是其最鲜明的特点。

以上的信息，都是贾汀说的。

祁言对直播完全没有一丝兴趣，耐不住贾汀在耳边一直念叨着女神，耳朵都快被他磨出茧子，也就记下了这些。

"兄弟们，如果这次事成了，我就请大家吃大餐，餐厅随便你们选。"贾汀整个人都快要燃烧起来，由于过于激动，面部表情都狰狞起来，"拜托了各位！"

说是兄弟们，其实宿舍的李梁一开学就搬出了宿舍，如今除了贾汀，整个宿舍就只有祁言和王杨两个人了。

贾汀还在不断地念叨："希望是我，一定是我，最后是我！"

贾汀的超大分贝钻入祁言耳朵。祁言皱了皱眉头，嫌弃地翻了个白眼。

到了约定直播的时间时，青檬准时出现在屏幕里。

直播画面里，青檬戴着黑色口罩，眼角有一颗醒目的泪痣。整个画面依旧是粉丝们熟悉的"配方"。

贾汀也顾不得再大声喧哗了，整个脑袋快要扎进屏幕，手指在键盘上疯狂地输出，不断地刷着评论。

随播算是一个比较年轻化的软件，祁言没有玩过，但所有的软件功能都大抵相同，摸索一会儿便知道了七八分。

进了直播间后，入眼便是五颜六色的停不下来的弹幕。

"愿幸运女神眷顾我！"

"我愿一年不吃肉换这次机会。"

"请幸运儿联系我，价钱随便开，联系方式……"

贾汀还在对着屏幕犯花痴，祁言无暇顾及他，一低头便看见屏幕里戴着口罩，眉眼弯弯的青檬。

以前祁言对青檬是只闻其名不见其人，如今看见屏幕中被遮得七七八八的脸，祁言也没觉得这个主播长得有多惊艳，唯一的感觉就是眼睛被五颜六色的弹幕刺得生疼。

想起贾汀交给他的任务后，祁言点开弹幕功能，准备留下个评论就功成身退。

在祁言点击发送之前，屏幕跳出了提示登录的界面。

祁言一向讨厌麻烦的事，眉头皱了一下，望了眼贾汀。

贾汀嘴里还在不停地输出着"彩虹屁"，手指同时在键盘上噼里啪啦地敲着，显然没时间理他。

算了，自己来。

祁言输入手机号，三秒之后便收到了验证码，输入验证码后却在看到昵称这栏时愣了一下。

以前为了避免麻烦，祁言所有的软件昵称都是以自己的名字命名的。这次如果不出意外的话，他以后也没有再次登录这个软件的必要了。

权衡之后，祁言输入了三个字"李大壮"，评论了一个"嗯"便退出了。

这次抽奖活动是青檬为庆祝粉丝数达到两千万而举办的。青檬听从了众多粉丝的强烈建议，如果抽中的粉丝是女生就一起购物，如果是男生则是和主播约会一日。

粉丝们都想要争取到这个名额，导致现在评论区快要炸了，宿舍

里的贾汀也要炸了。

"拜托，拜托，一定要抽中我。

"菩萨，看看我！

"我愿用四年单身的代价，换取和女神独处一天的机会。"

贾汀的声音简直无孔不入，在宿舍里 360 度无死角地播放着。那虔诚中夹杂着一点点油腻的声音直钻进祁言耳朵里，令祁言烦躁不已。

祁言再次嫌弃地皱起眉头，望了眼全身心投入的贾汀，努力压下心中火气，戴上耳机，将手机的音量调到能够压制住贾汀的音量后，闭上眼假寐。

直播间里，大奖已经尘埃落定。

青檬望着屏幕上的三个大字，口罩下的嘴角抽了抽，用尽全力调动着表情管理："幸运粉丝李……李大壮，待会儿记得联系我哦。"

直到青檬退出直播间，贾汀才缓过神，瞬间犹如雷劈了一般，咬牙切齿道："李大壮？哪里冒出来的强盗，竟然敢横刀夺爱？"

看着贾汀这痛心疾首的模样，王杨知道大餐无望，哀叹一声，便任由贾汀继续抱怨，去打自己的游戏了。

同一时间，祁言的手机提示音几乎要炸了。

接连不断的提示音压过音乐声，从耳机里传来，祁言烦躁地拿起手机，由于接收的消息众多，手机屏幕上甚至出现了一时的卡顿。

"李大壮，你是哪个村里冒出来的？"

"不要拦我，我要把李大壮村里的网掐断，也不知道他凑什么热闹。"

"李大壮，识相点把这个账号卖给我。"

"李大壮？这是头猪的名字吗？"

看着手机上随播平台不断涌出来的红色未读私信消息，祁言的眉头越皱越深，声音阴沉："直播间里的人都这么没素质吗？"

这句话直接戳中了贾汀的心窝。

"我怎么没素质了？"贾汀还没从失落的情绪中走出来，一听这话直接炸了，跑到祁言面前，"对我这个三好学生说这么过分的话，你的良心不会痛的吗？"

祁言摘下耳机，看着贾汀大呼小叫的模样，脸色又黑了几分，将手机屏幕放在贾汀面前。

手机屏幕上还在不断滚动着一条条红色的未读信息，看得人脑袋爆炸。

电光石火之间，贾汀的一根经脉被打通，伸手去夺祁言的手机。

祁言比贾汀更快一步，淡淡收回手机，手指轻触随播的标识，毫不犹豫点击了卸载。

"李大壮！"贾汀扶着床，一双眼睛发亮，激动得快要连话都说不出来，"你是李大壮！"

祁言默不作声，看着贾汀在线发疯。

"言哥，你这个手气不去买彩票可惜了。"贾汀恨不得膜拜祁言的神之手。

祁言内心没有掀起丝毫风波，将耳机戴上，彻底隔绝了贾汀的声音。

贾汀全然没在意祁言的冷淡，在宿舍里一蹦三尺高，样子十分猖狂。

"我就是天选之人李大壮。

"我要和女神约会了。

"穿什么衣服能吸引女神？

王杨停下游戏，代替万千网友回答了这个问题："你什么都不用做，顶着李大壮这个名字就足够吸睛了。"

春和小区 305 房间里。

图轻檬摘掉口罩，露出一张明媚的脸，朝着对面三人比画了一个"OK"的手势。

"你这手气也是没谁了，随手一点就找了这么个人物。"鹿韶坐在电脑桌上，望着图轻檬直摇头，"李大壮是哪个世纪的名字？"

图轻檬吐了下舌头，表示自己很无辜，她就是随手一点而已，哪里知道会命中"李大壮"。

时里拿着卸妆棉，在图轻檬脸上轻轻擦着，不一会儿，图轻檬眼角那颗醒目的痣就不见了踪迹。时里顺口接道："我猜，这人四十岁以上。"

"我赌一包薯条。"鹿韶伸出一根手指，"四十五岁以上。"

"是刚注册的账号，这人肯定是为了抢和图图见面的机会。"关长乐点开了"李大壮"的页面，将手机放在桌子上，"还去不去？"

她们准备两千万粉丝福利的时候，想着通过微博上的粉丝投票来听取粉丝的意见。谁知评论区生生杀出一匹提议"面基"的黑马，只怪她们考虑不周，话说得太满，连退路都没留。

鹿韶大手一挥："当然不能食言。我负责联系这人，见面的那天我们护送图图。"

这一决定通过了三人的一致认可。

"哒哒哒……"

图轻檬望向手机屏幕，眼神柔和了半分，为三双迷茫的大眼睛解惑："云清远。"

云清远是图轻檬的亲弟弟，云清远的姓氏随父亲云凌，图轻檬则是和母亲图旋一个姓氏。

"清远，"图轻檬的声音天生甜美，听起来格外舒服，"怎么了？"

手机里传来少年干净的嗓音："轻檬，你知道随播吗？"

自从云清远学会叫图轻檬的名字之后，就再也没有叫过姐姐。

图轻檬心里一咯噔，声音弱了几分："好像，知道一点，怎么了？"

做主播本来也不是什么不可见人的事情，可众口难调，网上不乏有讨厌她的声音存在，她倒不在意这些声音，但是云清远肯定不会不介意。

"想买什么告诉我，我帮你买。"云清远莫名其妙地接了一句，"不要做些奇奇怪怪的事情。"

"知道了。"图轻檬闷闷地应了下来，瞬间又想到对方是自己的弟弟，后知后觉地摆出姐姐的架子，"你现在是高三学生，时间很紧张，直播还是不要多关注了吧。"

"不是我，是我同桌。"隔着屏幕都能感觉到云清远满脸带着嫌弃，"他桌子上贴满了那个主播的照片，我觉得这主播有几分像你。"

图轻檬气势瞬间弱了下去："是、是吗？"

云清远比图轻檬还了解她自己，自然察觉到她话里不一样的意思，声音便低了下去，颇有些威胁的意思："你是不是有什么事情瞒着我？"

图轻檬眼神闪躲了一下，捏着手机的手又紧了几分："没有。"

"瞒着也没关系。"云清远轻哼了一声，"三个月之后我就可以寸步不离地跟着你了。"

图轻檬撇了下嘴巴："哦。"

听见图轻檬吃瘪的声音，云清远轻笑了一声："这段时间你照顾好自己，我先去上课了。"

图轻檬一挂断电话，鹿韶就凑了上来："你家那位弟弟又来查岗了？"

虽然云清远未曾和她们蒙面，但是云清远"姐控"的形象早已深入人心。

"对啊。"图轻檬耷拉着脑袋，怏怏道，"他要报考我们学校，以后我就要永无自由之身了。"

图轻檬是家里的重点保护对象，大学开学之前图旎就恨不得来陪读，在图轻檬万般保证每天会向图旎报平安之后，图旎才任图轻檬一人在外求学。

"也对，我要是有个你这样的女儿，肯定也得将她保护得滴水不漏。"鹿韶揉了两把图轻檬的头发。

时里将化妆品一一收起，抬头望向图轻檬道："那我们的直播怎么办？"

"兵来将挡，水来土掩。"图轻檬不知哪里来的自信，"大不了到时候我哭哭闹闹，他很吃这套。"

关长乐一把揽过图轻檬的肩膀，轻轻揪起图轻檬脸上的软肉："顶着这样一张脸，果然可以胡作非为。"

图轻檬也不甘示弱，魔爪也朝着关长乐的脸出击："我不但可以胡作非为，还可以动手动脚。"

"姐妹们，听见没有，图轻檬要对我动手动脚。"

"少来，明显是你想吃豆腐。"

黄昏的光透过窗户散落进房间内，闹成一团的四人身上都披上一层金色的光芒，最美好的时光也不过如此了。

图轻檬成为主播是缘分使然，毕竟有幸遇见了宿舍这三人，大学生活想要平凡点也挺难。

鹿韶来自北京，外表看起来豪爽万分，实际上却是个心灵手巧的人。

从小酷爱为芭比娃娃做嫁衣，用她的话说就是她身上每一个细胞都是为艺术而生。

时里的童年更加传奇，天生对彩妆爱不释手，起初她把家里的父母当作实验对象，整天拿着口红追着给人化妆，家里一度陷入过"闻时里色变"的恐慌。

有个摄影师父亲的关长乐从小被家里人当成模特培养，却偏偏不遂人意，她和父亲一样爱上了黑漆漆的镜头，小小的肩膀扛起摄像机跑起来也是毫不含糊。

各怀其艺的三人遇见了入学第一天就被众人冠以校花美名的图轻檬，四人之间的火花一触即发，三两下就决定要干一番大事业，正巧当时直播正处于发展阶段，四人的目光很快就聚焦在这一块。

图轻檬以同学需要租房子的名义向图旎求助，在学校附近租下了这间房子，四人花了小半个月装饰房间，工作室也就成立了。

做直播原本只是大家的兴趣，四人也没想着靠直播发家致富，可奈何实力不允许。虽然她们经验不足，但好在几人创意十足，每一次的视频内容都能精准地抓住观众的眼球。

长得漂亮只是图轻檬最不足为人称道的优点，此女唱歌堪称专业级别的大佬，而放眼整个直播界，跳舞也是数一数二的水平。仅仅小半年就吸粉无数，成为随播里顶级的主播。

无数公司来找她们谈合作，四人在这一问题上达成一致，直播只是她们的兴趣，她们暂时还不想把兴趣当成工作。

她们把在随播里收到的礼物折合成现金之后，以"青檬"的名义捐给慈善机构，也是凭着这样的举动，圈了无数的粉丝。

相比于其他想要靠直播一炮而红却最终籍籍无名的人，四人简直是一路开外挂，也算得上是无心插柳柳成荫了。

贾汀捧着手机，笑得春心荡漾。

　　"笑得这么猥琐。"王杨刚凑过来，就被贾汀的防备姿态伤害，他马上用言语攻击了过去，"你这是有什么不可见人的事情？"

　　"什么猥琐，什么不可见人？"贾汀瞪了一眼王杨，又将视线放到手机屏幕上，"不会说话就闭嘴。"

　　这时，祁言刚推门进来，就被贾汀一双如狼似虎的眼睛盯上了。

　　"言哥。"贾汀向来是实力演技派，无须多余的准备，转眼之间就摆上谄媚的表情，"帮兄弟一个小小的忙。"

　　祁言拒绝起贾汀来那叫一个毫不犹豫外加几分令人心酸的熟练："不帮。"

　　"我还没说什么呢。"贾汀一秒切换到委屈模式，嘴角往下一撇，就差挂上两行清泪了，"你这个哥哥当得也太不走心了。"

　　王杨是彻底看不下去了，指了指门外："我出去避避，你们慢慢聊。"

　　倒不是王杨心理素质差，只是人家小姑娘委屈起来都是一副我见犹怜的样子，而贾汀表演委屈是"我见犹吐"，他的胃不太坚强，怕吐了影响贾汀自由发挥。

　　祁言一言不发，坐到椅子上，背对着贾汀。

　　"哥，就借一身衣服。"事发突然，贾汀来不及准备一身行头，只好找祁言，"就是你那身西装。"

　　新生大会上，祁言穿着西装上台发言时，在学校引起了前所未有的轰动，自此以后全校同学都知道计算机系有位穿上西装就变身王子的男神。

　　但，显然祁言已经忘记了这茬，他吐出两个字："没有。"

　　瞧着祁言一脸无愧的样子，要是贾汀没见过他穿西装的样子就真的相信了。

"有啊，哥。"贾汀将重心放在桌子上，硬生生地将脸凑到祁言面前，"就是新生大会上你穿的那身西装，黑色的，贼帅。"

祁言模模糊糊地想起来了，他只穿过一次这套西装便将它压箱底了，如果不是贾汀提醒，这衣服早被他剔除到记忆外了。

"我女神约我明天见面，没时间准备衣服了。言哥，救急啊。"贾汀关注着祁言的一举一动，一看见祁言的表情有所松动，立刻竖起三根手指，"只要借到衣服，我保证以后不出现在你面前。"

他的意思就是祁言如果不借给他，他能在祁言面前晃悠一天。

祁言没有说话，拉开椅子起身，朝着衣柜走去。

贾汀凑了上去，本以为这身西装肯定会被祁言秘密地保护起来，毕竟他第一次看到的时候就觉得它价值不菲。

当看见祁言从鞋盒下面抽出那身西装时，贾汀听见了自己心碎的声音。

"暴殄天物啊！"贾汀从祁言手里夺过衣服，控诉似的望着祁言，"这可是价值不菲的西装！"

祁言没什么感觉，大方起来连贾汀都害怕："喜欢？送你。"

贾汀的眼神瞬间亮了，将西装放到背后，生怕祁言反悔："真的？"

祁言依旧没什么表情。

"您真是我亲哥。"贾汀恨不得抱着祁言痛哭，可无意间注意到祁言隐藏在表情里的不耐烦，立马识相道，"不劳烦您亲自动手，小弟这就消失。"

贾汀登上李大壮的账号后，和青檬聊了几句，意外发现自己和青檬在同一个区，两人三两句就敲定了约会的时间，贾汀还知道了一条

对他不太友好的消息。

　　因他这个五大三粗的名字，粉丝都担忧起李大壮是不是居心不良，纷纷起哄由剩下的粉丝决定本次约会内容。

　　贾汀眼看着粉丝福利变成一个整蛊粉丝的游戏，奈何自己势单力薄，便也接受了。只要能和青檬见面，这些都不算什么。

　　贾汀哼了三天的小曲后，终于盼到了周五，下午便开始准备一切事情，先是在鲜花店订了一束花，然后去商场精心挑选了一条项链。

　　大概是沉浸在将要见到女神的心情中，贾汀忽略了周围的一切声音，更是忽略了班级群里发的一条通知。

　　"停水？"宿舍里爆发出贾汀杀猪般的嘶吼，来不及抱怨就拿着洗漱用品往洗手间冲，"还有几分钟？"

　　王杨的声音带着几分幸灾乐祸："两分钟。"

　　这声微弱的声音被关门声掩盖，阻隔在洗手间门外。

　　"杀猪倒计时九十秒。"王杨耸耸肩，摸摸耳朵准备接受来自贾汀的怒火。

　　一分钟半之后。

　　贾汀果然不负众望，声音大到快要把屋盖掀掉："没水了？"贾汀刚脱完的衣服又重新套上，探着脑袋号叫，"玩我呢！"

　　"晚上六点停水。"王杨瞅了贾汀一眼，像是看一个大白痴一般，"你不看信息的吗？"

　　他那时正忙着挑礼物，哪里有看消息的时间？

　　不过现在说这些都无济于事了，贾汀深呼一口气，带着两分期待："什么时候来水？"

　　王杨淡淡道："明天早上八点。"

　　世界彻底坍塌。贾汀揪着头发，欲哭无泪道："天要亡我。"

"就这样去吧。"王杨显然不明白贾汀非要洗澡的执着，"以前也不见你这么爱干净。"

"你懂什么？"贾汀已经从洗手间走了出来，拿着毛巾擦了刚浸透的头发，"跟我下去一趟。"

王杨一脸防备："干什么？"

"我去买桶矿泉水。"贾汀已经做好决定。

王杨一脸惊悚："冷水澡？见个面而已，至于洗冷水澡吗？"

"我要香喷喷地去见我女神，这是我对我女神最基本的尊重。"贾汀推着王杨就往门外走。

王杨还在挣扎："你确定你的身体扛得住？"

"哥还不到二十岁,正值壮年,你确定要这么质疑我的身体素质？"贾汀从小身体倍棒，对他来讲生病是件概率极其小的事件。

事实证明，过度自信是要遭报应的，仅仅只是过了一个夜晚，贾汀的报应就缠到他的身上了。

"我……我头有点疼。"贾汀的声音像是拉锯一般难听，尽管他已经难受到这种程度，但还是把见青檬的事情摆在了首要位置上，"不行，我要见我女神。"

大抵是贾汀看上去太过于虚弱，以至于平日里对贾汀不闻不问的祁言也围了上来。

"乖乖，"王杨的手刚触碰到贾汀的额头，就被烫得缩了回来，"你发烧了。"

"我就说有点难受。"贾汀还在坚持要穿西装，但他穿衣服的动作迟缓，找半天愣是没找到袖子。

王杨一副见鬼了的表情，抢过衣服："你还要去？"

"衣服。"由于身体虚弱，贾汀捞了两把依旧没碰到衣角，声音嗡嗡道，"我今天就是爬也要爬过去。"

"别闹了，我怕你发热到当场昏迷。"王杨将衣服放在椅子上，"你发个信息说明情况就好了。"

贾汀异常执着要去见女神："不行，我要把准备的礼物送给我女神。"

"你去看病，我替你去。"王杨发誓对贾汀的女神不感兴趣，纯粹就是仗义出手。

贾汀一下子激动起来，指着王杨的脸，质问道："你有什么贼心？要对我女神做什么？"

"狗咬吕洞宾。"王杨瞬间反击，对贾汀的同情被消耗殆尽，"你女神不是我喜欢的类型。"

王杨暗恋校花图轻檬，这不是秘密。

"我女神那么有魅力，谁知道你会不会移情别恋？"贾汀对王杨的信任度为零，没商量道，"我可不能把我女神送入虎口。"

不能和病人一般见识。王杨深呼一口气："那你想怎么办？"

"你。"贾汀下巴一抬，视线落在祁言的身上，声音里带着几分傲娇，"你替我去。"

王杨瞬间觉得周遭气压都低了不少："我看你不是发烧了，你简直就是吃了熊心豹子胆，不要命了。"

祁言除了长相出众之外，最大的特点就是不近女色。

偏偏贾汀毫无悔改之心，仗着自己意识不清醒，他又重复一遍："祁言你要是不去，我死也不能瞑目。"

"出息。"祁言冷嗤道。

贾汀仗着生病，在线傲娇："病人最重要的是保持心情愉快，不然病情会加重……"

祁言冷冷地望着贾汀，没有接话："穿衣服，看病。"

"那你要答应我去。"贾汀倒是清醒了一些。

祁言闭了闭眼睛，从牙缝里挤出一个字："嗯。"

贾汀这才继续穿衣服，虚弱地靠着墙，还不忘恶心祁言："我就知道你是爱我的。"

如果不是看到贾汀生病了，祁言绝对掉头就走。

"校门口的鲜花店有我预订的花，报我的名字就可以拿。"贾汀事无巨细地安排着，然后从枕头底下抽出一个包装精致的盒子，"这个礼物你一定要亲手放进我女神的手里。"

祁言的耐心已经被消磨得差不多了，接过礼物，看向王杨，颇是认真道："你顺便带他看看脑子。"

看着贾汀魔怔的样子，王杨亲自爬到床上，将衣服套到贾汀的身上，恨铁不成钢道："你要是出生在古代，绝对能取代商纣王的位置成为史上最大的昏君。"

贾汀许是被烧糊涂了，憨憨一笑："过奖了。"

贾汀已经被王杨拖着去医务室了，祁言将礼物盒放在桌子上，目的已经完成，现在他准备打退堂鼓了。

他向来不喜欢和陌生人接触，何况还是以粉丝的身份见主播。

就当贾汀没说过，他也没听过好了。

祁言刚下定决心，桌上的手机却振动起来。

看着屏幕上忽闪着的"贾汀"两个大字，祁言直觉没什么好事。

果然，刚接通电话，祁言就听见贾汀的质问："言哥，你还没出发吗？"

祁言没有接话。

"别以为你不说话就好了。"也不知道贾汀是气的,还是太虚弱了,大喘了一口气,"我问了鲜花店的姐姐,我订的花还没人拿。"

祁言刚想拒绝贾汀,就听见话筒里医生委婉的声音:"同学,你要是不去,你这位同学怕是……"医生顿了一下,"病号最大。"

祁言握着手机的手又紧了几分,闭了下眼睛:"别丢人了,我去。"

贾汀隔着屏幕都能感受到祁言的情绪波动,放心地挂断了电话。

祁言深呼一口气,才渐渐稳住情绪。

待贾汀的病好之日,就是他亡之时。

第二章
欢乐一日游

祁言捧着一束花站在人流量最大的路口，想抽死贾汀的欲望呈指数上升，已经到了快要爆表的程度。

街上人头攒动，有大量的视线落在他身上，祁言的脸色越来越不好看。他向来不喜欢成为焦点人物，更不想成为一只猴子，照现在的情况来看，他还是一只观赏猴。

从现在开始倒数五分钟，要是还没人来他就走人。

三百秒的时间被祁言直接缩水为一百秒，在最后三十秒的倒计时的时候，他已经迈开了左脚准备离开。

这时，一道清脆的声音带着几分迟疑传入祁言耳中："李……李大壮？"

祁言转身，微微垂眸，只见女生戴着足以遮住眼睛的帽子，下半张脸被口罩完全遮住。

这就是贾汀的女神？

图轻檬在心里建设了好久才敢上前，望着穿着一身运动服、戴着一顶帽子，还有戴着同款口罩的李大壮，在某种程度上，他们也算是撞了衫。

在未见到李大壮之前，她们宿舍就李大壮的外表开启了激烈的讨论。有人说李大壮顶着这样强悍的名字，十有八九是个青年大叔，甚

至四人为了防止李大壮是个变态，更是为图轻檬准备了防狼喷雾、辣椒水等武器。

可现在的情况和她们想象中的不大一样，她实在没想到，现在粉丝的偶像包袱和她会不相上下。

在图轻檬愣神的时候，祁言将碍事的花递给图轻檬，说了句："去游乐场吗？"

图轻檬接花的手一顿，帽子下的眼睛直直地望着祁言。

这也是祁言刚刚得知的事情，贾汀给他发来一条三个与图轻檬互动内容的短信，说这是粉丝投票投出来的任务，他不完成的话不好交差。

事情已经到了这一地步，由不得祁言反抗了，他不喜欢给别人添麻烦，更没想过要为难一个女生。这是他和贾汀之间的恩怨，总不能让别人承担后果。

图轻檬隔着口罩也能感受到李大壮的不耐烦，只觉得他赶时间也没有放她鸽子，心里顿生出一股感动，立刻点了点头："好。"

两人之间隔着将近一个人的安全距离。在这条大街上，两人的装扮让他们成为吸睛体。

而在两人的身后，鹿韶一行三人走走停停，随时跟着图轻檬。

"虽然看不见李大壮的脸，但看着他这身形，也不像是见不了人啊？怎么打扮成这个样子？"

"对啊，而且他还和图图零交流，这粉丝也太理智了！"

"管他葫芦里卖的什么药，我们只要保护好图图就行。"

三人刚达成一致，抬起头便看见停在她们面前的祁言。

气氛简直尴尬出了天际。

图轻檬欲哭无泪，这个时候她们也不能装作陌生人，只好像是偶遇了熟人那般："好巧哦。"

没等三人回答，祁言望着似乎有点熟悉的三张脸，不动声色道："要一起吗？"

三人完全没想过会在线翻车，一点也来不及掩饰自己的身份。

"不不。"尽管跟踪他们的事情已经翻了车，但图轻檬还是倔强地将装傻进行到底，"我们就是意外碰见了。"

关长乐反应过来，跟着演戏："缘分，缘分。"她干笑了两声，"我们要去步行街，顺路吗？"

"不顺路。"图轻檬接话道，这本来就是一次粉丝福利，粉丝的感受最重要，她给三人使了下眼色，"那我们先走了。"

这反转来得很迅速，三人震惊地望着两人离开的身影。鹿韶先反应了过来，补充道："记得电话联系啊。"

图轻檬摆摆手，表示自己听见了。

祁言知道三人没什么恶意，何况他还是顶着李大壮的头衔，正常人都应该对他有点防备意识。

余光看了眼图轻檬的方向，祁言难得善解人意道："放心，我不会对你做什么的。"

图轻檬正想着要怎么化解尴尬，听见这句话后被刺激得大脑一片空白，脱口而出道："谢谢啊。"

图轻檬话落，空气里全是窒息的因子。

谢什么啊？

图轻檬差点儿给自己跪了，急忙挽救："不客气。"

说完，她顿时觉得还不如闭嘴，情急之下，又开口："放心，我也不会对你做什么的。"

还能再尴尬点吗？

事实证明，图轻檬是有这个实力的。

在看见祁言帽子下的眼睛时，图轻檬大脑又停止活动，嘴巴倒是很勤快："礼尚往来嘛，我懂的。"

原本为了能让李大壮有个美好的感受，图轻檬还特意准备了一大堆活跃氛围的问答，可是在意识到自己似乎没带脑子出门后，图轻檬果断地选择了沉默。

两人一路走到附近的游乐场，图轻檬扬起头，望着摩天轮的最高点，咽了下口水。

这……这可有点高。

祁言没注意到图轻檬的情绪波动，只想着早点完成任务离开。在工作人员的帮助下，两人安稳地坐了上去。

两人进入摩天轮，显得并不大的空间又拥挤了几分。

没关系，不就十几分钟而已，闭着眼睛就过去了。图轻檬不断给自己做着心理建设，在看见坐摩天轮的评论被粉丝顶到评论区前几位的时候，她严重觉得粉丝和她命里犯冲。

摩天轮一点点升起来，图轻檬的心跳频率也在同步上升。

摩天轮升到半空中的时候，图轻檬闭上了眼睛，其余的感官都在不断地提醒她摩天轮上升高度的增加。

祁言并不是多管闲事的人，可图轻檬的情绪波动还是让他忍不住开口道："你怕高？"

难得粉丝说了句话，图轻檬也不想扫他的兴，鼓足勇气眯着眼睛，回答祁言的问题："还行。"

祁言不置可否，视线落到图轻檬抖动的腿上。

图轻檬也不想丢人，奈何双腿不给面子，抖动的频率在增加，可是她还在逞强："也不是很怕。"

在安慰人这一领域，祁言是个新手，张了张嘴巴还是没组织好语言，只好启动直男属性："你已经上来了，怕也没用了。"

本来就已经被恐惧控制的图轻檬，在听见祁言这句话后感觉到身边一阵寒风刮过。

虽然她知道李大壮没什么恶意，可是，有这么安慰人的吗？

祁言看着自己的话对图轻檬的恐惧起了催化效果，继续保持沉默，切换到闭嘴的模式。

直觉告诉她摩天轮已经到了最高点，浑身的毛孔都舒张到最大，她却还是没忘记承诺给粉丝的事情，拿出手机递给祁言："帮我拍张下面的照片，行吗？"

饶是拒绝成瘾的祁言也说不出拒绝的话，他伸手拿过图轻檬的手机，照着下面拍了一张。

"我这么大的人，还这么怕高，是不是很可笑？"图轻檬闭着眼睛，嘴巴已经泛白。

祁言刚想回答，却被图轻檬的声音打断。

"我也不知道我为什么这么怕高。"图轻檬继续道，闭着眼睛，根本不需要祁言回答，"就像有人晕车一样，我好像没办法克服恐高。"

听着图轻檬的絮絮叨叨，祁言也没觉得吵，靠近了图轻檬几分，站在她的身侧，也不说话，就安静地当个木头人。

对于图轻檬来说，空中一秒相当于地上一年，她的脑子很快就跟不上语速，在没话说的时候背诵起了《出师表》。

"先帝创业未半而中道崩殂，今天下三分，益州疲弊，此诚危急存亡之秋也。然侍卫之臣不懈于内，忠志之士忘身于外者，盖追先帝之殊遇，欲报之于陛下也……"

祁言忍不住将视线放到青檬的身上，他怎么也没想到时隔多年，

竟然还能听到这么完整的《出师表》。

果然，能被贾汀这样的奇葩喜欢的人，肯定是有什么过人之处。

图轻檬把《出师表》背诵了两遍之后，摩天轮终于着陆了，这一刻她对于地球母亲的爱达到了最浓厚的地步。

图轻檬为了表达自己对地球母亲的敬意，在落地的那一瞬间，身体前倾，差点儿跪了下去。

还好，祁言及时地拉住了她的胳膊。

"谢谢。"图轻檬也顾不得偶像与粉丝之间的安全距离了，将重心全部移到祁言的身上，下巴朝着前方的台阶一扬，"扶我坐会儿。"

听着图轻檬理所当然的口气，祁言顿时觉得他离御前带刀侍卫就差一把刀了。

好不容易回到地球母亲的怀抱，图轻檬的情绪还没平复下去，抖着小腿，又背了一遍《出师表》。

祁言对此不发一言，帽子下的脸并没有因为时间过长而冷下来。

"好久没上天了，还以为我已经没那么恐高了。"图轻檬依旧只露出一双眼睛，不好意思道，"没想到更严重了。"

上天？祁言也是很久没听过这么高级的词汇了，闭了下眼睛："嗯。"

"我恐高这件事……"图轻檬本不想说这么清楚，可还是不安心，"你不会说出去吧？"

"嗯。"祁言的声调都没有变，见图轻檬已经缓了过来，起身，"我们去做下一个任务吧。"

此时并不是电影院的高峰期，所以他们选到了一个最佳的观影视角。

图轻檬捧着一束鲜花，望着一手拿着一袋爆米花的祁言。两人视线撞到一起时，都微微有些尴尬。

方才进场的时候，卖爆米花的小姐姐热情地朝着他们招呼了两下。

小姐姐的盛情难却，再加上爆米花香得过分，导致图轻檬鬼使神差地走了过去，然后局面就变成了现在这样。

"你不喜欢吃吗？"图轻檬完整地捕捉到祁言眼里嫌弃的意思，瞬间承诺，"不过你不要担心，我能解决完爆米花。"

祁言又望了眼手里超大份的爆米花，嘴角微动："辛苦了。"

电影也是粉丝推荐的，是当下最热门的喜剧，里面集结了无数光站着就能让人笑的谐星。

得益于电影院昏暗的灯光，图轻檬才敢放心地将口罩扯到下巴处。

刚开始，图轻檬还能意识到身边有个炸弹，不过随着电影剧情的铺展，图轻檬很快忘记了祁言的存在，沉浸在自己的世界里了。

电影确实好笑，祁言并不否认，然后他的余光落在笑得前俯后仰的图轻檬身上。

有必要笑成这个样子吗？

图轻檬并没有注意到祁言的不同寻常，所有的注意力都放在电影上，以至于手里的爆米花空了都不知道，有时候甚至拿着空气往嘴巴里塞。

祁言将手里的爆米花移到图轻檬的手上，想让图轻檬拿着。

图轻檬已经没有这样的觉悟了，手准确地伸进爆米花的袋子里，视线没有离开屏幕一秒钟。

祁言在心里无声地叹了一口气，又将手朝着图轻檬移了半分，让图轻檬更加方便动手。

电影是有反转的，前半部分是喜剧，可到后半部分电影画风一转，全是让人感动的"泪点"。

粉丝挑这部电影也是煞费苦心，如果李大壮是个感性动物，肯定会在看电影时又哭又笑，像个神经病；可如果李大壮是个理性的人，也会给图轻檬留下铁石心肠的印象。

　　可谁也没想到，粉丝最后把自己的偶像坑得像神经病。

　　祁言已经无力吐槽了，短短几个小时，他竟然也不觉得难以接受了。

　　到了电影尾声，图轻檬才强迫自己从电影里走出来，忽然惊觉李大壮一直在自己身边，笑容直接僵在了脸上。

　　图轻檬自欺欺人地整理了一下并不存在的仪容，重新戴上口罩。一转身，就被已经空了的爆米花袋吸引目光，她像是发现新大陆般："你也吃完了？"

　　祁言绝望地闭上了眼睛，无心解释，只想着离开："拍照。"

　　图轻檬这才想起来，赶紧拿出手机，拍完后还不忘感谢祁言："还好你记起来了。"

　　应该的，祁言来这一遭就是为了通关的，哪里会犯完成任务后忘记领奖品的低级错误。

　　路人看着祁言他们不露脸的装扮，还有图轻檬手里的鲜花，都以为两人是情侣关系。一路上有不少好奇的目光聚集在他们身上。

　　祁言朝下压了压帽子，望了眼图轻檬手里招摇的花，道："喜欢吗？"

　　图轻檬揣摩不透祁言的潜台词，中规中矩地回道："还行。"

　　还行就等于勉强，勉强就是不喜欢。

　　祁言直接拿走图轻檬手中的鲜花，然后朝着一旁的垃圾桶走去。

　　这是要扔了？图轻檬瞪圆了眼睛，快走两步，从虎口中抢下鲜花，解释道："扔了太可惜了。"

　　这时，恰好有位小姑娘从他们旁边经过，眨着大眼睛天真地望着两人。

"小妹妹，喜欢这花吗？"图轻檬蹲下身子，轻声问道。

小姑娘有些不知所措，视线落在花束上，诚实地点点头。

"送你啦。"图轻檬将花放进小姑娘的怀中，看着小姑娘露出欣喜的表情后满意离开。

粉丝投出的最后一个任务是要他们在跳舞机上一起完成一支舞。为了完成这个任务，两人像是打卡一样，朝着商场走去。

两人一直都沉默着，图轻檬手里的花送出去后，手都不知道该放在哪里了，悄悄望了一眼旁边的人。

"大……大壮。"图轻檬总觉得自己要找些话，"你还是学生吗？"

祁言对此并不想多谈，满心想的都是完成任务，早点离开。正好到了二楼的游戏厅，他便借口买游戏币离开。

图轻檬瞅着毫不留恋的身影，越来越觉得李大壮是个假粉丝，可明明网上聊天的时候，她还是能感觉到李大壮的期待。

真是让人摸不着头脑，图轻檬转身望着跳舞机。

这个游戏本就是她擅长的，可李大壮……

光听着李大壮这个名字就不太像是跳舞灵活的样子。

她还是要放点水，不要弄得太尴尬。她善解人意地想。

祁言还是一如既往的"人狠话不多"的模式，将游戏币放进机器里就准备开始了。

"第一次玩吗？"图轻檬歪着脑袋问道。

祁言"嗯"了一声。

"不要紧张，这就是一个小游戏。"图轻檬也知道粉丝希望李大壮出丑，字里行间里都在表明"我和他们不一样，绝对不会嘲笑你"的意思。

祁言完全没有受恩与人的样子，还是用一个"嗯"字结束了对话。

这人……图轻檬轻叹了一口气，真的好难和他聊天。

游戏已经开始，图轻檬望着屏幕，很随意地做出相应的舞蹈动作，毕竟她可是靠这吃饭的。

余光瞅了瞅只知道动动脚的祁言，说好放水的图轻檬放慢动作，故意错过好几个节拍，不给李大壮施加心理压力。

两人不同寻常的打扮，外加图轻檬外在的光环，吸引了一圈人围过来，更有机智的路人拿出手机，对着两人的背影拍了个小视频。

音乐一停，祁言就离开机器，站到地面上，光是从他眼里的不耐烦就知道他是真排斥这个游戏。

图轻檬倒是想起拍照打卡了。手机定格的时候，视线不经意从跳舞机的分数那里掠过，下一秒，她微张着嘴巴。

她，竟然输了？

"不需要跳舞，踩对就行了。"望着图轻檬惊呆的表情，祁言淡淡地解释道，从口袋里拿出贾汀千叮咛万嘱托的精致礼品盒，"给。"

这是他的最后一个任务，送完礼物他就可以走了。

"不不不。"图轻檬连连摆手，"我不收礼物的。"

祁言没给图轻檬拒绝的机会，上前几小步，伸手要拉开图轻檬的背包。

"别……别动。"图轻檬如临大敌，将背包抱在胸前，也不拒绝了，微微拉开背包，伸手去拿祁言手中的小礼盒。

祁言不明白图轻檬为什么转变了态度，不过倒也没多少好奇心，只要交给图轻檬礼物后，他就可以全身而退去找贾汀算账了。

这时有位走得匆忙的路人从图轻檬身边擦过，不小心碰到图轻檬的帽子，顺带一个大力蹭掉了帽子。

糟了。图轻檬此刻大脑一片空白，下意识地低下头，弯腰就去捡地上的帽子。

"嘭嘭嘭！"

此时，被拉开拉链的背包也向下倾斜，里面的"秘密武器"噼里啪啦地落在地上，左一个右一个散落一地。

图轻檬有种"落地成盒"的感觉，来不及多想，戴上帽子蹲下身子，手忙脚乱地捡地上的东西。

一个小型瓶子落在祁言的脚边，祁言弯腰捡起，瓶子上"防狼喷雾"四个大字终是刺痛了他的眼睛。

撞到图轻檬的青年人的视线在两人之间来回流转，最后试探着问："小姐，你需要帮忙吗？"

"不，不需要。"图轻檬摇晃着脑袋，口罩下是一脸的生无可恋。

"给。"祁言连同防狼喷雾和礼物一起递了过去。

图轻檬接过东西后就一股脑塞进背包里，真的没脸见人了。

试问，情况还能再尴尬一点吗？

答案是肯定的。

因为祁言一言不发，抬起脚步率先离开。

图轻檬也承受不住这样的大场面，慌忙跟了上去。

如果说之前萦绕他们之间的全是尴尬的氛围，那现在就是尴尬加上令人窒息的氛围了。

图轻檬满心懊悔，生怕自己的行为伤害到李大壮，但又不知道该如何开口缓解现在的气氛。

祁言意识到图轻檬跟在身后，突然停下脚步，转身也是转得猝不及防。

图轻檬受到惯性的影响，眼看着要扎进祁言的怀中，赶紧用尽全力刹车，还好最后及时停住了。

　　看着图轻檬站稳，祁言收回抵在图轻檬额头上的手，打破平静道："还有事？"

　　"我还是要给你礼物的钱的。"图轻檬在原则方面坚决不让步，"我给你转过去。"

　　祁言将手插进兜里："一定要给吗？"

　　图轻檬严肃地点点头："嗯。"

　　祁言倒是爽快，拿出手机："我告诉你号码。"

　　图轻檬本以为要浪费一番口舌的，倒是没想到李大壮这么快就投降，恍惚了一下，手忙脚乱地拿出手机："你说吧。"

　　祁言念出了一串手机号码。

　　图轻檬边记边想：这年头，竟然还有人背不了自己的手机号。

　　这样的人自然是不存在的，只不过祁言说的不是自己的手机号，而是贾汀的，他能做到这个地步，已经算是仁至义尽。

　　"好了。"图轻檬记好号码，松了一口气，正想解释一下方才掉出来的"武器"的事。

　　此时，一阵风偏偏来得不是时候，借着图轻檬抬头的姿势，再次将她的帽子带走。

　　风向正好朝着祁言，他伸手将帽子捞了起来，眼神正对着蒙掉的图轻檬。

　　图轻檬大概没想到自己的帽子会掉，脸上并没有化妆，原本"青檬"眼角的那颗泪痣并不存在。

　　祁言觉得眼前的这张脸有几分熟悉，再加上跟踪他们的那三张脸。祁言一向记忆力超群，在动用几个脑细胞后，便将这张脸从记忆中拉扯出来。

在一个无聊的投票活动中，这人和他并列排在第一，祁言想起整日在王杨嘴边挂着的三个字：图轻檬。

世界还真是小。

如果贾汀和王杨知道"青檬"和图轻檬是同一个人，不知道是会惺惺相惜，还是会斗个你死我活。

以两个人的智商，后者的概率显然更大。

图轻檬彻底傻掉，微微侧开脸，躲开祁言的视线，心里一阵忐忑。

更让图轻檬觉得恐怖的是李大壮的眼神，这不会是认识她的人吧？

看着图轻檬呆滞的眼神，祁言朝前走两步，亲自将帽子扣到图轻檬的脑袋上，语气没有丝毫起伏："没有其他事了吧？"

本来是没有了，可现在又有了！

图轻檬将帽子又朝下拉了拉，懊恼地蹙起眉头，却又无从问起，只好摇摇头："没……没事了。"

"嗯。"祁言抬起脚就离开。

接连发生的事使得图轻檬一直处于不太清醒的状态中，下意识地跟在了祁言的身后。

祁言无奈地转身，望着还在状况之外的图轻檬，好心提醒着："65路公交车在那边。"

"哦。"图轻檬傻傻地点头，立在原地，终于找回点理智，目送祁言离开。

在吹了半分钟的冷风后，图轻檬瞳孔震惊，朝着祁言指的方向走去，十几步就走到了 65 路公交车的站牌前。

看见站牌终点站是学校后，毫不夸张地说，图轻檬的心跳都停了几秒。

她不是暴露了吧?

图轻檬慌张地拨通手机,哭丧着一张脸:"姐妹们,我'马甲'好像掉了!"

"言哥,你回来了。"贾汀刚挂完吊针,现在已经处于满血复活的状态了,祁言刚现身他就围了上去。

祁言今天被迫在外游荡一天,脾气不怎么好,将帽子放在桌子上,没回答贾汀的问题。

贾汀没在乎祁言的态度,笑容不减分毫:"花送给女神了吧?"

"送了,她不喜欢。"祁言被贾汀问得报复心也上来了,故意这么说道。

贾汀眉头一皱发现事情并不简单,小心翼翼地问:"然后呢?"

"她把花放在了一个地方。"祁言还保留着最后一丝善心。

奈何贾汀打破砂锅问到底:"哪里?"

那就不能怪他残忍了,祁言哼了一声:"垃圾桶。"

您这哪叫放?这明摆着是扔!

贾汀忍住暴走的冲动,努力维持着最后一丝微笑:"礼物总送了吧?"

"嗯。"祁言还是实话实说。

"那就好。"被祁言接连打击之后,贾汀总算找到了一丝安慰,也不计较细节了,"我女神一定很喜欢。"

"叮!"支付宝传来提示音。

贾汀倒不知道自己有什么金钱业务往来,一打开就收到两条信息。

"今天玩得很开心,谢谢你。

"礼物我也很喜欢,谢谢你的用心。"

贾汀意识到发消息的人是青檬后，嘴角止不住地上扬，正想回女神的信息，下一秒看见转账信息后整个人都不好了。

"但是我不能让你破费，钱给你转过去了。"

这算个什么事？

贾汀有种自己是中间商的错觉，他不满地望向祁言，却发现自己有火没处发。

祁言肯定没有告诉女神项链的价格，女神转账的数额比项链的价钱还要高上一倍。

"其实没有这么贵，我把多余的钱给你转过去。"贾汀倚在床旁，小心翼翼地回青檬消息，他不知道祁言对女神做了什么，也不敢贸然拒绝女神。

"不用了。今天都是你在付钱，其余的钱就当我们 AA 制了。"

贾汀的目光落在祁言身上，他们是去了什么地方？花了这么多钱？

看到贾汀不善的目光，祁言只当是他脑子不好使，没跟他计较。

自从贾汀发烧之后，脑子受到重创，丝毫没想到这是图轻檬随口扯出来的一个借口。

打发完李大壮后，图轻檬放下手机，总觉得现实中的李大壮和网络世界中的李大壮不像是同一个人。

在网络中，她还能感受到李大壮面对她时的小欢喜，可现实中……

图轻檬想到那双清冷的眼，欲哭无泪地栽进鹿韶的怀里："李大壮不会认识我吧？"

"世界哪有这么小。"鹿韶倒是看得很开，"就算他认识你，到时候你打死不承认就好了。"

关长乐凑了上来，对八卦很感兴趣："快点给我们汇报汇报战果。"

"我在摩天轮上背了三遍《出师表》，在电影院又哭又笑像个神经病，跳舞机上李大壮只是伸伸手跺跺脚，就碾压了要放水的我。"图轻檬觉得自己都要有阴影了。

"不是吧？"时里推了推大框眼睛，这个结果真是在她意料之外。

"给你我的膝盖。"关长乐倒是乐不可支，用手指做了一个跪拜的姿势，"大佬，看看我跪得标准吗？"

图轻檬完全笑不出来，一直都在想着一个问题："我不会真的被认出来了吧？"

"肯定不会。"关长乐安抚完图轻檬后，转身去做自己的事情了。

鹿韶也起身："凭你那副装扮，就算他是孙大圣下凡，也不敢保证能认出你。"

"不要担心了。"时里接话道。

图轻檬闭了闭眼睛，瞧着三人的背影，将最后一句话打碎咽进肚子里。

她的帽子掉了啊！掉了啊！

第三章
滑板小霸王疑似现身 /

图轻檬挑了几张完全看不清脸的照片后，在微博上发了照片九宫格，为这次粉丝福利活动画上了一个圆满的句号。

没想到一波未平一波又起，网友们本来想扒出李大壮的身份，没想到扒出了另一个惊天秘密。

"这个背影有没有很熟悉的感觉？"

"像不像小霸王？"

"小霸王是谁？项羽？"

"无知，小霸王是滑板领域里的元老加天才级的滑手，十二岁以一段高糊的视频震惊整个滑板界，六年间自创出无数超乎寻常的动作，现在经常出没在梧桐巷，真实身份成谜。"

"梧桐巷？有人在附近吗？找个时间去求证一下！"

"你以为梧桐巷好进？如果没有四年以上的滑板经验，根本进不去，更不要提什么普通人了。"

"这么神秘？"

"大概是因为知名度低吧，不然在现在的互联网时代，哪有什么秘密可言？"

"不要把你们饭圈的那套带到滑板圈好不好？懂得什么是尊重吗？"

"啊啊啊，我看了小霸王的视频，我要转粉了！他太酷了！"

"我宣布我又多了一个小哥哥！"

……

随着传闻不断在网上发酵，一时间"小霸王"的热度已经赶超"青檬"的热度了，这场破次元的"面基"有了更神秘的色彩。

"你说，祁言真的是小霸王吗？"贾汀坐在操场旁的长椅上，看着不断来回地踩着滑板的祁言，终是望向王杨，征求着意见，"你怎么看？"

王杨托着下巴，目光紧紧地锁在祁言身上。

祁言自然感受到了两人的目光，但仍然旁若无人地滑着滑板。他平时在学校唯一的爱好就是滑板，有时间就来这边放松一下。

"我要是没看过小霸王的视频，我还可能相信。"王杨看着只会基础动作的祁言，"可是言哥这操作危险系数为零，哪里是小霸王的风格？"

贾汀的本能告诉自己王杨说得对，直觉上却有几分不安："可是，气质真的很像啊，而且网友的分析还有凭有据的。"

在照片放出来之后，一些拥有"福尔摩斯"脑袋的网友连夜写出了超高水准的分析文章。对比身高体型以及穿衣风格，最终得出了李大壮是小霸王的可能性为百分之九十。

"事实摆在我们面前。"王杨下巴朝着祁言的方向抬了一下，"我拍下言哥的视频，然后传到网上说他是小霸王，你猜会怎么样？"

贾汀没有犹豫，给出了回答："被骂死的概率为百分之百。"

"所以，有什么好纠结的？"王杨耸耸肩膀。

贾汀向后靠去，还是没有完全说服自己。

祁言早就对网上的言论略知一二了，为了让贾汀和王杨完全打消心里的疑惑，他必须要用滑板技术来证明他不是小霸王。

看到前面有一颗小石头，祁言心里有了办法，直直地冲向那颗石子滑去，在贾汀和王杨的注视下，假装从滑板上差点儿摔了下来。

"好吧。"祁言用实力说服了他，贾汀无奈地闭上了眼睛，放下所有的戒心，"看来网友们也是会犯错的。"

C语言课上，图轻檬原本支着耳朵在听侯教授的课程，可不知从什么时候开始，"李大壮"三个字占据了她整个大脑。

在粉丝"面基"中，李大壮好像认出了她。图轻檬始终放不下心，生怕自己被曝光，便在微博上搜索李大壮给的手机号的相关用户。该用户昵称为"今天也是一颗柠檬精"，这个人是她的绝对狂热粉，日常除了为她打榜签到，就是转发一些抽奖的活动。

图轻檬又想起李大壮那拒人于千里之外的身影，心想着在学校也没有遇见过这号人物，就算她怀疑李大壮识破了她的身份，此时也无从下手了，还不如顺其自然的好。

图轻檬继续翻下面的一条条微博，在快要打消念头的时候，突然看见了李大壮的一条微博带了位置信息，定位的就是她所在的学校。

她当时就分享给了舍友李大壮的微博，时里更是从头到尾又搜查一遍这些内容，可李大壮似乎是个极度注重隐私的人，除了那个定位，她们就再也没从他的微博里挖到别的线索了。

这时，讲台上的侯教授透过两片镜片将全班同学扫视一圈，这一堆正襟危坐的学生中，图轻檬早已经成为他的关注对象。

眼看一节课就要结束了，图轻檬还是没有回过神，侯教授终于忍不住发威，课本朝着讲桌上一扔，眼神锁定住图轻檬："图轻檬，你重复一下我刚才的话。"

冷不丁地听到自己的名字，图轻檬先是吓得一个激灵，然后苦着脸站了起来，在侯教授强大的气场下，眼神飘忽着："对不起，我刚刚跑神了。"

　　"跑神？我看你整个人是灵魂出窍了。"侯教授完全没有被这个理由说服，冷哼一声，"一节课就五十分钟，你倒好，神游半个小时，留着最后十分钟倒计时，合着你就只有十分钟在听课呢。"

　　图轻檬也不是第一次被侯教授批评了，老实地站着不说一句话。

　　"不要以为你沉默就可以了。"侯教授还在气头上，想起昨天下午气到他的祁言，即使祁言不在现场，也拖出来一起教训了，"你和祁言是我教过的最不听话的学生。他喜欢睡觉，你喜欢发呆，怎么着，你们是觉得自己翅膀硬了，还是觉得我提不动刀了？"

　　图轻檬依旧垂着脑袋，浑身上下像是写满了"我错了，放过我吧"。

　　"你知道错了吗？"侯教授恨铁不成刚地问。

　　图轻檬连忙点头："知道了。"

　　如果这样的场景是第一次发生，看着图轻檬可怜的模样，侯教授可能早就熄火了，可偏偏图轻檬的这副样子他早已经见惯了，继续问道："以后还犯吗？"

　　图轻檬很想一口咬定不犯了，可偏偏又深知自己这些小毛病改不掉，慢慢地垂下头来。

　　"所以，你的意思是你知道错了，但下次还犯？"侯教授深吸一口气，继续道，"图轻檬，你要是回答不上我的问题，这节课就站着听。"

　　图轻檬这才弱弱地抬起头："老师，什么问题？"

　　"我提问你的问题。"侯教授顺了口气。

　　"是上一个问题吗？"图轻檬小心翼翼地问。

　　侯教授轻哼一声："是。"

图轻檬这才站直了几分身体："我觉得是我们翅膀硬了。"

全班哄堂大笑，在侯教授杀人的视线中，同学们瞬间收起笑声，要知道侯教授最喜欢打的就是出头鸟。

"你说什么？"这几个字似乎是从侯教授的牙缝里蹦出来的一般。

图轻檬鼓足勇气，和侯教授对视，道："您不是问我是我们翅膀硬了，还是觉得您提不动刀了。"顿了一下，她继续道，"我觉得您身体很健康，不会提不动刀。"

侯教授才明白图轻檬方才为什么会问那个问题，合着是挖了坑在这里等着他呢。

"你的脑细胞要都能用在正确的地方，也不会问出上次那种问题。"侯教授还记着上次图轻檬把他问成哑巴的事情，瞪了图轻檬一眼，"好好学，期末考试我可不会放水。"

"嗯。"图轻檬终于如愿回到了座位上，经过这番凶险的事后，脑海中的李大壮渐渐被遗忘。

图轻檬终于熬过了这节课，四人回到宿舍中，鹿韶搂了下魂不守舍的图轻檬："怎么，被大圣吓傻了？"

侯教授以严厉的教学风格闻名，又因为姓"侯"，被人尊称为"大圣"。

"不是。"图轻檬摇摇头，想起和她一起被提及的名字："不过，祁言是我们班的吗？"

"祁言啊，和你一样，全校评出来的校草。"时里在一旁给图轻檬科普，"我见过他两三次，平时都面无表情。我们学校有不少姑娘暗恋他，不过听说他不近女色，其他的信息就很少了。"

鹿韶也是只闻其名，听见时里的话，倒是惊了一下："这年头竟然还有男生不近女色？"

"这有什么好奇怪的。"图轻檬骄傲地扬起脑袋，"我也不近男色啊。"

鹿韶敲了一下图轻檬的脑门："有清远弟弟在，你还敢近男色？"

被两人这样一提，关长乐终于想起在网上闹得沸沸扬扬的传闻，插了一句："图图，你不是觉得李大壮认识你吗？现在我这儿有个线索。"

图轻檬立刻围了上去："什么线索？"

"网上都说李大壮和小霸王的身形很相似。"关长乐继续道，"按照网友们的推测，我感觉真实性很高。"

时里推了下眼镜："如果这样的话，我们可以先从滑板社那里开始调查，线索应该会清晰很多。"

"可是我们又没有加入滑板社，怎么去调查里面的人？"图轻檬的表情并没有放松半分。

关长乐犹豫半晌，终是下定决心般应了下来："滑板社有我认识的人，我去要名单。"

"到时候把名单发给我。"时里接话道，"我去收集他们的身高等其他的具体信息。"

一个星期后，在一个阳光灿烂的午后，时里将调查一周的成果制作成PPT，在三人面前讲解。

"滑板社一共有五十六个人。"时里对滑板社所有人已经摸清楚了，"我简单地筛选了所有人的身高和体重之后，发现一共有八个人和李大壮相似。"

图轻檬一行三个人乖巧地坐在时里的面前，等着时里继续汇报。

"李克，身高一米八一，体重六十公斤，除了滑板社之外，还报了篮球、乒乓球等各种体育项目。"时里放到下一张PPT，"目前来看，他并不热衷于滑板。"

"舒远，身高一米八三，体重六十五公斤，生平最大的爱好是助人为乐，主要帮助女生和老人。"时里指了指电脑上的照片，"依照图图所说的李大壮气场强大，由此可基本确定，此人与李大壮毫无关系。"

……

看着眼前丧气的三人，时里拍了拍手："同志们，注意了，压轴的要来了。"

"压轴？"关长乐看过滑板社的名单，此时眼睛一亮，"是他？"

"最后一位嫌疑人，祁言！"电脑上满屏都是祁言的证件照，时里不自在地摸了摸鼻子，"祁言基本上没什么正脸照，我找了好久才找到这一张证件照。"

图轻檬已经有几分急切："他也是滑板社的？"

"嗯。"时里点头，"身高一米八二，体重无从得知，不过就偷拍的照片显示，他的身形与李大壮高度相似。"她按了下鼠标，将收集出来的照片一一放映，"这些照片都是我从网上找来的，不太清晰，也没有正脸。"

"高冷也对得上，还有不近女色这点也对得上。"鹿韶望着电脑上的照片，"所以祁言是S级嫌疑人了。"

图轻檬看着电脑上的图片，将祁言列为第一关注对象，这会儿仰着脑袋，向三人求助："我们直接让他闭嘴吗？"

"当然不可以，万一他不是李大壮的话，我们岂不是主动暴露了身份。"时里点了下图轻檬的脑门，"我们也不能随便添加祁言的其他联系方式，只能从微博上再搜集信息，逐一确定，看是不是可以排

除他是李大壮的可能。"

图轻檬对时里有绝对的信任："那找到线索的时候，我去核实。"

"你可以吗？"鹿韶有点不放心图轻檬，毛遂自荐道，"不然我去吧。"

时里倒是和鹿韶观点相左："我觉得图图去最合适，毕竟她是唯一和李大壮有深度接触的人。"

"好。"图轻檬首次担此重任，重重地点了下头，"我一定完成任务。"

时里将电脑放回桌面上："我再去微博上看一看。"

图轻檬像是想起什么一般，凑到时里面前："时里，那张证件照可以发给我吗？"

"当然可以。"时里应了声，拖动鼠标，"发你微信了。"

图轻檬看着屏幕上嘴巴抿成一条线的祁言，若有所思。

云清远刚到家，就收到了图轻檬的信息，心情顿时好了起来，不过嘴上却是不显露分毫喜悦："有事要我帮忙？"

难得云清远怼自己，图轻檬马上发了一条心碎的表情包，然后控诉道："没事我就不能找你吗？"

"当然可以。"云清远刚发出去这条信息，下一条信息就话锋一转，"鉴于你基本没怎么主动搭理过我，我觉得你这句话有待考察。"

"什么没有主动过？明明是你太主动了。"图轻檬小声嘟囔了两句，不过她现在毕竟有求于云清远，便忍下了这天大的委屈，给云清远发了一个"我错了"的表情包。

"我大人有大量，原谅你这一次了。"

看着云清远发来的消息，图轻檬歪着脑袋想了想，她要怎么不经意地问及小霸王的事？

"你要去玩滑板吗？"图轻檬斟酌半天才憋出这么一句来。

"不去啊，你不是说我假期才可以玩滑板吗？不然我摔断腿都没人管我。"

图轻檬摸了摸鼻子，好不容易才跳跃到这个话题上，她必须要紧紧抓住："你知道滑板圈里的小霸王吗？"

"但凡玩滑板的人，应该都知道这个名字。"云清远也是相当欣赏这个人，不过他更关注图轻檬怎么突然问这个问题，"怎么了？你见过？"

"当然没有。"图轻檬急忙回复道，生怕云清远起疑，便又扯了一个小小的谎，"我同学很喜欢他，网上最近有些关于他的传闻，所以我想起来就问问你。"

"这样啊。"

看着云清远并没有起疑，图轻檬才将祁言的证件照发了过去："你觉得小霸王会不会长这样？"

"你们同学？"云清远的信息继续发来，"应该不会，传闻小霸王很叛逆，在家长不同意他玩滑板后，故意在高考时成为学校里的吊车尾，不会考得上你们学校的。"

图轻檬没想到还有这种隐情，唏嘘的同时也稍稍放下了心。

"能散播出这种信息，应该不是什么正常的事情。"云清远看着证件照上的脸还算可以，提前给图轻檬打预防针，"图片上这人，你要离远些，免得被他骗了。"

被自己的弟弟教训，图轻檬难免有些不服气："我看起来很好骗吗？"

"你不是好骗，是非常好骗。"云清远纠正道。

姐弟俩吵吵闹闹了一阵，以图轻檬要去吃饭结束了对话。

云清远放下手机，打开电脑，在搜索栏输入了"小霸王"，靠着椅子沉思。

　　图轻檬向来不会拐弯抹角，虽然她很努力地在掩饰自己的目的了，可是话题转得有多生硬，他自然感受得到，既然图轻檬提到了小霸王的传闻，从这里出发，应该可以找出点什么问题。

　　云清远搜出的第一条八卦新闻是"青檬粉丝疑似小霸王，求证知情人"。

　　青檬?

　　云清远蹙起眉头，本来以为这一切只是巧合，现在看来他的好姐姐背着他可做了不少事啊!

　　云清远用了四个小时基本上浏览完了有关青檬的所有信息，看完后沉默着用手指点着桌面。

　　图轻檬，你摊上大事了!

第四章
图轻檬像只呆头鹅／

"呼——"图轻檬站在一棵树下，看着"顺丰快递"的字样，深吸一口气，不断给自己打气，"敌在明，我在暗。没事的，没事的。"

在时里夜以继日的追踪下，终于发现李大壮在某活动中抽中一个玩偶，喜不自胜地发了条微博庆祝，说今天中午要在顺丰快递取幸运物。

机不可失，时不再来。

图轻檬一动不动地盯着顺丰快递店面里进出的人，寻找着目标人物。

在此之前，时里曾带着她远远地望了祁言一眼，虽然图轻檬只是短暂一瞥，但是祁言整个人的气场和外貌十分突出，想要认出他来完全没有压力。

午饭点已经到了，肚子很称职地发出"咕咕"的叫声，图轻檬捂住肚子，小声道："关键时刻委屈一下你，等事情结束了我再好好犒劳你。"

络绎不绝的人从面前经过，图轻檬又将帽檐压下半分，在众人疑惑的目光中，稍稍走远了些。

这个点还不见祁言出现，所以那个定位没准是个误会。

又过了半个小时之后，看着很久都没人进出的快递店，图轻檬伸了个懒腰，终于可以打道回府汇报自己的成果了。

世界那么大，她怎么可能从几千万人中挑出自己学校的人呢？

觉得自己是太杞人忧天了，图轻檬转身走向餐厅，由于激动的情绪导致转身的动作太过剧烈，迎面就撞上前方的身影。

"对、对不起。"图轻檬忙不迭地微微弯腰道歉，打算去捡掉在地上的帽子。突然一只修长的手先她一步捡起帽子，她的视线跟着帽子，慢慢地移动到一张脸上。

嚯！

图轻檬瞳孔瞬间放大，被面前的一张脸惊到，下意识地向后退。

看到面前的人是图轻檬后，祁言眼睛里闪过一丝惊讶，不过他向来擅长掩藏情绪，等到图轻檬看向他时，他已经收敛了所有的情绪。

"祁……"图轻檬刚张嘴，又慌忙闭上，看着拿着她帽子的祁言，只觉得天雷滚滚奔她而来。

这……这样的场景好像似曾相识啊！

祁言将图轻檬所有的震惊尽收眼底，他自然也知道网上关于小霸王的传闻，可是就算他暴露了，众人也不会将他和图轻檬联系起来才对。

不过图轻檬的反应，倒是出乎他的意料。

难道是贾汀暴露了什么？

祁言垂下视线，望向图轻檬时已经将所有的心思都收了起来，将手里的帽子递到图轻檬面前。

可图轻檬的大脑已经出走了，她呆呆地望着祁言，脑中不断循环播放着：完蛋了！

呆子。祁言脑海中浮现这个词，不过他也不打扰图轻檬的冥想，将手里的帽子扣在图轻檬的头上，不顾图轻檬的反应，径直走了。

三秒之后，图轻檬才从自己的世界中走出来，也顾不得扶帽子了，转身就去看祁言，眼睁睁地看着祁言消失在顺丰快递店面的门口。

几乎是一瞬间，图轻檬就回想起李大壮告诉她回学校的公交车的事，忍不住捂住嘴巴。

所以，李大壮就是祁言，更可怕的是祁言难道早已经认出了她？

图轻檬的疑心越来越重，为了确定自己的答案，她决定冒着生命危险，去看祁言拿的是不是幸运物。

如果不是，那最好；如果是的话，她……

图轻檬哭丧着脸，就算是的话，她也完全拿祁言毫无办法啊！

祁言拿着快递出来的时候，就看见图轻檬还在原地抓耳挠腮，他隐去情绪，完全将图轻檬当作空气。

只可惜，图轻檬早将他当成猎物，已经小跑着朝他过来。

等到图轻檬停住脚步站到他面前时，祁言才开口，不过声音和他的人一样冷："有事？"

"祁言同学，"图轻檬整个人完全凭着冲动在做事，在祁言微怔的时候，朝着祁言鞠了一个九十度的躬，"谢谢你刚才帮我捡帽子。"

祁言没有说话，也没有动。

图轻檬已经感觉到脸开始烧了起来，勇气也直线下降，为了得到想得到的答案，强迫着自己直起身子，视线匆匆地在快递盒子上瞥了一眼。

杯子？

图轻檬眼珠转了一下，不是什么吉祥物？

祁言被图轻檬三番五次的举动震惊，根本不知道图轻檬打的什么算盘，心情已是非常不好，语气又生硬了几分："还有事吗？"

"没……没有了。"图轻檬摇晃着头，在祁言的注视下，勇气直接降为零，说完便转身，匆忙甩出两个字，"再见。"

祁言望着那抹离开的身影，眉头蹙了起来。

贾汀一定是无意中泄露了什么。

正想着，贾汀的电话便打了进来。

祁言滑动屏幕，接通："有事？"

"言哥，你还在顺丰快递附近吗？"

祁言转身看了眼快递站，应了一声："嗯。"

"那顺便把我的快递也捎回去吧，我就直接回宿舍了。"

"你的快递是什么？"祁言觉得自己就要抓住什么一般。

"幸运物啊，这次是我第一次中奖，我告诉过你啊，你可能忘记了。"

贾汀兴奋的声音萦绕在耳边，祁言也总算想起这件事的始末，继续问："还有谁知道你中奖了？"

"啊？"贾汀愣了一下，"就是一个玩偶，没什么好炫耀的，我只在宿舍说过。"

祁言并没有打消全部的疑心："朋友圈、空间，在这样的社交账号上你提过吗？"

"没有啊，又不是什么大事。"贾汀仔细回想了一下，语气一变，"我今天好像在微博上提了一句，怎么了言哥，有什么事？"

"没。"祁言吐出这个字，便挂断了电话。

他告诉了图轻檬贾汀的手机号，通过手机号搜索出微博倒也不是什么怪事。

祁言只庆幸贾汀的电话迟了些，不然……

贾汀这号人物，别的本事没有，坏事能数第一名。这要是在游戏中，他就是 bug（漏洞）般的存在。

祁言再次走向顺丰快递店面，只觉得他很有必要在某些方面提示一下贾汀了，不然贾汀什么时候被卖了都不知道。

在经过了大家一系列的讨论之后，宿舍最终确定小概率事件应该不会发生在她们身上。

图轻檬也在不断地说服自己接受这个推论，可不知为何，总是安心不下来。

这时吹来一阵冷风，图轻檬忍不住缩了缩脖子："冷。"

这几天小雨连绵不绝，空气的温度直线下降，已经穿上了裙子的女生又翻出了外套重新套上。图轻檬穿了件薄毛衣，本觉得应该不会冷，可现在来看，毛衣的作用几乎可以忽略不计了。

"姑娘，你的肉夹馍。"

大叔爽朗的声音拉回她的视线，图轻檬笑着接过肉夹馍，道了声谢。

图轻檬正准备回学校，可匆匆一瞥就看见祁言走进五十米外的超市，她转了转眼珠，看了眼超市旁边的奶茶店，临时决定去买杯奶茶。

奶茶很快到了图轻檬的手中，可祁言还是没有走出超市，她也不知道为什么，总想再试探一下祁言，不然心里总觉得怪怪的。

图轻檬左手提着奶茶，右手拿着肉夹馍，望着面前的超市入口，一阵风吹来，打了两个喷嚏。

算了，还是回去吧，毕竟就算遇见了祁言也不知要干些什么，现在是小命要紧。

可是，就在图轻檬路过超市门前的那块地板时，没有干涸的积水成功让她脚底打滑。

在意识到情况不妙的时候，图轻檬第一时间保护手里好不容易得来的肉夹馍，手下意识地攥紧。

只可惜晚了一步，在她反应过来的时候，肉夹馍已经脱离了她的控制。

人一旦倒霉起来，连喝口水都会塞牙缝。肉夹馍朝着空中划出一道优美的抛物线。

祁言刚从超市里出来，就被肉夹馍里面的菜砸中，他眼神上挑，望了眼头发上的豆皮，垂眸便看见躺在他脚下的肉夹馍。

天上不会掉馅饼，但是会掉肉夹馍。

受到祁言的影响，以他为圆心的方圆三里温度又降了几分，周围有认识两人的同学都已经进入备战姿态。

毕竟以祁言以往的脾气，很可能会动手。

"对不起。"图轻檬坐在地上，语气里全是真诚。

倒不是她不愿意站起来，而是她发现了另一件事情——地上有水！她的裤子很悲催地湿了。

场面一度十分尴尬。

祁言望了眼坐在地上的罪魁祸首，视线一瞟，便看见地上的水渍。

祁言将手里的购物袋放在一旁，将豆皮扔进旁边的垃圾桶，然后朝着图轻檬走去。

如果不是此刻条件不允许，瞧着祁言这架势，图轻檬绝对是要撒腿就跑的，她条件反射地用手遮住脸，不断重复着："对不起，我不是故意的。"

感受到从手里攥着的肉夹馍的袋子那边传来力道，图轻檬睁开眼睛，就看见袋子上多了一只手。

祁言半蹲在图轻檬面前，望着图轻檬，手上又加了几分力，还是没能从图轻檬手中抽出袋子，终于开了口："给我。"

"啊？"图轻檬微怔了一下，才松开了紧握的拳头，"哦。"

祁言将地上的肉夹馍重新放进袋子，扔到一旁的垃圾桶里，回头就看见图轻檬满脸心痛地望着垃圾桶。

竟然还想着吃。

不过，此时的祁言已经没什么多余的想法了，他脱下外套，递到图轻檬面前。

图轻檬还在状况之外。

"地上凉。"祁言难得绅士一次。

图轻檬只觉得心里似乎有一根弦轻轻动了动，接过还带着些体温的衣服，将衣服系在腰间。

祁言下意识地伸出了手。

"不用了。"图轻檬双手撑地，瞬间站了起来，朝着祁言鞠躬，"谢谢你，衣服我洗好会还给你的。"

不等祁言说话，图轻檬脚下生风，跑掉了。

祁言没有吃肉夹馍，但是带着一身肉夹馍味回到宿舍。

贾汀第一个围了上来，意外地看着祁言，道："言哥，你身上终于有点烟火气了。"

"还是生意最火爆的那家。"王杨也闻到了，"排队的话得十几分钟，想不到我们的大忙人竟然有这种耐心。"

祁言将购物袋放在桌上，终于有点理解他扔肉夹馍的时候，图轻檬为什么会一脸不舍了。他拿过洗漱用品，没理会两人的调侃，走进了洗手间。

头发用毛巾简单地擦了几下，祁言便收了手，望了眼电脑旁的贾汀，道："贾汀，跟我出去一趟。"

贾汀似乎不相信自己的耳朵："什么？"

"有时间吗？"祁言格外耐心，"陪我出去一趟。"

天上下红雨了吗？祁言可不是什么群居动物，平日里最喜欢擅自

行动，没想到还会有发出组队邀请的时候。

贾汀自然没有拒绝，麻溜地跟上祁言："言哥，干什么啊？"

肉夹馍比祁言想象中的还要抢手，他站到了十米多长的队尾，盯着贾汀，实在没有开口解释的欲望。

"言哥，"贾汀已经被接二连三的事情震惊了，看着祁言，"你不是吃过了吗？怎么还要吃？"

"出了点意外。"祁言惜字如金，"要赔的。"

他虽然不喜欢麻烦，但比起麻烦，他更不喜欢欠别人的。

更何况，还是一个肉夹馍。

从祁言出现开始，前面排队的女生都时不时地扭头看祁言一眼，毕竟大家难得近距离看到男神。

"祁言？"宋佳人看见祁言的时候，还有些奇怪，她自然知道这位直系学弟最讨厌的就是麻烦，"你也来买这个？"

祁言微微点头："嗯。"

贾汀已经自动消音，站在两人的旁边充当空气。

"我也特别喜欢吃这里的肉夹馍，这家的味道特别棒。"宋佳人难得找到与祁言共同的喜好，努力地找话题。

"不喜欢。"祁言从不撒谎，"给别人买的。"

宋佳人的表情有些挂不住："是、是吗？"

祁言依旧是那副表情："嗯。"

贾汀已经开始为这样的氛围感到尴尬，偷偷看了祁言一眼，发现祁言依旧很淡定。

果然，大佬就是大佬。

话已经被祁言聊死了。宋佳人勉强笑了笑，再加上周围都是人，她自然有些不舒服："那我先走了。"

"嗯。"祁言应声。队伍向前走了一步，他也跟上，完全没在意宋佳人的去向。

排了将近二十分钟的队后，祁言终于拿到了肉夹馍，转手就递给了贾汀。

贾汀受宠若惊，毫不夸张地说他已经快要哭了，声音颤抖地望着祁言："给……给我的吗？"

"不是。"祁言回答得很是坦然，望着贾汀受伤的眼神，继续道，"图轻檬。"

贾汀眼底的失落一闪而过，就像一阵风没有留下任何痕迹，怔怔地望着祁言："谁？校花？"

"嗯。"

贾汀小心翼翼地试探着："我能问问怎么回事吗？"

"作为回报，我会无条件答应你一件事。"祁言没有正面回答贾汀的问题。

一听见这句话，贾汀瞬间精神了，拍了拍胸脯："这件事包在我身上。"

贾汀人缘不错，找个女生帮忙送一下东西也不是什么困难的事，很快就完成了祁言交代的事，默默给王杨烧一个高香。

但凡祁言对图轻檬动一些多余的心思，其他男生应该都没有任何机会了。

不过，这不是他应该担心的问题，他只要想想怎么让祁言帮助他干一件什么惊天动地的事就好了。

肉夹馍送到图轻檬宿舍的时候，图轻檬正因为那件男生的衣服而接受三人的审问。

没想到衣服的事情还没有解释清楚，又来了一个肉夹馍。

"鲜花、礼物不算什么稀奇。"鹿韶意味深长地望着肉夹馍，"不过倒还是第一次有人送肉夹馍。"

图轻檬只觉得手里的肉夹馍烫手，望着眼前如狼似虎的三双眼睛，差点哭出声来。

你说，她没事去买什么奶茶啊！

肉夹馍事件已经过去了好几天，自那以后图轻檬一次都没有遇见过祁言，果然她不刻意去偶遇祁言的话，两人就没什么多余的缘分了。

衣服已经洗好晒干，图轻檬小心地叠好衣服，不知道何时何地以何种方式还给祁言这件衣服，才不显得奇怪。

正思考着，桌上的手机便响了起来。

图轻檬接通了电话："长乐，怎么了？"

"图图，祁言现在在西边的操场这里，你不是要送衣服吗？"

"好，我马上去。"图轻檬将衣服装进一个服装袋里，飞奔着朝外面冲了出去。

等图轻檬气喘吁吁地跑到操场时，祁言正在反复做后轮平衡的一个动作，双脚不断地脱离滑板，显示动作失败，可他也不急，很有耐心地不断重复着这个动作。

"如果之前祁言还有万分之一的可能是小霸王。"关长乐的视线从祁言的身上移动到图轻檬身上，继而道，"但是以祁言的技术来看，这万分之一的可能性也没有了。"

图轻檬明白关长乐的意思，毕竟小霸王的滑板技术不可能差成这样。

"目前来看，学校并没有任何风吹草动，就算祁言是李大壮，他应该也不会乱说。"关长乐拍了拍图轻檬的肩膀，"放心，我们安全了。"

图轻檬心里的那一丝丝担忧，因为关长乐的话彻底消失。

图轻檬笑着冲关长乐点点头："嗯。"

在两人说话期间，祁言已经收了滑板，正准备离开。

"接下来是你们的时间了。"关长乐朝着图轻檬眨了眨眼睛，在图轻檬想要扯住她的瞬间，将图轻檬朝着祁言的方向推了一把，"在宿舍等你凯旋哦。"

图轻檬什么都没准备好，像是被迫赶上架的鸭子似的，没有别的退路，只好硬着头皮和祁言说话："祁言同学。"

本来关长乐看见他的时候，祁言已经准备走了，可却不经意看见关长乐打了个电话，便留下来等图轻檬，顺便用实力再一次洗清嫌疑。

"嗯。"祁言不急不缓地应了一声。

"上次谢谢你借给我衣服。"图轻檬将服装袋递过去，"我已经洗干净了，还给你。"

祁言接过服装袋："好。"

图轻檬本就是慢热的人，在不熟悉的祁言面前很拘谨，再加上祁言自动散发的冷气，她马上进入告别环节："那我走了。"

祁言视线掠过图轻檬身后的一个人影，收回视线道："嗯。"

这是图轻檬第二次从祁言面前落荒而逃。

祁言漫不经心地向前走，然后停在方才看到的身影上，伸出手："拿来。"

这一幕已经不止一次地发生了。

曲铙头皮一麻，看着祁言一点也不退让的样子，只好掏出手机："我删我删，我自己删还不行吗？"

当着祁言的面，曲铙也不敢有什么小心思，将拍摄的内容全部删

干净之后，举着手机："要检查吗？"

"我希望这是最后一次。"祁言留下一句话，径直从曲铙身边走了。

距 F 大五公里，有一个被称为滑板圣地的地方——梧桐巷。

这里本来是条荒废的小巷子，后来被黎家父母买下，经过祁言和黎陌的设计后，这里成为无数喜好滑板的年轻人的宝地。

为了建成这个地方，祁言和黎陌拿出了从小到大所有的压岁钱。幸好黎陌认识一些富二代，拼拼凑凑才勉强完工。

祁言从公交车上下来，步行十几分钟，终于走到梧桐巷的入口。

入口的旁边有一棵梧桐树，这棵树也是梧桐巷名字的由来。

门口负责看管的人看见祁言来了，便将大门打开。

梧桐巷原本是对外开放，可后来随着偷拍现象不断发生，再加上祁言懒得应付女生，梧桐巷便开始封闭管理。

现在只有玩滑板四年以上、能做出祁言规定的滑板动作的人，才拥有梧桐巷的通行证。

祁言先进入了一旁的休息室，走到自己的柜子前，换了一双鞋，将帽子扣到头上后，才拿着滑板出去。

原本热闹的滑板场立刻安静了下来，互相切磋的人都停住了动作，站到旁边的观赏席上，视线紧紧地锁在祁言的身上。

贺余是第一次迈入这个地方，对一前一后的变化完全不明白，看向旁边的白成，疑惑地问："师父，这是怎么回事？"

"还能是怎么回事，小霸王来了呗。"白成望着祁言，眼睛弯了几分。

贺余对小霸王的印象止于那些久远的视频，在滑板上很有天赋的他对小霸王倒不像旁人那么敬畏。他看了眼祁言，发现祁言和自己的年纪差不多之后，对对方更加不服气了："他和传说中的一样厉害吗？"

白成看着贺余不服气的样子，道："你自己看吧。"

祁言没理会周围发生的变化，表情比平时柔和了些，踩着滑板随意地滑着。

带板跳跃、前手抓板、脚尖翻板、反身板底滑动、外转板尾滑动接270度转体下、后手抓板跳跃、背身板肚滑动平衡……

祁言行云流水地完成了一个个动作，并且没有任何失误发生。

看着贺余一脸震惊的样子，白成带了些不知名的骄傲解释道："看他玩滑板根本不用担心什么，他每次都看起来很轻松地就完成了各种动作。"

"这样的人为什么没有参加这次的大赛？"贺余视线紧紧地盯着祁言，所有的不服气都变成敬畏，"没收到邀请函吗？"

白成轻笑一声："你觉得可能吗？"

两人说话期间，祁言又做了一个极其凶险的动作，完成得毫无压力，最后稳稳地回归到地面上。

"师父，他要是接受了邀请，第一名应该不是我吧。"贺余已经有些回不过神来。

"你的成绩丝毫不会受到影响。"在贺余怀疑的目光中，白成继续开口，"他不会被邀请出赛，而是会被邀请成为评委。"

"评委？"贺余没想到这种可能。

白成将手插进裤兜，望着崇拜了五年的背影："他值得，不是吗？"

贺余微怔，继而又笑了一下，看着众目之下的祁言，轻轻道："是。"

第五章

校草惊现拍摄现场 /

电脑屏幕上的视频在不断变化，关长乐的心思已经不在剪辑上，内心不断地战斗，直到脑海中浮现出那张似笑非笑的脸，终于下定决心，转身向图轻檬求助："图图。"

图轻檬戴着耳机，双手小幅度地晃动着，正在学习最近热门的舞蹈动作，为下一次的拍摄做准备。

"图图——"关长乐拉长音调，双手圈住图轻檬的脖子，"有件事，想请你帮忙。"

"嗯？"图轻檬摘下耳机，看着关长乐难得不好意思的样子，八卦之魂已经开始燃烧，"你说。"

关长乐将旁边的椅子拉了过来，坐在图轻檬面前："暑假过后，大一的新生就要来了，到时候社团要拍宣传照，我想请你当个模特。"

"哦？"图轻檬挑了挑眉头，"这件事你不是推掉了吗？"

关长乐本来要负责滑板社的拍摄任务，可是不知碰见了什么事，突然改了口，任谁游说都不肯拍摄。

听着床下的动静，躺在床上的时里嘴角一勾，推了推鼻子上的眼镜，望向对面的鹿韶："什么味道？"

鹿韶深呼一口气，相当配合地动身下床："当然是八卦的味道。"

关长乐虽然在宣传部担任着职务，可她不想做的事情，还没有人能勉强得了。

关长乐这前后不一的行为，说明了这其中必定有着其他的隐情。

听着两人的对话，关长乐叹了一口气，头疼地捏了捏太阳穴。

鹿韶和时里已经准备就绪，挨着图轻檬，乖巧地坐着望着关长乐。

"这么大的阵势？"关长乐被三双眼睛注视着，还企图挣扎，"就是拍几张照片，不至于吧？"

图轻檬用胳膊碰了碰时里："有人打算浑水摸鱼，你来！"

时里低下头，轻轻咳一声，抬起头的时候，下意识地推了推镜框："首先，你不是个出尔反尔的人。既然你已经推了宣传照的拍摄，就不会轻易改变主意，除非……"

图轻檬很自然地接了下去："有人威胁或者诱惑了你。"

"其次，时间很特别。"时里继续道，"通常你的事都是我们一起商量的，可这次你故意避开了我和小鹿，想神不知鬼不觉地将这件事揿过去。"

鹿韶没有给关长乐反驳的机会："半个小时前，你和我对视过两次，视线都下意识地移开了。除了爱情的力量，剩下的唯一解释就是你心虚。"

"让你推掉拍宣传照任务的人和让你改变主意的人，"时里笑盈盈地望向关长乐，不急不慌道，"应该是同一个人。"

图轻檬简直不能更同意了："同意。"

"+1。"鹿韶点头应声。

关长乐笑容僵在脸上："你们……"

"我们是没什么证据。"时里眯着眼睛，笑得很是无害，"可是，我们也可以威胁你啊！"

鹿韶傲娇地点了下头："毕竟，长乐你现在可是有求于人。"

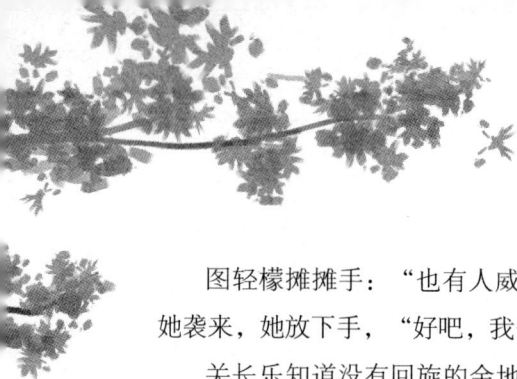

图轻檬摊摊手："也有人威胁我……"话落，立刻有两道视线向她袭来，她放下手，"好吧，我也有点好奇。"

关长乐知道没有回旋的余地，丧气地耷拉着脑袋："我认输，两个问题，开始吧。"

鹿韶兴奋地搓了搓手掌："谁？"

"宋逸清。"提起这个名字，关长乐都有些咬牙切齿。

鹿韶和时里对这个名字并不陌生，毕竟宋逸清算是学校的风云人物，也是她们的直系学长，年年考试成绩第一。最主要的是宋逸清长得不差，她们对于"眼镜杀手"的名号也是略有耳闻。

时里转了下眼珠，继续问题："他用什么让你改变了主意？"

"以前我欠了个人情。"关长乐对此并不想多提，为了防止被几人继续发问，立刻望向图轻檬，"还有一个。"

图轻檬似乎还在回味"宋逸清"这个名字，不知该问些什么，便将自己的权力给了时里："你来问吧。"

关长乐暗叫不好。

果然，时里笑得像个狐狸："按照六要素的原则，说具体点。"

关长乐放弃挣扎："时间是三年级，地点是教室，人物宋逸清。起因是我们约定给对方写一个学期的作业，经过是宋逸清先给我写了一个学期的作业，后来我转学离开，欠下他一个学期的作业，结果是宋逸清现在来报复我了。"

"小姑娘，前途无限量啊。"鹿韶一脸佩服，"给你九十八分，那两分怕你骄傲。"

时里倒还有个问题："我还有点小疑惑。"

"说。"关长乐破罐子破摔道。

"为什么现在宋逸清比你高一届？"时里道。

关长乐闭了闭眼睛，悔恨道："他帮我写了一学期作业，导致我学习成绩没跟上，留级了。"

这，结局倒是出乎意料啊！

图轻檬抿住嘴巴，尽量让自己的快乐没那么明显。

"吃饱了。"时里满足地起身。

鹿韶也站起来，伸了个懒腰："没想到长乐竟然是我们宿舍第一个有感情线的人。"

图轻檬没有动作，蹙起眉头，歪着脑袋像是在思索。

关长乐已经将秘密抖落得差不多了，看着图轻檬迷惑的样子，善良地发问："图图，你还有什么疑问吗？"

倒也不是关长乐善良，眼看吃完瓜的两人心满意足地离开，可图轻檬还没点头答应呢。

图轻檬抬头，真诚地问道："谁是宋逸清？"

"答应我，以后继续在二次元的世界生活，做你的小仙女好吗？"关长乐总算找到了点安慰，按着图轻檬的肩膀，"不要和她们一样那么喜欢八卦。"

拍摄约在周末，宋逸清想起关长乐那日被逼得气急败坏的样子，不自觉弯了下嘴角，摸出手机拨通了电话。

电话响了两声就通了。

"八点。"宋逸清漫不经心地提示着，"不要迟到了。"

对面的人"嗯"了一声便挂断了。

宋逸清丝毫没在意对方的态度。

宋逸清提着四杯奶茶出现在关长乐的视线中。关长乐看着那张威胁过自己的脸，生气地将视线移开。

"周末了还麻烦各位，真是不好意思了。"宋逸清表面功夫做得相当不错，将奶茶一一递过去。

俗话说伸手不打笑脸人，更何况几人无冤无仇，图轻檬三人很友好地接下了奶茶。

近距离看宋逸清这张脸，鹿韶忍住吹口哨的欲望，在心里疯狂呐喊：眼镜杀手，实至名归！

手里还有一杯奶茶，宋逸清眼底的笑意更深了几分，朝着关长乐迈了一大步："喏。"

最看不惯宋逸清得了便宜还卖乖的样子，关长乐轻哼一声："这么长时间没见，你倒是越来越会收拢人心了。"

宋逸清丝毫没觉得尴尬，还带着几分谦虚："毕竟师出名门，我再不济，也不至于砸你的招牌。"

是了，小时候关长乐就是一天一颗糖，将宋逸清收入麾下，为她卖命写作业的。

关长乐再次吃瘪，用无声的沉默表示自己的不满。

"你找的人呢？"关长乐心里想的全是完成任务早点离开。

面对关长乐的发难，宋逸清也没什么情绪："等会儿就来。"

"喂，"关长乐停住调整摄像头的手，看向宋逸清道，"事先说明，如果你找的人没有过我这关，我转身就走，可不要怪我不给你面子。"

"当然。"宋逸清对将要来的人很有自信，朝着图轻檬扫了一眼，"和校花很搭。"

"搭不搭，你说了不算。"关长乐不予置否。

两人说话期间，祁言滑着滑板朝着这边来了。

"喏。"宋逸清的视线在祁言身上停顿一秒钟，继而又落到关长乐身上，语气中带了点邀功的意思，"够得到你的标准吧？"

祁言身着一身黑色运动服，额前的头发随风而动，虽然脸上依旧没什么表情，但也不失为一个养眼的帅哥。

图轻檬自然也看到了来人，咬着吸管的嘴巴微微张开，在祁言看过来的下一秒，瞬间垂下脑袋，吸了一大口奶茶。

传说中的搭档，是祁言？

"喂，"看着关长乐失神的样子，宋逸清的笑容难得消散，右手在关长乐眼前一挥，"看傻了？"

关长乐这才回过神，她也算是见过大场面的人了，可每次见到祁言她都有一种被惊艳到的感觉，就好像第一次看见图轻檬那般。

"还不错。"关长乐在祁言出现的时候已经闭麦，比起私人恩怨，此时她摄影师的职业素养无疑占了上风。

宋逸清语气中带了点小脾气："只是还不错？你眼睛都看直了。"

关长乐并没有心思回应他，朝着祁言走了过去。

"都算认识。"关长乐望着两人，"不用再介绍了吧？"

祁言应了一声，站到图轻檬的身侧，一副准备就绪的样子："可以开始了。"

可以，开始了？

关长乐看了一眼祁言，给鹿韶一个眼神："祁言同学，不要怀疑我的专业，好吗？"

鹿韶已经将一个服装袋子递到祁言的面前："衣服。"

祁言望了眼宋逸清，后者给他一个爱莫能助的眼神。

"计划是要拍两组照片，所以我带了两套衣服。"关长乐解释，"你的底子很好，妆发可以省略，衣服就麻烦你自己换一下吧。"顿了一下，视线飘到宋逸清的身上，"不然让他帮你换？"

"不用。"祁言不加犹豫地拒绝了，然后将视线重新放在图轻檬

身上。

图轻檬身上的运动服虽宽宽松松却意外修身，大抵是为了配合运动风的衣服，图轻檬扎着高高的马尾，脸上也化了些淡妆。

"为了拍摄效果，还请祁言同学配合一下。"关长乐拿出少有的耐心。

祁言点了下头，接过衣服便离开了。

祁言离开时，图轻檬若有所思地喝了口奶茶。之前她一直担心祁言就是李大壮，想方设法偶遇他，只不过一直没试出什么有价值的线索，而且就算祁言是李大壮，看起来也没有曝光她的打算。

本来她都打算以后看见祁言就绕道而行，没想到祁言自己倒是撞上来了。

"长乐，我看你今天相当兴奋啊！"鹿韶撞了撞关长乐的胳膊。

关长乐还在调整摄影机，这会儿才抬起脑袋："就颜值方面，祁言算是为数不多的能和图图旗鼓相当的人。"

还在一旁坐着玩手机的时里插话道："能得到你这么高的评价，看来校草也不是空有其名。"

"更重要的是，祁言身上还有一种难得的少年感。"关长乐的话多了起来，"虽然他的表情不多，但就凭着他那一身拽得跟少爷一样的气质，他就是现下最受女生欢迎的类型。"

看着关长乐注意力都在祁言身上，宋逸清抿了一下嘴巴，突然觉得他让祁言过来，并不算是一个多明智的决定。

祁言换好衣服后出现，表情比方才更加严肃了，迎面就被对面的五道目光看得不自在极了。

"快看快看。"就算在和关长乐说话，鹿韶也不舍得移开视线。

关长乐挑了挑眉头，祁言这个模特也算没白费她特意借来的场地，如果是在校园里，不知要吸引多少人来围观。

　　时里只是想看一下被关长乐认可的人，这会儿点了下头，表示理解关长乐的高评价。

　　宋逸清被彻底冷落在一旁，默默记下了祁言这身穿搭。

　　图轻檬的视线也落在祁言身上。她自小和云清远一起长大，云清远也是背着帅哥的名号一路成长过来，相比同龄女孩，她对帅哥也算是有了一定的免疫力。

　　在这之前，她也承认祁言的颜值，毕竟祁言是公认的校草，可平日里祁言总是穿着一身黑色衣服，看多了也就习惯他的颜值了。

　　可祁言一穿上这身衣服，身上那股生人勿近的气场弱了许多，衣服将祁言身上的少年感最大限度地发掘出来了。

　　果然，女生还是更了解女生想看到的是什么。

　　鹿韶又看了眼图轻檬："你们就是郎才女貌啊！"

　　"咳！"图轻檬给鹿韶一个眼神，示意鹿韶要克制住自己。

　　祁言将手提袋放在一旁，一出口就是破坏气氛："要拍几张？"

　　"两组照片，一组五张。"关长乐答道。

　　原本只要拍六张就可以，可祁言这样的模特可遇不可求，关长乐便改口多加了几张。

　　祁言站到图轻檬的旁边，第二次脱口而出："开始吧。"

　　开始？

　　望着祁言和图轻檬之间的银河距离，关长乐有些可惜，虽然祁言的颜值达标了，但是专业程度到底差得不是一星半点。

　　不过还好，她早做了准备。

　　想着，关长乐望向准备就绪的时里和鹿韶，下巴一抬："姐妹们，

靠你们了。"

"包在我们身上。"鹿韶拍拍胸脯。

只见，时里和鹿韶背靠着背，微微侧着头，鹿韶更是拿出早准备的树枝充当滑板，放置在两人之间。

关长乐解说道："祁言同学，你按照小鹿的姿势来做就行。"

图轻檬和关长乐讨论过拍照的姿势，为了照顾祁言，她率先调整好姿势，减少拍摄的难度。

靠这么近，没必要吧？祁言本想吐槽，可看见图轻檬已经开始准备了，无奈咽下这句抱怨。

人家一姑娘都没说什么，他又怎么好意思抱怨距离太近？

祁言学着鹿韶的姿势，朝着图轻檬一寸一寸地移动，在感受到身后的一抹温热时，大脑都开始放空。

祁言自小与滑板为伴，朋友都没几个，更不要说是女性朋友。

"祁言同学，"关长乐忍不住提醒着，"还有滑板。"

祁言没心思抱怨，身体下意识地跟着关长乐的话行动。

镜头对准两人，关长乐望着镜头里的两人，眉头忍不住皱了起来。

图轻檬的表情和动作都是专业级别，自然挑不出什么问题，祁言的动作差强人意，但是表情严肃得有些过分了。

"祁言同学，不要紧张。"关长乐边调整角度，边指导祁言，"你这个表情有些像上刑场，表情放松一点。"

听了这话，祁言原本抿着的嘴角，更加僵硬了。

考虑到祁言是个新手，关长乐拿出了所有的耐心："祁言同学，你身后不是什么洪水猛兽，是图轻檬哦，所以你笑一下，维持三秒钟就可以了。"

为了避免打击到祁言，关长乐刻意放缓了语气，此情此景关长乐不像是面对一个同龄的男生，更像是哄小朋友打针的医生。

望着祁言越来越僵硬的身体，鹿韶终于忍不住，转个身面对时里："祁言同学？我看是祁言小朋友吧。"

两人不知站了多久，关长乐始终拍不到满意的效果，在祁言不耐烦地蹙起眉头之前，终于抓拍到了一张祁言表情柔和点的照片。

"这张可以了。"关长乐也是许久没遇到这么具有挑战性的事了，将摄影机放下，活动了下手腕，示意鹿韶和时里可以示范下一张的动作。

第二张比第一张更具有互动性，鹿韶踩着树枝，含情脉脉地望向时里。

关长乐适时讲解："祁言同学你踩在滑板上，看着图轻檬就好。"

图轻檬双手背在后面，微微倾斜着身子，望着祁言的方向，情绪和姿势都已经到位。

祁言听着都觉得头皮发麻，可他的性子不允许他做出逃跑的行为，只好按照关长乐的指示摆拍，希望能够早点结束这场拍摄。

将滑板踩在脚下，原本就有身高优势的祁言更加高，以至于图轻檬还不到他的肩头。

"表情太干了。"关长乐刚抬起的摄影机又放下，对祁言说，"笑一下，你们现在的定位是情侣关系。"

看着祁言不得其法的样子，鹿韶忍着笑意，和时里说悄悄话："你觉得这场面像什么？"

"大概像……"时里搜索着措辞，"皇帝在开早朝。"

实在得不到祁言的配合，关长乐只好重新选取角度，试图降低祁言的存在感。

好在图轻檬的业务能力强，在祁言冷冰冰的目光扫射中，依旧笑

得像个恋爱中的少女。

调整角度良久，关长乐终于找到一个不错的角度，刚想按下快门，却看见祁言的裤兜里偷偷钻出头的手机。

"祁言同学，你的手机有些抢镜。"关长乐说话间，给鹿韶一个眼神，"先放到旁边一下吧。"

鹿韶已经走到了祁言的面前，伸手要接。

烦躁，无奈，算了。

在鹿韶走来的时间，祁言已经完成了三种情绪变化，绕过鹿韶走向一旁的桌面："我自己来。"

鹿韶朝着图轻檬一脸无辜地摊摊手，无声地说了句："委屈你了。"

他们原本预计三个小时之内要拍十张，可祁言以一己之力改变了他们的计划，三个小时之内才完成一组照片。

祁言和图轻檬都去换下一组的衣服了，时里去帮图轻檬换发型，鹿韶想着去帮忙，便将图轻檬的手机放在桌子上，这才发现祁言的手机和图轻檬的手机是同款。

"放在外面。"鹿韶放下手机，还重复了一句，就怕记混了。

很快，屋内就剩下宋逸清和关长乐两人。

将拍好的五张照片一一看过之后，关长乐才揉了揉酸疼的手腕。

"祁言不是专业的，还请你多包含。"宋逸清靠了过来，"很累吗？"

关长乐望了宋逸清一眼，自从被宋逸清威胁之后，她一看到宋逸清这张脸就生气。

宋逸清也不生气，他有的是办法打破关长乐的沉默："还生我的气吗？"他故意停顿了一下，才悠悠开口，"豆豆。"

关长乐差点儿跳起来，怒视着宋逸清："你再这样叫我，信不信我把你……"

"把我什么？"宋逸清脸上挂着格外欠揍的笑容，"难道还让我叫姐姐吗？"

如果知道这些黑历史会被人翻出来，关长乐小时候绝对会离宋逸清远一点，更不会用棒棒糖去诱惑宋逸清叫她姐姐。

果然出来混，迟早是要还的。

看着关长乐的样子，宋逸清再加一把火："可是叫姐姐的话，没有棒棒糖是不可以的。"

关长乐彻底听不下去了，耳尖发烫，只能拔高声音："宋逸清！"

如果是小时候，宋逸清早就屈服在关长乐的"淫威"下，可是现在的关长乐在他的眼中就是一个纸老虎，他还是一副镇定的样子："怎么了？"

"我已经答应你拍照片了，以往的事情都一笔勾销了。"关长乐恶狠狠地说，"你最好不要惹急我，不然一张宣传照你都拿不到。"

作为现任滑板社的社长，宋逸清也是相当负责，立刻举起双手投降："别啊。"

关长乐终于找回一点主场，情绪总算平复一点："从现在开始，离我远一点。"

"好——"宋逸清拖长声音，倒退的时候却不小心碰到身后的桌角。

桌角处的手机晃了一下，差点掉到地上，宋逸清拿起桌角的手机，放到里面的位置，似乎还想找点话题："这两个手机竟然一模一样？"

关长乐早就背过身，充耳不闻宋逸清的话。

十几分钟后，祁言穿着一身蓝色的校服出现了。

到底还是少年，哪怕面无表情，随便一站，也是最抢眼的风景。

关长乐很是满意。和宋逸清将近十年不见，她对宋逸清了解不深，现在看来，他这些年看人的品位倒是提高了不少，想着便下意识地朝着宋逸清望去。

宋逸清的目光一直在关长乐身上，在关长乐看过来的时候，早就摆好了等待表扬的表情。

关长乐假笑一秒，便收回了视线。

五分钟后，图轻檬也换好衣服出现了。

即使关长乐和图轻檬朝夕相处，还是时不时被图轻檬的盛世美颜惊艳到。

这套蓝色校服远没有方才的那套张扬，带着些安静的色彩，图轻檬的高马尾也放了下来，随意地扎了一个丸子头。

身为青檬时，图轻檬一向用口罩遮面，网上不乏恶意的人攻击她的颜值，若是让那些人知道青檬口罩下的脸是这样，还不知道会掀出怎样的风浪。

祁言视线也落在图轻檬身上，即使是他，也不得不承认图轻檬的美并不小众。

图轻檬接收到祁言的视线，在时里和鹿韶摆动作的时候，主动说了句话："长乐很会抓拍，你只要微微变化表情就好，不用害怕。"

"我不是害怕……"祁言刚想为自己正名，可看见图轻檬带着笑意的眼睛，终是将"我只觉得蠢"咽了下去。

图轻檬不知道祁言欲言又止的后半句，好奇地问："那是什么？"

"没什么。"祁言避而不谈。

时里和鹿韶已经摆好了姿势，这次换时里踩着树枝，和鹿韶对视。

图轻檬望了眼滑板，试探着问："可以踩一下你的滑板吗？"

关长乐她们对祁言并不了解，丝毫没觉得这是个过分的要求，只有宋逸清微微蹙起眉头。

即使宋逸清和祁言算不上什么要好的朋友，可奈何祁言的个人风格太强，宋逸清想装作不知道都难。

正当宋逸清害怕场面太尴尬，想要圆场的时候，祁言突然点头了。

这……

宋逸清合上微张的嘴，似乎还有点震惊。

凡是和祁言玩滑板的人，谁不知道祁言占有欲极强，一般刻上他名字的私人物品，都不会让别人碰，更何况是他那么宝贝的滑板，他平日里都恨不得将它供起来，没想到这次他竟然会让别人踩一下。

宋逸清看了图轻檬一眼，不动声色地掩藏起惊讶。

所以，即便是祁言这里，也有例外的存在。

图轻檬是第一次踩滑板，虽然云清远是个滑板爱好者，可是看云清远经常摔后，家里的人便都不赞同她玩，她也没什么兴趣，从没有尝试过。

小心翼翼地站上滑板，图轻檬维持好平衡，缓了一口气，刚想摆造型，身体一动，脚下的滑板也动了，瞬间就失去了平衡。

祁言下意识地去抓图轻檬的手，身体前倾，右手扶住图轻檬的腰，勉强帮图轻檬维持住了平衡。

这一幕简直堪比铁树开花，时里和鹿韶对视的时候，眼睛都快冒星星了。

关长乐更不会错过这一幕，按下快门，将画面定格。

等图轻檬维持好平衡后，祁言才后退一步，撤下双手，仔细看的话，还有些不知所措。

"谢谢。"图轻檬也是第一次和男生有这般亲密的接触，不好意思道，"我第一次玩。"

踩着滑板的图轻檬只比他低了一点，祁言很容易就看见正对他笑的眼睛，方才他因为滑板被踩的烦躁感，忽而在这个笑容的影响下，莫名地消散了许多。

图轻檬是离祁言最近的人，对于祁言的情绪变化自然是第一个察觉的，她立刻抓住时机，右手扬过头顶，像是在和祁言比身高。

和图轻檬相当有默契的关长乐同时按下快门，将祁言松动的表情拍了下来。

"OK！"关长乐忍不住又看了一眼照片，"效果非常好。"

受到这个小插曲的影响，这一组照片拍摄得很是高效，只一个小时就完成了。

关长乐喊停之后，祁言打了声招呼，去换自己的衣服。

图轻檬三人围着关长乐，看照片的成品。

宋逸清适时走到关长乐身边："谢谢你，有空请你吃饭。"

"别。"关长乐才不吃这套，"以后我们还是井水不犯河水吧。"

"你也太不念……"

还不等宋逸清说完，关长乐就甩过去一个眼神，一副"你再说试试"的样子。

宋逸清也不敢把关长乐惹急，闭上了嘴巴。

"果然，颜值至上。"鹿韶感叹，"看这照片我都想给你们牵红线了。"

"还是留给你自己吧。"图轻檬笑了一下，"我的手机呢？我先回去洗漱一下，清远的查岗电话差不多要来了。"

"等下。"鹿韶转身去拿桌上的手机，望着桌子上同样的两个手机愣了一下，不过还好她特意记了手机的位置，毫不犹豫地拿起外面的手机。

"那我回宿舍等你们了。"图轻檬接过手机，朝着几人挥挥手。

祁言换好衣服把衣服还给鹿韶后，拿起桌上的手机也走了。

如果他走得不是那么急，应该会发现手机被他放进口袋之前，屏幕亮了一下。

屏幕上是一个二次元的小哥哥。

第六章

为她保守小秘密 /

回到宿舍，图轻檬将手机放在书桌上，拿着洗面奶去了卫生间。

等到洗漱完的时候，关长乐她们也回来了。

"图图，我好久没拍过这么满意的照片了。"关长乐盯着屏幕上的一对璧人，仍是按捺不住自己的兴奋，"如果祁言再专业一点，我肯定把他发展成我的合作对象。"

想起祁言，图轻檬思索了一下，之前怀疑他是李大壮，她千方百计地偶遇试探时，祁言那张冷峻阎王脸。

这要是让她一直对着这张脸……

图轻檬抖了下身子："劝你把这个想法扼杀在摇篮里，不然你会失去我的。"

关长乐做了一个"抹脖"的动作："我将永远忠于你。"

说话期间，桌上的手机屏幕亮了起来。

"图图，"鹿韶提示了一句，"手机亮了。"

图轻檬的眼睛还有些睁不开，只隐约看见是一个电话，还有些意外。

"清远，不是发视频吗？"图轻檬将手机放在耳边，有些疑问，"怎么……"

"哥……"对面一声轻呼之后，沉默了好一会儿，才试探着开口，"小、小表嫂？"

陌生的男声让图轻檬紧张了起来，她拿下手机，看着屏幕上陌生的两个字。

黎陌？

"小表嫂。"相比于图轻檬的一头雾水，对面那位已经兴奋起来，"我表哥也太不够意思了吧，谈恋爱还藏着掖着。小表嫂，我是黎陌，你在哪里，有没有时间见一面？"

听着手机那头传来的追问，图轻檬一个激动就将电话挂断了。

拿着手机左右看了一下，这是她的手机，可是锁屏是怎么回事？还有那通电话又是怎么回事？

图轻檬还在神游着，指纹没识别成功，手机页面跳出密码解锁，她下意识就输入了自己的密码。

刚输入，图轻檬就觉得自己的脑袋被驴踢了，懊悔道："我在干什么蠢事？"

可手机却显示解锁成功，屏幕切换到主屏的界面。

所以，现在手机密码都流行四个零吗？

图轻檬的嘴角一抽，正想问鹿韶，可鹿韶正戴着耳机看偶像剧，情绪到了，已经哭得稀里哗啦了。

图轻檬还在理着头绪，就看见微信那里跳出了一条好友申请。

头像是自己的。

图轻檬忙不迭地通过了申请。

"篮球场。"对方很是干脆利落，"换手机。"

隔着屏幕，图轻檬都能感受到对方的冷漠。

迄今为止，这样的冰冷气场，她只在两个人身上感受到过，一个是李大壮，一个就是祁言。

顾不得多想，图轻檬拿着手机朝着指定地点赶去。

已经临近饭点，篮球场的人都已经散去，祁言的身影格外显眼。

图轻檬是小跑过去的，跑到祁言面前的时候，脸已经微微泛红。

祁言伸出手，表情比平时还要严肃："拿来。"

图轻檬乖巧地递上手机，看着祁言生气的样子，还以为耽误了祁言的事情，下意识道歉："对不起，我不知道是你的手机……"

祁言望着图轻檬，脸色更是不好看了几分："你解锁了？"

图轻檬有点蒙，但还是点点头："我们密码一样。"

祁言朝着图轻檬靠近一步，语气更冷了："你看到了什么？"

"没、没看到什么啊。"知道那不是自己的手机之后，图轻檬根本不会乱翻，"就看到一个壁纸。"

"还记得壁纸吗？"祁言步步紧逼。

图轻檬回忆了一下："黑色的背景，有一行红色的英文字体，好像是 one more try？"

在图轻檬说话的时候，祁言紧紧盯着图轻檬的每一个表情，发现图轻檬似乎没有多想。

"One more try"是滑板圈的常用句子，意为再试一次，如果是对滑板一无所知的人，看见这个句子也不会多想。

祁言思索了一下，正准备退后一步。

图轻檬也向后退，看着祁言越来越危险的表情，突然说了句："刚刚有人给你打电话，备注是黎陌。"

黎陌？那颗最擅长自爆的炸弹？

祁言刚放下去的警觉心又迅速上升，朝着图轻檬走了一步："他说了什么？"

想起"小表嫂"三个字，图轻檬尴尬地飘忽了视线："没说什么啊。"

祁言自然注意到了图轻檬的迟疑，又朝着图轻檬靠了一步，语调危险地上扬："没说什么？"

图轻檬后退了好几步，已经靠到了一棵树上，手指揪着裤子："真没说什么。"

看着图轻檬这样的态度，祁言知道已经问不出什么有价值的东西，后撤了半步，将手机递给图轻檬。

图轻檬这才松了一口气，接过手机道："谢……"话只说了一半。

"不要轻举妄动。"祁言上半身倾向图轻檬，在图轻檬的耳边，压低声音道，"不然，我也不保证我不会乱说。"

祁言知道什么？祁言要乱说什么？祁言以为她知道什么？

难道是她直播的事情？

不会吧？

虽然祁言和李大壮气场相似，但是祁言根本不像是会微博转发抽奖的人。

而且她打听过了，祁言就是一个滑板界的小透明，肯定不是传说中的小霸王。

可是，祁言说的秘密又是什么？

回到宿舍，图轻檬不断思考，仍旧没有想出个所以然，这会儿云清远已经打过来了视频通话。

图轻檬将心事甩开，戴上耳机就接通了。

"刚刚那是谁？"云清远一出口就是一枚原子弹。

"嗯？"图轻檬舔了舔嘴唇，迟疑道，"什么啊？"

看着图轻檬还想隐瞒，云清远更生气了："拿着你手机的男生。"

二十分钟前，云清远已经打过了一次视频电话，视频刚被接通一秒就挂断了。虽然时间很短，但云清远还是看出了对方的轮廓，正当

他想再打过去的时候,对方给他发了一条短信,让他二十分钟之后再打。

摸不清对方的路数,云清远也不敢轻举妄动,生怕对方对图轻檬不利,而他也度过了人生中最长的二十分钟。

所幸,图轻檬没有事。

庆幸之后,云清远所有的担忧转化为后怕:"在学校有人骚扰你吗?"

在云清远的定义中,所有对图轻檬有企图的人,都统称为骚扰图轻檬。

"没有。"图轻檬自己也觉得整件事情相当玄幻,更不知道如何与云清远解释,只想着赶快翻篇,"刚刚就是一起乌龙事件,同学拿错我的手机了,现在已经换回来了。"

为了不让云清远担心,图轻檬选择性地省略了一些东西。

看着图轻檬没有开口的打算,云清远也没有其他的办法,只能再一次强调:"如果有事情的话,要第一时间告诉我。"

"知道了。"图轻檬小鸡啄米般地上下晃着脑袋。

不但云清远查岗,祁言那边也有黎陌查岗。

"哥……"黎陌拉着长腔,语气里全是跃跃欲试,"谈恋爱竟然不告诉我,你也太不够意思了。"

祁言轻哼一声,他还没找事,某人倒是找上门来送死:"你刚刚对她说了什么?"

听着这阴森森的声音,黎陌感觉脖子一凉,瞬间怂了,摸了摸鼻子:"也没说什么。"

"没说什么?"祁言声音又低了几分,"你上次让我签名的成绩单,姑姑还不知道吧。"

黎陌急了:"什么成绩,我听不懂你在说什么!"

"哦，是吗？"祁言丝毫没理会黎陌的振振有词，善解人意道，"既然这样，我也没必要帮你瞒着了。"

"哥，你都几岁了，还打小报告？"黎陌气冲冲道，"你能不能成熟点？"

祁言不急不慌道："我成不成熟，取决你的回答。"

看着打算和他死磕到底的祁言，黎陌满心狐疑，难道是自己吓到小表嫂了？

对面一阵沉默，祁言的耐心有限："你还有一分钟。"

瞧瞧这态度，和小时候一样讨厌。

黎陌知道祁言说一不二的性子，为了防止被自己母亲追杀到学校，他试探着开口："天地良心，隔着屏幕我能做什么过分的事，就是……就是叫了声小表嫂。"

小表嫂？祁言皱起眉头，想起图轻檬一言难尽的样子，所以是他误会了？

一，二，三……

祁言三秒内没挂断通话，黎陌才放下心，看来他没有踩到祁言的怒点，瞬间脾气就上来了，在线教祁言学做人："表哥，被撞破秘密时，不要想着威胁人家，要学着收买。"他猜测了一下，"你刚才是不是凶小表嫂了，哥，不要总板着脸，像是审问犯人一样，你这样是没女孩子喜……"

祁言干净利落地挂断了通话，抬起视线，正好和对面看过来的女生对视了一下。

对面的女生本来只是想偷看祁言一眼，没想到竟然会被当事人抓包。顶着祁言凌厉的眼神，女生朝着祁言鞠了个躬，跑着离开了。

"图图，你看班群里的消息了吗？"鹿韶给图轻檬发来消息，"我们在行方楼的 305 教室，你看到消息就来找我们，我们先去占位置了。"

"图图，呼叫图图！"

"图图，我们去晚了，只能随机分配位置了。"

"图图，只剩下第一排的两个座位了，你来了就直接去吧。"

"收到！"图轻檬回复了两个字，匆匆收拾好课本，从图书馆出来朝着行方楼小跑。

等图轻檬到的时候，讲座已经开始了，她一出现就聚焦了所有人的视线。

迟到也不算什么大事，一般情况都只是下意识看一下，可大家发现是图轻檬之后，所有的目光没有转移，反而更加炽热了几分。

图轻檬根本不好意思抬头，嘴里默念着："第一排，第一排……"

视线一抬就看见了空着的座位，图轻檬快步朝着空座位走去，迅速落座。

本以为总算脱困了，没想到听到了身后座位的惊呼声。

"我的天，是图轻檬！"

"旁边还是祁言。"

方才太过慌乱，图轻檬根本没去看身边的人，一听见身后的讨论，瞬间感觉属于祁言的气场从四面八方朝她不断涌来。

想起上次不愉快的见面，图轻檬现在还不知道祁言到底知晓了她什么秘密，这会儿图轻檬打算最大程度地降低自己的存在感，生怕一个不小心惹急了这尊大佛，一激动就将她曝光了。

祁言这边倒没什么动静，可是身后的声音还是不断传来。

"你觉不觉得气氛有点怪怪的。"

"你也感觉到了吗？我感觉图轻檬好像很怕祁言啊。"

"不是都说这两人没故事吗？"

"当然，要是有故事，肯定脱单了。"

"就算三观不合，这五官也不同意两个人只是普通同学。"

讲台上老师说的内容，图轻檬都听进了耳朵里，可是一句话都解析不了，因为身后的同学还在八卦中。

"一个宅到家的校花，一个酷到没朋友的校草，这两人要是有一腿，简直绝了。"

"这两人不是真的有什么情况吧？"

"那论坛不得瘫痪。"

"我们在这个角度拍一张照片，肯定火了。"

"要不……"

祁言突然动了下，头微微朝着图轻檬的方向偏了四十五度，状似无意瞟了一眼女生。

身后的声音顿时消匿，图轻檬左手抚上额头，闭上了眼睛。

她也是第一次看见把悄悄话说得这么大声的人，如果不是碍于祁言，她都要好好一睹身后两个女生的尊容了。

讲座一共一个小时，图轻檬一个字都没听进去，只听见了"结束"两个字。

生怕祁言干出什么了不得的事情，图轻檬腾的一下从座位上起来，大步朝着教室外冲去，全程行云流水，不带一丝犹豫。

祁言的目光追随着图轻檬的背影，三秒之后，淡淡收回视线。

上次，他是吓到她了吗？

吃完午饭，图轻檬收拾好书包，打算出门。

"不午休吗？"鹿韶抬起脑袋，想了下又道，"我记得没错的话，

下午我们应该没有课吧。"

图轻檬边收拾边解释："C 语言我还要再看看，我可不想期末考试再临时抱佛脚了。"

"可怜的宝贝，祝你好运。"鹿韶伸手送上一个飞吻。

"走了。"图轻檬背上包便出门了。

已经过了饭点，大部分的人都待在宿舍准备午休，这时候在学校游荡的人已经没几个了。

去图书馆的路有两条，一般宿舍四人一起走的时候都是走大路，图轻檬不知出于什么心思，拐了个弯选择了小道。

小道周围都是花花草草，下面都是大小不一的鹅卵石，宽度只允许两个人并排走。

中间稍稍有个弯，图轻檬的视野一宽阔，就看见了迎面走来的祁言。

少年的脸上有影影绰绰的阳光洒下，方才垂着眸子，意识到有人后抬起了视线，整个人直接闯进了图轻檬的眼中。

看着祁言这样没什么情绪的眼神，图轻檬的心跳莫名有些紊乱，但是步调却并未停止。

在这之前，祁言已经算是见过不少次图轻檬，不过两人倒是没有说过几句话。

鉴于上次被祁言威胁，图轻檬心里一直有个未解的疙瘩，觉得一直担惊受怕也不是个事，她需要一个承诺。

"有时间吗？"擦肩而过时，图轻檬听见自己的声音响起。

不管对方是图轻檬，还是其他人，一般这样的情况，祁言只会面无表情地说"没有"。

可是现在情况不一样了，就上次他不分青红皂白恐吓图轻檬这件事，确实是他做得太过分了。

想到这里，祁言微微点头："有。"

等待被拒绝的图轻檬，听见这个回答眼睛倏尔一亮，笑意从眼角蔓延至嘴角："我想请你喝奶茶，行吗？"

"不行。"祁言下意识应道，在图轻檬暗淡下来的眼神中，又加了一句，"柠檬水，可以吗？"

果然，图轻檬的表情重新鲜活了起来："好啊。"

"一杯柠檬水，一杯黄桃牛奶。"图轻檬刚准备付账，就看见祁言已经支付成功了。

图轻檬有些不好意思："说好是我请你的。"

祁言虽不喜与人来往，倒也知道些男女来往的规矩，比如不能让女生买单。

"你请客，我买单。"祁言随意扯出一个理由。

男生买单的绅士风格，是黎陌告诉他的，而"我请客，你买单"的霸王条款也是黎陌传授给他的。

图轻檬也没纠结，毕竟这次消费不足二十元，如果下次还有机会的话，她再还回去好了。

买完饮品之后，两人默契地找了条几乎没人经过的小路。

图轻檬想好措辞才开口："你知道我什么秘密？"

倒没想到图轻檬会如此开门见山，祁言微怔了一下，也没拐弯抹角："主播。"

早已经想到了这种可能，图轻檬很快接受了，试探着问："你怎么知道的？"

"上次错拿了你的手机，不小心打开了软件。"祁言早就想好了脱身的理由。

原来是她想错了，祁言并不是什么李大壮。图轻檬微微敛神："是

这样啊，我还以为……"

"以为什么？"祁言顺口接了句，说完自己也愣了一下，生怕图轻檬再多想，可是说出去的话就如同泼出去的水，如今他只能静观其变。

"没什么。"既然已经打消了疑虑，图轻檬也没追问，继续问自己关心的问题，"你不会告诉别人吧？"

图轻檬对这件事的介意程度，祁言根据前几次图轻檬对他的试探，就能略知一二。

祁言心思一动，难得发表自己的观点："做主播并不丢人。"

更何况是技术流的主播。

"我知道。"图轻檬知道祁言的意思，笑容又灿烂了几分，"我只是不想让别人过度关注我。"

祁言应了一声："嗯。"

"那……"图轻檬脑袋朝着左侧歪了下，"这算是我们之间的秘密了。"

秘密？

祁言在脑海中重复了一遍这个词，这个词似乎带着不一样的色彩，不过他也没找出否定的理由："嗯。"

图轻檬用左手提起奶茶的包装袋，伸手右手的小拇指："拉钩。"

还要拉钩？祁言面露难色，这样幼稚中带着几分弱智的行为，他自出生都没做过。

图轻檬也没意识到不对，这是她和云清远之间的承诺模式，他们有时一天都要拉上好几次，熟练到对着陌生的祁言，她也没感觉到有丝毫不妥，甚至在祁言迟疑的时候，晃了晃手指。

祁言还在挣扎，这般举动实在有些为难他，可看着图轻檬疑惑的小眼神，终于还是伸出了小拇指。

"承诺过的事情，就不许变了。"图轻檬摇晃了下手，一双弯弯的眼睛中全是愉悦。

突然，祁言像是猛地受到了什么刺激，触电般地收回自己的手。

图轻檬被祁言的动作吓了一跳，手指依旧停在半空中，呆呆地望着祁言，有几分不知所措。

祁言知道自己的行为有些过分，在想办法补救的时候，说了句更加不理智的话："你都是这样和别人做约定的吗？"

图轻檬放下手，不知所以然："嗯。"

"以后不要做了。"祁言移开视线，将手指放到嘴边，不自然道，"太幼稚了。"

自从答应为图轻檬保守秘密后，祁言认为自己有必要将可能会让图轻檬暴露的因素扼杀在摇篮里。

第一个目标就锁定在了贾汀身上。

"我女神也太美了吧。"贾汀依旧对着那张看不出五官的脸吹着"彩虹屁"。

一听见"女神"两个字，祁言瞟了一眼贾汀，然后将耳机里的音乐调低了。

"直播时开了那么多美颜滤镜，就算是凡人也能成天仙了。"王杨对青檬没有恶意，只是一听见贾汀的声音，不嘲讽两句就觉得嘴巴不舒服。

贾汀的怒气瞬间被点燃："你行你上啊。"翻了个白眼，继续道，"顶着一张回炉重造的脸，说什么风凉话呢？"

"我就事论事，你凭什么对我进行人身攻击？"

"就凭你对我女神的大不敬。"

"那也不能人身攻击。"

"好，我不攻击你，那我们来谈谈图轻檬。"

"呸，你攻击我可以，敢攻击她，我怕我忍不住犯罪。"

"咱们也别打嘴仗，有本事拿图来比比，看看是我女神美，还是你校花丑。"

"你可得了吧，不过你有没有发现，两个人的名字虽然不一样，但都是同音，你说……"

"不会，我女神眼角有颗痣，校花没有。"

"瞧把你骄傲的，有颗痣了不起啊！"

"没有痣更好看，不然拼拼图？"

"谁怕谁啊！"

听着两人毫无逻辑的争吵，祁言本来没打算理会，可是一听见两人准备拿图比拼，他只能插手。

不怕一万，就怕这失明的两人突然恢复了，看出个端倪，到时候贾汀这张移动的大喇叭再一吆喝，分分钟就嫁祸给他。

"别吵了。"祁言摘下耳机，从书里抽出作业本，"作业写好了，谁用？"

"我！"

"我！"

贾汀和王杨一笑泯恩仇，同时拿到本子之后，又重新成为仇人。

"我先拿到的。"

"我先应声的！"

宿舍再次陷入混乱，不过这次祁言没再理会，重新戴上耳机，将耳机声音调大。

窗外的晴空一望无际，放眼过去全是蔚蓝一片，祁言听着最热门的歌曲，全身都松弛下来，重心朝着身后的椅子移动着，直至调整成一个最舒服的姿势。

不足二十岁的少年，心高气傲，目空一切，做事坦坦荡荡，不屑于任何遮掩，原本没有不能宣之于人的秘密。

可是，现在不一样了。从今天开始，他要为了一个名叫图轻檬的女生，保守一个秘密了。

第七章

绯闻满天飞

关长乐加班加点地将宣传照成品图做了出来，很久没看见这么满意的作品了，在宣传部的群里发了一张成品图，没想到这幅图在经过内部消化之后，人传人，短短一上午已经尽人皆知了。

"图图一出手，必出精品图！"鹿韶将照片放大数倍，欣赏着图轻檬的盛世美颜。

时里轻笑，转头望向图轻檬："图图，你应该庆幸小鹿是个女生，不然护花使者分分钟辣手摧花。"

图轻檬也是配合："小鹿，幸好你是女生。"

"不过祁言的长相和你的相比竟然一点也不逊色。"关长乐还是忍不住感叹，想起那张毫无表情的脸，不禁惋惜道，"真是浪费了那张脸。"

鹿韶将图片还原到原图，将一半的视线分给了祁言："祁言小朋友长相确实没得挑。"

"祁言小朋友？"图轻檬以为耳朵出了毛病。

鹿韶给图轻檬科普了一下这个新称呼："宣传照都拍了，叫祁言同学太生疏了，'祁言小朋友'生动形象地体现出了祁言的个性，我觉得非常合适。"她看着图轻檬，"申请组织的批准。"

图轻檬又想起和祁言的两次相处，生气起来一点也不绅士，倒是像个小孩子，点头同意："准了。"

宣传照曝光之后，学校的表白墙已经收到了十多份关于照片的投稿。学校很精心地整合成一条说说，选择了 13 点 14 分更新了出来。

"我何德何能，居然看到图轻檬和祁言同框！"

"祁言平时独来独往，没想到冰山也能有这样的表情。"

"墙墙，我嗑到的 CP 是真的吗？"

"就这颜值，这气质。"

"我可以！这三个字我已经说累了！"

"贾汀岂不是……"

……

贾汀一上课就打瞌睡的技能全开，接二连三打着哈欠，为了"尊重"讲台上奋笔疾书的侯老师，他拿出了手机。

青檬的视频没有更新，微博任务已经做满，给女神送了二十颗心之后，实在无聊到不知干什么了，他就打开了 QQ 空间。

都是些鸡毛蒜皮的小事，贾汀撑着眼皮看，刷了好几页之后，敏感地看到了祁言的名字。

等等……

贾汀瞬间精神了，手指划拉两下，返回到了与祁言和图轻檬有关的说说。

我的天！

祁言和图轻檬？

贾汀兴奋到吃小手手，同情地看了眼王杨，使了个眼色：你家"房子塌了"？

可惜王杨没看懂贾汀的意思，甚至对贾汀翻了个白眼，用手撑起

脑袋，隔绝贾汀的视线，仿佛是阻止贾汀的傻气蔓延。

贾汀也没计较，毕竟王杨可是最大的受害者，想着便看向身边在转笔的祁言，他有点情况不知当讲不当讲。

意识到贾汀投过来的目光后，祁言轻叹一口气，瞥了贾汀一眼，眉头轻轻一皱：你又整什么幺蛾子？

被祁言抓个正着，贾汀吓得半口气都要提不上来，怂怂地缩了缩脖子。

要说祁言这个人什么都好，就是脑回路清奇。他幸灾乐祸地告诉祁言这件事的话，难保祁言不会恩将仇报，将所有的怒气撒在无辜的他身上。

可是，不说的话……

他的心就像被猫抓一样，难受啊！

在两难的抉择下，贾汀止不住地朝着祁言的方向瞟去，整张脸恨不得写着：祁言，祁言，快点问我发生什么事了。

贾汀的表演欲确实吸人眼球，三秒后确实有人注意到他了，不过不是祁言。

"贾汀，你看什么呢？祁言脸上有花吗？"侯教授已经看了贾汀好几眼，奈何贾汀是个木头，气愤地指了指自己，"不要看他，看我！"

王杨的肩膀耸动了一下，很明显在幸灾乐祸。

待会儿有你哭的。贾汀看了王杨一眼，然后板正地坐好，摆出一副改邪归正的态度。

没有做错什么，但是脸上莫名带花的祁言抿了下嘴唇，咽下这委屈。

"也不知道你们脑子里整天想的都是些什么东西！都是大学生了，还要我骂着才肯学吗？"侯老师仍然气不过，用犀利的目光环视一周教室里的同学。

在侯教授视线杀过来的时候，祁言适时地垂下脑袋，心中的烦躁更加扩散了几分。

"祁言，你来说说我刚才说什么了？"侯教授抓典型从来都是这般有理有据。

站起身之前，祁言瞪了一眼贾汀，在侯教授的威压之下，漠然道："不知道。"

"不知道？"侯教授已经被气到吹胡子瞪眼，"那就好好想想，你想不起来，咱们就不讲课了。"

其实，站着没关系，只是被全班盯着，很丢人。

祁言只得回想之前的内容，在全班的注视下，重新和侯教授对视。

侯教授的情绪平复了一些，语气上扬道："想起来了？"

"您刚才说让贾汀看您。"祁言淡定道。

全班哄堂大笑，贾汀都忍不住伸出大拇指给祁言点赞。

"祁言，你给我站着听！"侯教授生气得都破了音，以最快的速度结束了这节课，余下的十分钟对祁言进行了爱的教育。

下课铃声一响，侯教授用眼神又杀了祁言一遍，拿着教案气愤离去："下课。"

祁言这才坐下，似笑非笑地看了贾汀一眼："以后还想抄作业的话，你最好拿出一个合理的解释。"

贾汀像是有了金甲护身，将手机奉上："表白墙发了一条说说，好像是你的恋爱实锤。"

"实锤？"祁言瞥了贾汀一眼，冷声道，"怎么没把你的脑袋捶爆？"

一听恋爱实锤，王杨赶紧凑了上来，全然忘记方才对贾汀的不理不睬："真的吗？"

贾汀还记得方才的嘲笑之仇，一巴掌将王杨的脸按回，好心提醒

道："我劝你不要看。"

"我也关注了表白墙，也有手机，非要看你的不成？"王杨也是有尊严的，拿起手机，开始在线吃瓜。

五秒后，只是想凑热闹的王杨惊恐地发现是自家的房子塌了。

"哥……"王杨悲痛欲绝地望着祁言，"这是怎么回事？"

虽然王杨只是单纯地欣赏图轻檬的脸，也知道图轻檬早晚会有男朋友，可如果图轻檬的男朋友是他认识的人，他真的会变身为柠檬精的。

"宣传照。"祁言将手机还给贾汀，简短地解释道。

王杨又看了眼图片，看着图轻檬的盛世美颜，暗戳戳地点了保存，再次心碎地望着祁言："可是同学们都评论你们好配！"

祁言皮笑肉不笑地扯了下嘴角："如果有意见你去报仇，我绝不拦着。"

高考已经进入了倒计时。

"太累了。"下课铃声刚落，韩望就将水笔放下，从桌洞里摸摸索索，拿出手机，撞了一下云清远的胳膊，"清远，你帮我看着点老师，我玩会儿手机。"

高中禁止学生带手机进教室，即使拿了也应该上交给老师。他们只有周末才能有一下午的时间看看手机，可如果被老师发现，这一下午的时间也没了。

"麻烦。"云清远抱怨了下，还是乖乖合上卷子，托着脑袋望着窗外。

上次他和图轻檬打电话的时候，被班主任发现了，手机惨遭没收，如果韩望的手机再不幸落网，他有急事都联系不上图轻檬了。

"哇！"韩望手指顿了下，顶了下云清远的胳膊，"兄弟，你有眼福了，F大的校花长得真的不错。"

韩望也是闲着无聊，就将身边同学想报考的大学的公众号关注了个遍，这会儿刷到祁言和图轻檬的照片，自动忽略掉祁言，已经完全被图轻檬的颜值折服。

F大？校花？

正在云清远迟疑的时候，韩望已经将手机递给了他，没发现他的异常，还一脸献宝似的："怎么样？"

云清远皱着眉头接过手机，他和韩望相反，看了图轻檬三秒之后，便将注意力集中到了祁言的身上。

一秒认出出现在图轻檬身边的异性是他的职责，更何况是祁言这张招摇的脸，云清远认出来这就是之前在图轻檬手机里出现的人时，危机感瞬间占据了他的大脑。

"哟，难得有女生能入我们云哥的眼睛。"韩望像是发现了什么新大陆，一手揽上云清远的肩膀，声音压低了几分，"成琪讨好了你那么久，你都没什么反应，我还以为你是在欲擒故纵呢？没想到你眼光这么高？"

按照平日云清远"姐控"的属性，只要认识云清远的人都知道图轻檬，可韩望是在图轻檬毕业以后才转过来的，再加上云清远恨不得将图轻檬藏起来，倒也没人敢在他面前议论图轻檬。

"宣传照？"云清远嘀咕了两句，突然想起之前图轻檬拿着一张男生的证件照问他是不是小霸王。

证件照上的祁言刚剪完头发，一副极其不耐烦的样子。当时云清远看到祁言的证件照时，想了一圈记忆中的面孔都没找到相似的，再加上图轻檬说照片是网上找的，便没太在意，可现在他也算是看到过祁言两次了，终于通过滑板这个关键词对上一些事了。

云清远当时还以为图轻檬是为了朋友才问的，这样看来情况远没

那么简单。

"喂，看傻了？"韩望调侃道。

云清远像是没听到这句话般，刷了刷下面的评论，从中间提取出重要的一个线索："祁言？"

韩望凑上脑袋："这个男生？"他若有所思地摸了摸下巴，"看起来和校花倒是挺般配的，不过，就算你想要谈姐弟恋，兄弟还是无条件站在你这边，不过他们要已经是情侣了……"

不等韩望说完，云清远就甩过去一个犀利的眼神。

一般接收到这个表情后，韩望都会停下，不过看着云清远已经徘徊在道德的悬崖上，他还是坚持将后面的话说完："还是不要去做插足者，以你这条件，太委屈了。"

这下云清远不只是眼神变了，脸都黑了大半。

"我看成琪也不错。"韩望不怕死地补充道，"不如你考虑一下发展发展这段关系。"

韩望还想着当红娘，殊不知身后的危险已经越发接近，直到走到他们的身后，发出一声轻叹："发展什么啊？"

"去，小孩子别问那么多。"韩望只以为是后桌的同学，甚至还伸出了手拍了一下，只不过手在半路上被拦截下。

班主任捏着韩望的手腕："是吗？"

韩望的神经发出各种急促的警报，僵着脖子转身："老……老师。"

云清远悄悄关了机，还想神不知鬼不觉地将手机转移。

只不过班主任没给云清远半点挣扎的时间，直接让云清远的计划宣告失败。不过等到班主任拿到手机的时候，手机已经黑了屏。

"哟。"班主任看了眼屏幕，还用手滑了几下，"你们的生活够精彩啊！"

不知道手机已经关机，韩望急忙道："您别误会啊……"

云清远在底下掐了一下韩望的腿。

"啊！"韩望尖叫一声，不解地望着云清远。

云清远头痛两人真是毫无默契，为了防止韩望领略不到他的意思，只好出声提醒："不好意思，刚刚不小心关了机。"

于是，在班主任鼓励的眼神中，韩望紧紧地闭上了嘴巴。

"有谈恋爱的苗头？"班主任已经有十几年的教学经验，虽然刚刚只是听到了只言片语，但也拼凑出了事情的大概了。

韩望马上挺身而出："我可是三好学生，天地可鉴。作为转校生的我，连班上的女生都认不全。"

班主任转移了视线，目光中带了些考问的味道："是你？"

云清远垂下了视线："不是。"

"看样子你也是不准备说了。"班主任将手机朝着裤兜里一揣，也没再为难两人，"作案工具没收了。"

近些天，祁言的名字成功地代替图轻檬占据云清远的大脑。

云清远就知道图轻檬不会给自己说实话，所以他决定亲自去看看，不然总归是不放心。

手机被班主任没收后，云清远和班主任打了很长时间的感情牌，才好不容易拥有了两天的使用权。

次日早上，云清远就坐上了去 F 市的高铁。

他没联系图轻檬，反倒是通过层层关系，找了在 F 大上学的校友。

"你好，我是云清远。"云清远想了一下称呼，在键盘上敲敲打打，"请问，你是吴立的表哥曲铙吗？"

很快有消息回复过来："你是来问我图轻檬同学的事吗？"

“不是。”云清远另有打算，“我想问下你们学校的祁言同学。”

“祁言同学？”对方愣了一下，很快便自己想通了，“你是不是来查岗的？”

查岗？云清远蹙了下眉头，查岗这词不是这么用的吧？

曲铙没理会云清远的沉默，已经开始给云清远科普了起来。

“祁言同学和图轻檬拍了一组宣传照，很多人看到后都觉得他们很般配，你是来打探祁言同学的品行吗？

“祁言同学是我们学校的校草，是公认的大帅哥。我们学校很多人暗恋他，不过他向来高冷，应该没谈过恋爱，绝对不会拈花惹草。

“现在大家都猜测祁言是你姐姐的男朋友，但是两人似乎都没有承认过，都是同学们的想象。

“清远同学，你知道内幕吗？”

吴立之前就提醒过，曲铙的话有点多，云清远这下算是见识到了，不过怕是要让曲铙失望了：“不知道。”

“哦，这样啊。”对方似乎感觉挖不出什么猛料了，没方才那般激动了，“你想知道些什么呢？”

云清远并不八卦：“祁言在哪个班？你知道他的联系方式吗？”

对方停顿了一下，似乎不理解云清远为什么不问图轻檬的事情。但是云清远问的问题并不私密：“他和你姐姐是同一专业不同班，手机号可能有些难，不过QQ号可以帮你问。”

云清远还没来得及感谢他，曲铙又开始单方面兴奋了起来。

“你是要去考核祁言同学吗？

“清远同学，你对我们学校不太熟悉，要我给你做导游吗？我很乐意！”

曲铙脸上就差写着“吃瓜”二字了，以云清远的经验来看，一个热衷八卦的人，嘴巴一般都不太严。

云清远既不想成为茶余饭后的谈资，也不想图轻檬知道这件事，果断地拒绝了曲铙的热心："不用，还麻烦你把祁言的联系方式给我一下。"

"你真不考虑一下？我发誓绝对不会乱说的。"

"不用，谢谢。"

打发完曲铙后，云清远又找了知道图轻檬和他关系的学长和学姐，幸好图轻檬这一届考上F大的只有三个人，都是些沉迷学习的学霸人物，所以当他说请他们保密时，他们很快就应了下来。

还是和这样的人说话舒服。云清远处理完所有的事情，伸了个懒腰，闭着眼睛打算休息一会儿，毕竟后面可能还有一场恶战。

云清远到F大的时候，已经是中午了。

曲铙为了八卦，也是下了心思的，不仅拿到了祁言的课程表，而且不知从哪个女生手里要到了曾经红极一时的手册——《偶遇祁言大全》。

不过他的一腔热情终是错付了，云清远还是毫不留情地拒绝了他。

云清远看了眼课程表，幸运的是祁言这个时间还在上课，也不要他花心思找人了。

7号教学楼407教室。

云清远将手机放进兜里，离这节课结束还有二十分钟，他有的是时间慢慢找祁言。

大学的校园比高中校园要大上好几倍，云清远边走边用强大的记忆力记下一路的标识。

校园的大道上有不少人经过，不时有视线落在身形修长，穿搭有型的云清远身上。

为了避免不必要的意外，云清远早在来之前就戴上了口罩，可没想到这样会更加吸睛。

顶着一众视线，云清远终于找到了 7 号教学楼，刚想着上去，就在教学楼的门口被一个人撞得趔趄了一步。

各种书零零散散洒落了一地，作为受害者的云清远望着一地的书，丝毫没有弯腰帮忙的意思。

"对不起。"肇事者慌乱地捡着地上的书，毫无诚意地道了一句歉，捡完书越过云清远，"兄弟，借过。"

奇葩。云清远望着头顶着一头红色鬈发的男生，在心里吐槽。

"曲铙？你不是有课吗？"这时，从自习室出来的宋佳人捕捉到那抹身影，不解地问。

曲铙？云清远脸上也是很精彩，微怔几秒，轻嗤一声。

他也是被某人的吃瓜精神感动了。

被抓包的曲铙欲哭无泪地转身，扯着一张笑脸望着宋佳人："我逃课出来的。"说着为了证明自己的清白还扬了扬手中的书，"学姐，我可没有骗你。"

宋佳人没在这件事情上纠结："你有急事？"

"嗯嗯。"曲铙忙不迭地点头，整张脸就差写着"快让我走"的意思了。

宋佳人挑了下眉头："所以，你不是来找我的？"

"我有一下午的时间，到时候再约学姐。"曲铙笑得那叫一个谄媚，要不是手里有书，他都要摇宋佳人的胳膊了，"我先去忙急事了。"

"也不是不可以。"望着曲铙的笑容，宋佳人又加了一句，"不过你告诉我你要去找谁？我倒要看看能让你逃掉刘教授的课的是哪位？"

刘教授可是和侯教授一起并列为校园挂科王的教授，大家哪怕有天大的事，也不敢逃这两个人的课，毕竟曾有位师哥以身试险，最后不但挂了科，补考还没通过，落得个重修的下场。

"其实也没啥事。"曲铙试图打着哈哈混过去，"就是找个人。"

宋佳人意味深长地笑道："把魔爪伸到我们计算机系了？"

曲铙努力地让自己变得娇羞："见谅见谅。"

"不耽误你的桃花了。"宋佳人终于放了曲铙，"我也要去找个人。"

"师姐，下午见。"曲铙拔腿向楼上跑。

目睹全程的云清远只觉得无语，不过他想直接上楼去找祁言的这条路被曲铙堵死了。

为了避开曲铙这颗炸弹，云清远转身往回走，还是等曲铙离开，他再行动吧。

曲铙本以为和学姐的这场意外相遇到此终结，不过很快就意识到了不对，站在去往三楼的楼梯上，望着身后的宋佳人，他不解道："学姐，你找的人也在楼上？"

"对啊。"宋佳人点了点头。

曲铙有种不好的预感："学姐要找谁？"

"我为什么要告诉你？"宋佳人反问道，继而又笑了，"交换一下秘密？"

"我怎么能打探学姐的隐私呢？"曲铙马上按住自己汹涌的好奇心，再次和宋佳人说再见，"不耽误学姐了。"

每上一个台阶，曲铙心底的不安就会扩大几分，直到他朝着407教室走去时，发现宋佳人还在他的身后。

"学姐要找的人，也在四楼？"曲铙虽然笑得一脸灿烂，但是心态快要崩了。

说着，两人已经走到了407教室前。

宋佳人没再和曲铙打太极，抬了下手："我要找的人在这里。"还不忘调侃，"你要找的人也在这个教室吗？"

恐怕……

没有这么简单。

曲铙慌忙向前三步："怎么会？我要找的人在408教室。"像是证明自己一般，他抬眼望了眼408教室，在看到空无一人的教室时，心态彻底崩坏，"我、我已经，看到了。"

放学铃声响起，学生们从教室里相继出来。

宋佳人看见祁言后，抬脚就走向他。

曲铙恨不得仰天长叹，他还有什么可八卦的。云清远看见这样的情况，怕是要不战而胜了。

算了，他还是打道回府吧。

可是，宋佳人还是没有放过弱小的他，转身关心道："还没放学吗？"

"呵呵。"曲铙尴尬地笑着，"是、是啊，拖堂呢。"

"那我先走了。"宋佳人也没起疑，摆摆手道。

云清远靠在树旁，盯着教学楼的门口，等着祁言出现。

虽然他没和祁言正式见过，但是他还是有自信能认出祁言。

果然，祁言和宋佳人刚一出现，就凭着其招摇的脸，让云清远进入备战状态。

这是什么情况？

云清远的视线落在宋佳人的身上，看着两人似乎有事要商量，没有上前，跟在两人的身后。

不管宋佳人和祁言是什么关系，他都要亲自确认一下。

宋佳人是来问祁言要笔记本的，她从一开始就知道祁言计算机技术很厉害，只不过没想到祁言的成绩在班里是倒数。

"哇，原来还可以这样。"宋佳人翻看着笔记本，忍不住赞叹着，"要是侯教授知道你这么厉害，恐怕会天天把你挂在嘴边的。"

祁言倒是没想到自己的美名已经传到了大二。

宋佳人看了祁言一眼，将视线移到一旁，试探着问："你知道图轻檬吗？侯教授也经常说起她。"

图轻檬能和祁言一起经常被侯教授提到，自然也是个了不起的差生。

祁言原本没打算接宋佳人的话，可是这次宋佳人说的是个问句，如果他装作听不见的话，就太没礼貌了。

"知道。"图轻檬的样子浮现在祁言的脑海中，祁言不露声色，淡淡补充道，"不太熟。"

听见这个回答后，宋佳人没有半分愉悦，上次她不经意提起图轻檬时，祁言的回答只是重复了一遍"谁"。

现在的情况就是两人已经认识了。宋佳人笑容弯弯，说出来却是试探的话："长得很漂亮吧？"

这个学校心仪祁言的人不在少数，一般人宋佳人都不会放在眼中，可是图轻檬不一样，她漂亮到全校的人都说她和祁言天生一对。

"嗯。"祁言应了一声，这本来就是一个公认的事实，他也没什么好犹豫的，可是他并不想和任何人聊无聊的八卦。

还不等祁言出声，云清远已经忍不住了，将口罩又向上拉了几分，喊住了两人："祁言。"

祁言和宋佳人同时回头，望着不露真容的云清远。

云清远本来就是来兴师问罪的，此时没有丝毫畏惧，望着祁言的眼睛："祁言，有时间吗？"

"他……"宋佳人望着从未将视线放在她身上的云清远，看着祁言确认道，"你认识吗？"

祁言没有回答这个问题，不过这人已经把话说成这样了，他断然不能一走了之："我有点事，你先走吧。"

云清远没有给宋佳人提问的时间，听见祁言的回答，立刻迈开步子向前。

方才穿过校园时，云清远看见了一个偏僻的小亭子，这会儿那里应该没有人经过。

"刚才那是你女朋友？"云清远故意诈祁言，不过他可没有丝毫内疚，在他眼中，对图轻檬有任何企图的人，都不算什么好人。

这人一来就说了一句无厘头的话，一般情况下祁言为了不会有更大的麻烦，都会否认，可对方打量的眼神让他很不舒服。

"你是谁？"

云清远也是爽快，反正这个学校没几个人认识他，干脆一不做二不休地扯掉了口罩，自报家门："云清远。"

祁言在脑海中搜索一圈，耐心发问："我认识你吗？"

"你是不是认识我，不重要。"云清远向前一步，站到祁言面前，平视着祁言，"图轻檬，认识吧？"

祁言不知怎么想起了莫须有的绯闻，想着面前人的身份，心情终于有了一丝波澜："你们什么关系？"

"你觉得是什么就是什么。"云清远有故意诱导祁言的嫌疑，"如果可以，我希望你能离图轻檬远一些。"

祁言也不是能随便被人牵着鼻子走的人，据他观察，图轻檬身边好像没有这号人物。

祁言一向不喜欢将话说得太满，更是在没有澄清和图轻檬的绯闻时。他一直在思考自己到底为什么不去澄清。

只是现在他无暇考虑其他问题，现在所有的心思都想着一个问题，导致他又重复了一遍："你们什么关系？"

"我说我们之间是纯洁的朋友关系，你敢信吗？"祁言的这番回答，直接让他在云清远的心里危险系数迅速飙升，为了测试祁言是否有拈花惹草的打算，云清远也回到了最初的问题上，"刚才和你在一起的是你女朋友？"

"不是。"祁言这次回答得极快。

"哦。"云清远应了一声，"那就是你喜欢她，或是她喜欢你的关系？"

祁言只能回答其中一个："我没有那个意思。"

"这么说会伤女生的心的。"云清远没发表评论，只说了句模棱两可的话。

祁言已经回答了云清远两个问题，而云清远还没有给他答案，他提示着："你还没回答我的问题。"

"我和她的关系……"云清远故意拉长音，向祁言走了两步，微微一笑，"别着急，你会知道的。"

第八章
不远千里来挑衅/

一想到祁言吃瘪的样子，云清远压抑两天的情绪终于得到了缓解，在校园小道上优哉游哉地晃着，从兜里拿出手机，拨通图轻檬的电话。

"清远？"图轻檬没想到云清远会在这个时间点打来电话，"有什么事？"

"想见你算不算事？"云清远哄图轻檬格外有办法。

图轻檬轻笑一声："嘴这么甜？"

"人也很甜。"云清远仗着年龄小，说起这句话来格外顺溜，他抬眼看见顺丰快递的店面牌，"给你买的东西到了，在顺丰快递这里。"

"你给我买东西了？"图轻檬吃完最后一口米饭，收拾好桌面，起身走出宿舍，"什么东西？"

云清远想了一下措辞，最后想出最恰当的四个字："无价之宝。"

"好，我下楼去拿，等会儿再打给你。"图轻檬说完便挂了电话。

云清远看着被挂断的电话，撇着嘴轻声抱怨了句："真是无情啊！"

图轻檬小跑着去顺丰快递店面，虽然她什么也不缺，但是女生对于快递本身就有一种兴奋感，这次又不是自己买的东西，又增加了一分神秘色彩，于是她的期待值又高了好几分。

不一会儿，云清远就看见了那抹小跑来的身影，连带着眼神都温柔了几分。

图轻檬看见云清远的身影时，宛若做梦一般，小跑的节奏渐渐缓了下来。

看着图轻檬眼底渐渐亮起的光芒，云清远朝着图轻檬的方向快走几步，然后朝着图轻檬伸开双臂。

图轻檬从震惊中缓过神来，接着便是无限的欢喜，重新加速，直到冲进云清远的怀中："你怎么来了？"

云清远被撞得后退半步，凭着身高优势揉了两下图轻檬的脑袋："我没骗你吧，是当之无愧的无价之宝吧。"

"是是是。"图轻檬惊喜道。

看见围绕在两人身边灼人的视线后，图轻檬退出云清远的怀抱，恢复成沉稳的姐姐模样，嗔怪道："你怎么突然来了？"

云清远既不能说谎话，也不能说实话，只好转移图轻檬的注意力，嘴角一撇："我饿了。"

"走。"图轻檬还是一如既往地好忽悠，拉起云清远的手腕，大放豪言，"带你去吃最好的东西。"

图轻檬本来想带着云清远出去吃，可云清远却主动要求尝尝学校的菜色，她便改了主意。

"轻檬。"图轻檬一路被四面八方的目光包围，云清远看着一双双如狼似虎的眼睛，故意凑近图轻檬，说起悄悄话，"你好像比之前还受欢迎。"

图轻檬平日就受到了不少关注，再加上云清远的到来，受到的关注更是达到了"1 加 1 大于 2"的效果。

在云清远面前，图轻檬没有任何负担，坦然接了句："天生丽质难自弃。"

云清远挑着眉头看了眼图轻檬，在图轻檬警告的视线下，终是选择闭了麦。

"麻辣香锅，重庆小面，黄焖鸡米饭……"图轻檬带着云清远去了经常去的餐厅，"看看想吃什么？"

云清远本来也不太挑，在各个窗口环视一圈后，本想选一个排队的人最少的窗口，却一不小心看到祁言的身影。

"饺子吧。"云清远拉着图轻檬的胳膊，穿越人山人海，走到了祁言的身后。

图轻檬站在云清远的旁边，反应了好一会儿，皱着眉头看着云清远："你不是不喜欢吃饺子吗？"

云清远从小就不喜欢吃饺子。每次春节那天必须吃饺子的时候，他会将饺子皮和饺子馅分开，要么先吃饺子皮，要么先吃饺子馅，从来都不一起吃整个饺子。

"偶尔也尝尝鲜。"云清远显然醉翁之意不在酒，虽然是在和图轻檬说话，但余光都是祁言的影子。

本来听见图轻檬的声音，祁言还有些恍惚，可还没等他反应过来，另一道熟悉的声音再次霸占他的耳朵。

等祁言意识到的时候，他已经转身，看到了身后两个人。

原本图轻檬一直只注意着云清远，直到前面压迫性的目光袭来，她才下意识地抬起头，刚好和祁言对视。

一起经历过之前的几次乌龙后，两人也算认识了。图轻檬犹豫了一下，努力地放平自己的心态，弯着嘴角扬起手："嗨。"

祁言点头应了一声。

"轻檬。"云清远像是失忆一般，对着祁言这张他半小时之前就见过的脸，好奇地瞪着一双大眼睛，显得要多单纯有多单纯，"你同学吗？"

祁言的表情没有太大波动，但是稍微注意一下，就会发现他的嘴角朝着右边上扬了一个微妙的弧度，然后呼吸突然重了一下，用鼻子发出一个轻轻的"哼"。

图轻檬自然没注意到两人之间的暗潮汹涌。

"是。"她给两人介绍了一下，"这是祁言，这是……"

生怕图轻檬暴露自己的身份，云清远抢先一步，自报家门："云清远，你好，祁言同学。"

"你好。"祁言生硬地应了一声，看着面前两张脸，本就受到影响的心情越发不好。祁言望着云清远挑衅的目光，竟是生生地将头扭向了前方，仿佛是要避开这碍眼的画面。

祁言一向是不喜欢搭理人的性子，图轻檬也没觉得奇怪，而且就和他最近一次的接触来看，他其实或多或少还有些小可爱。

"你要什么味？"图轻檬抬头看着招牌上的口味，反问道，"牛肉？"

云清远点头，也不知道是特意说给谁听似的添了句："还是你了解我。"

"当然了。"以云清远挑剔的性子，图轻檬想不了解他都难，"我先去刷卡了。"

云清远望着祁言的后脑勺，他也是没想到会在这么短的时间再次见到他，不过真是天赐良机。

想着，云清远在脑海中迅速制定战略。图轻檬回来时，他像是聊天般随意道："轻檬，你上次帮我买的衣服挺好看的，我同学也想要，你待会儿把链接发给我吧。"

图轻檬在脑海中搜寻一圈，还是没有想起来云清远说的事，疑惑地望着云清远："什么衣服？"

刚上大学那会儿，图轻檬确实给云清远网购了不少东西，可是自从云清远因杂物太多被宿管阿姨点名批评之后，她就很少买了。

　　"米黄色的卫衣。"云清远记得相当清楚，"就是那套卫衣，你前段时间发朋友圈才穿过的那件。"

　　"那件啊。"图轻檬很少被人要链接，已经开始得意了，"群众的眼睛是雪亮的，我记得你当时还说这件衣服幼稚。"

　　云清远摸了下鼻子，马上认错："我的错。"

　　"这还差不多。"图轻檬丝毫不知道云清远的深意，"回去我发给你。"

　　祁言自然听见两人的对话，心里的不愉快逐渐堆积，看到前面走了一个人，他迅速抬脚向前走，想和云清远拉开距离。

　　云清远的余光瞥见祁言的动作，报复似的跟了上去，继续开腔道："暑假也快到了，你有想去的地方吗？到时候我好做个攻略。"

　　"暂时还没想好。"图轻檬歪着脑袋想了一下，"等我想好了，再告诉你。"

　　祁言很想关掉听觉，耳朵却比平时要灵敏得多，云清远的话一字不差地传递到祁言大脑，继而使他生出各种负面的情绪。

　　五分钟过去了，前面已经走了七个人，他一共前进七步。

　　祁言从没觉得时间这般漫长。云清远已经从衣服聊到朋友，又从旅游回归到饺子，每一个字都像是宣示主权，在告诉祁言离图轻檬远一些。

　　可是，祁言自认为自己和图轻檬是一直保持着正常范围内的距离的，明明云清远的话应该对他毫无作用力，可他也不知道为什么会越听越生气。

　　"39号。"

祁言深吸一口气，端着饺子径直离开。

图轻檬也不知哪里来的错觉，只觉得祁言似乎不太高兴，视线下意识地就追上祁言离开的背影。

云清远这才找到机会询问图轻檬："他就是上次你问我是不是小霸王的人吧？"

图轻檬已经忘记这件事了，被云清远突然提及，有几分慌乱："不……"

"不用回答了，你的眼神已经出卖了你。"云清远看了眼祁言所在的位置，在图轻檬"不要乱来"的眼神中，悠悠道，"待会儿一起吃吧，正好让我近距离接触一下他，我能得出更准确的判断。"

图轻檬皱了一下眉头，表情很是勉强："不要了吧。"

"这可能是一个近距离接近偶像的机会。"云清远眨了下眼睛，"你要体谅我作为一个粉丝的心情。"

云清远端着饺子朝着祁言的方向走去，图轻檬跟在后面，全程脑袋都快要低到地面上了。

"祁言同学，不介意我们坐在对面吧。"

图轻檬听见云清远的声音，生怕祁言不乐意，迅速加了句："介意也没关系，我们另找一个位置好了。"

祁言不是好战的性格，可如果敌人已经挑衅到家门口了，他也不会一味退让。更何况，他现在底气很足，望了两人一眼，最终视线停留在图轻檬的身上："随意。"

"咳！"云清远不满意地咳了一声。

祁言依旧淡然，既然云清远一再得寸进尺，他再退避三尺的话，担心云清远会没有成就感。

"祁言同学，你在学校喜欢玩什么？"云清远是带着试探祁言的

理由来的，此刻自然要贴近主题，以免图轻檬起疑，"也像其他男生一样，喜欢打游戏吗？"

"不打游戏。"祁言迎过云清远挑衅的目光，继而将话题转移到图轻檬的身上，"加入了滑板社团，还和轻檬同学拍了宣传照，她没发给你吗？"

不只是云清远被祁言的反击惊到了，图轻檬本来准备全程当个小透明，突然被提及，也是一阵慌乱。

回答问题就回答问题，轻檬同学是什么鬼？

"以我们的关系，还用问吗？"图轻檬在场，云清远只能这样回答。被祁言这一问，他瞬间成为被动的一方，为了避免露馅，立刻转移话题："祁言同学是什么系的？学习成绩怎么样？"

在曲铙的描述中，祁言应该是个不折不扣的差生，而差生的共同痛点就是学习成绩。

"计算机系。"祁言非但没有不好意思，反而多出几抹不知哪里来的优越感，"很有缘分，和轻檬差不多。"

图轻檬瞬间觉得呼吸都有些困难，还好她刚才吃过午饭，不然现在吃的话，非得被呛出半条命。

喂，去掉姓就算了，好歹加同学啊！

图轻檬的样子让祁言阴郁的心情好转了几分，祁言没有收回目光，看着图轻檬瞪得越来越圆的眼睛，继续开口："你可能不知道，侯老师经常提起我们两个，在大二课堂上，我们都出名了。"

作为一个合格的差生，图轻檬感到万分羞愧，眼神飘忽着："是、是吗？"

云清远完全没想到祁言的战斗力这么强，祁言就好像不知不觉中被打开了一个奇怪的开关，成功完成了逆袭。

“我看祁言同学根本不用学习。”云清远有些乱了阵脚，只想着让祁言的视线回归到自己的身上，匆忙开口，“这张脸就很招摇。”

“过奖了。”祁言已经完全掌控了节奏，再次看向图轻檬，“轻檬的脸也不逊色。”

图轻檬笑得极其僵硬，看着陌生的祁言，好好的冷面帅哥怎么就堕落成这个样子了。

云清远已经完全不想开口，看着段位不断提高的祁言，生怕一不小心暴露了自己和图轻檬的关系，到时候可能就得不偿失了。

受到情绪的影响，云清远吃得比平时快了许多，将面前的饺子一个个扒开皮，将饺子馅送进口中。

瞧着云清远那恶狠狠的眼神，祁言有种自己将要被他抽筋扒皮的错觉，不过他倒不害怕，全身都舒畅了不少。

“你这是什么吃法？”祁言已经吃完一半的饺子了，望着云清远面前的饺子皮，嗤笑一声，“独家秘籍吗？”

云清远到底道行太浅，受到祁言的攻击后，开始耍赖皮：“关你什么事？”

“怎么说话呢？”图轻檬拍了一下云清远的胳膊，也知道是云清远挑衅在先，丝毫没有怪祁言的意思，甚至还觉得祁言大度，“别和他一般见识，他总是这样。”

看着刚才图轻檬的这一巴掌，祁言好不容易得来的愉悦消失殆尽，他“嗯”了一声，也不挑衅了，专心开始吃饺子。

如果说祁言不近女色，那图轻檬便是不近男色的代表。从开学到现在，和图轻檬告白的男生不在少数，可是后来她都礼貌地拒绝了这些男生的告白，不到三个月，众人都知道了图轻檬这座“高山”只可观不可攀。

王杨在宿舍说起这件事的时候，祁言并没有任何感觉，彼时他对图轻檬的印象仅仅止于看过一眼照片，根本没有刻意关注过她。

两人的第一次接触是从那场荒唐的粉丝福利活动开始的，祁言当时只觉得图轻檬太过吵闹，以至于过了好几天，图轻檬的声音还在他脑中萦绕。

可是，校园里的图轻檬却安静得像另外一个人，只有和舍友在一起时，才会有活泼的影子。

祁言没觉得图轻檬对自己有多大的影响，可是当云清远站在他面前，让他离图轻檬远一点的时候，他分明很烦躁。

他不是这么情绪化的人，也从不是能够被别人轻易影响的人，可是他却没有压下烦躁的情绪。

面前的云清远和图轻檬还在用眼神交流，两人那种完全将他屏蔽的样子，成功让祁言又加快了吃饺子的速度。

"你们慢慢吃。"祁言起身收拾好餐具，头也不回地离开。

图轻檬似乎被一阵寒风刮过，在祁言走后问云清远："他是不是生气了？"

"那你就没看出我也不开心吗？"云清远小孩子的心性彻底释放，委屈地看着图轻檬，"你和他拍了宣传照就算了，竟然还瞒着我。"

"我哪里瞒着你？"图轻檬狡辩道，"明明是没来得及告诉你。"

"可不是没来得及吗？"云清远声音越来越低，"最后还是你的男搭档告诉我的……"

周六下午，一般大学都没什么课，校园里的人比平时多了起来。

云清远本以为来了一趟会安心一些，没想到来了后对图轻檬更不放心了，看着图轻檬是欲言又止，终于在看向她第五次的时候，忍不住道："你没有什么事情瞒着我吧？"

图轻檬本来还以为云清远发现她直播的事情了，一开始还紧张了一下，但是在云清远三五次的试探下，她早已经知道云清远根本没有任何实质性的证据，回答得一次比一次干脆："没有。"

"可是，我怎么会这么不安呢？"云清远凭着"第六感"说事。

图轻檬晃了晃脑袋，两手一摊，一副与我无关的态度："那我怎么会知道呢？"

两人还在打太极，没注意前方一双如狼似虎的眼睛盯着两人。

曲铙上午无功而返，下午和宋佳人出去了一趟才回来，没想到在回来的路上当场抓获住了云清远。

"云清远。"身为一个八卦的专业人士，曲铙一瞬间就将云清远和面前这个人对上号，兴奋地朝着两人跑来。

望着曲铙，图轻檬明显受到了惊吓。

云清远的反应很快，向前一步将图轻檬挡在身后，伸出一个手，将曲铙成功隔出安全距离："什么事？"

"你见过我了？"曲铙一看见云清远对自己的防备，立马就发觉到了不同寻常之处，转了下眼珠，很快推出时间段，"今天上午，教学楼？"

图轻檬听得一头雾水，弱弱地插了一句："你们认识？"

曲铙马上解释："也不算是认识，今天上午还是网……"

"认识。"云清远慌忙打断曲铙，给曲铙一个眼神，随口扯出一个借口，"他是我同学的表哥，我们之前见过一面。"

图轻檬没有起疑，看着曲铙一脸兴奋地看着云清远，试探着问："你们既然好不容易见了面，那我就先不打扰你们了。"

云清远也担心有变故，点头应道："好。"

"那你看着点时间，不要误了高铁时间。"图轻檬叮嘱了一声。

"知道了。"云清远伸手揽住曲铙的肩膀，朝着图轻檬挥挥手，"你先回去吧。"

曲铙被云清远揽着离开，也没甩开云清远："你上午见到我，怎么不喊我？"

"喊你干吗？"云清远立刻变了一副面孔，然后将手移开，和曲铙隔出一段距离，"别和我姐瞎说。"

"我最擅长保守秘密了。"曲铙扬起笑脸，马上说出自己的条件，"不过，大家都是成年人，总归是要礼尚往来。"

"嗯？"云清远语调上扬，"什么意思？"

曲铙突然跳出几步远，拿着相机对着云清远按了几下快门，"你高考应该会报这所学校吧。"

"是又怎么样，不是又怎么样？"云清远完全没理解曲铙的意思，严肃地伸出手，"拿出相机。"

"就几张照片。"曲铙笑着将相机收好，"作为闭上嘴巴的报酬，你下一年开学的时候，加入我的团队，小曲说事。"

"小曲说事？"云清远重复了一遍，然后嫌弃地瞥了曲铙一眼，"那是什么东西？"

曲铙完全没在意云清远的措辞："你加入了就知道了。"

"不加。"云清远回绝得很彻底。

"这样啊。"曲铙声音有一丝遗憾，但是笑容完全没受到影响，"那我只能跟图轻檬同学说你去见祁言同学的事了。"

云清远望了曲铙一眼，然后轻哼一声："告诉了又怎么着，她是我姐。"

"好像也是哎。"曲铙欠扁的声音响起，拍了拍装着相机的口袋，

"可是我有你的照片，如果我在贴吧上八卦一下，以你的颜值肯定会吸引很多女生。"

云清远的眼神里已经有着浓浓的危险意味了，可曲铙还是继续道："那时候祁言可能也会知道你的身份了，那你今天的努力可算白费了哦。"

云清远被气到结巴："你、你……"

"不过我还是倾向于双赢的模式。"曲铙再次抛出了合作的橄榄枝。

云清远平时行得端坐得直，根本不会受制于人，可现在事关图轻檬，他不得不受制于曲铙。而且如果祁言得知此事，不知会做出什么反应，到时候天高皇帝远，他岂不是没有一丝办法。

云清远权衡了一下利弊，很快应下了此事："好。"

曲铙学着云清远方才的样子，将胳膊放在云清远的肩膀上："那我们以后就是兄弟了。"

谁跟你是兄弟？云清远在心底吐槽一声，等他正式成为大一新生，到时候就不怕祁言胡来了。

吃完午饭之后，祁言的心情一直没有平复下来，鬼使神差地就去翻了下图轻檬的朋友圈，在看到云清远说的那张米黄色的卫衣照之后，心情更低落了。这天正好下午没什么课，他就跑来梧桐巷这边释放一下情绪。

在休息室换好衣服之后，刚拿上滑板准备热身，祁言就瞥见一个鬼鬼祟祟的想逃跑的身影。

如果是以往的情况，祁言只会当作没看见，可是他今天心情不佳，看着那抹身影更加不爽，便出声叫住了那人："黎陌。"

"啊？"方才还弯着腰的人，此刻立即直起身子，望着祁言的方向，

笑得一脸天真，"表哥，你也来了？"

"又逃课？"祁言望着黎陌的样子就来气，"都快高考了，还玩物丧志？"

黎陌根本不知道自己到底哪里撞了枪口，只得委屈地解释："今天周末了。"

祁言才想起是周六，但是脸色丝毫不见松弛："高三没有假期，还要我提醒你吗？"

"当然不用。"黎陌可不敢在老虎嘴上拔毛，马上顺着祁言的话道，"我以后一定谨记表哥教诲。"

伸手不打笑脸人，祁言就是有天大的火，也不能继续朝着黎陌发，瞪了黎陌一眼，拿起滑板朝着滑道走去。

黎陌这才轻呼一口气。

"陌哥。"余闻也是第一次来这边，不知道祁言这号人物，走到黎陌身边问，"你表哥吗？太凶了吧。"

"估计他是心情不好。"黎陌倒是没介意，看着祁言已经开启疯狂模式，语气轻轻，"他一生气就喜欢多管闲事，而且话又多又过分，顺着他就好了。"

不过余闻已经听不见黎陌的话了，看着祁言一个又一个高难度的动作，腿都快吓软了："我……我看，我还是不要接触滑板了。"

黎陌拍了一下余闻的脑袋，有些嫌弃道："这就怂了？"

"还是保住小命重要。"余闻已经下定决心了，头摇得像个拨浪鼓。

黎陌也没强人所难，抬起脚步："走吧。"

快走出梧桐巷的时候，余闻想起祁言，又幽幽感叹了一句："不过你表哥还挺帅的，估计和你一样挺招女生喜欢的吧。"

"他？还招女生喜欢？"黎陌像是听见了什么笑话一般，"母胎单身，你看他瞪我的那个凶险劲，哪有女生不怕死，敢靠近这号人物。"

余闻听完，又想起祁言的脸，摇摇头，叹了口气："可惜了。"

"等等。"黎陌一皱眉头，突然停下脚步，思考了三秒之后，和余闻告别，"你先回去，我还有点事。"

"啊？"余闻看着黎陌离开的背影，"好吧。"

回到梧桐巷的时候，祁言还在疯狂地滑滑板，很多人知道祁言来了，都走到观赏台旁边，欣赏着祁言行云流水的动作。

黎陌越看越不对劲，他自诩了解祁言，平时他虽然会秀下技术，但绝不会连续做危险系数这么高的动作。

想起之前出现在祁言手机里的女生，黎陌更是来劲，就连他都不敢轻易碰祁言的私人物品，没想到一个女生竟然碰了。

我的天。

黎陌越来越兴奋，望着祁言在空中飘荡着的身体，激动地捂住小嘴巴。

莫不是这棵铁树开花了？

祁言刚放下滑板准备休息一下，就看见去而复返的黎陌拿着毛巾和矿泉水向他走来，一副殷勤的样子，没好气地说："你又闯祸了？"

一般情况下黎陌有此等觉悟的话，都是犯了错误要他打掩护的时候。

"我早就从良了。"黎陌一边为自己正名，一边暗戳戳地搓了把小手，"表哥，我们什么时候能见一面？"

祁言拧开水，瞅了黎陌一眼，没明白黎陌的意思："什么？"

"就是小表嫂啊……"

祁言明显被呛到，黎陌也顾不得八卦了，后退三步，用手挡住自己的大帅脸。

祁言咳了好几声，才缓过劲，眉头皱成一座小山，像是听见了什么不可思议的事情："你说什么？"

"就……就上次和我通电话的女生啊。"黎陌意识到危机还没解除，依旧和祁言保持着安全的距离，"你不会忘了吧？"

黎陌的一句话成功将祁言刚降下去的烦躁情绪全数释放。祁言将毛巾扔在黎陌的脸上："别乱认亲戚。"

"我怎么能是乱认呢？"黎陌立刻跟上祁言，好不容易抓住祁言的把柄，他肯定得好好问个清楚，"人家都拿你的手机了，怎么可能是普通关系？"

祁言没心情和黎陌解释那么多，只敷衍一句："意外。"

"意外？"黎陌怎么会相信这么没有说服力的说辞，跑到祁言身旁，"打我认识你也有将近十八年了，我可没听说过你身上发生过什么意外。"

祁言停下脚步，目光越发危险起来："所以你想怎么样？"

看着祁言危险的样子，黎陌没来由地害怕，祁言手里可掌握着一手的他小时候的黑历史，要是祁言全给他抖搂出来，那他岂不是分分钟要完蛋的节奏。

黎陌向来是个识时务的人，马上伸出三根手指表忠心："当然是帮你保密了。"

祁言这才收回目光。

"哼。"危机解除，黎陌压抑的本性也开始释放，"瞧你这臭脾气，哪个姑娘不要命了，要喜欢你？"

祁言转身，似笑非笑地盯着黎陌，声音又压低三分："你说什么？"

"啊？"黎陌挠挠头，抬头望着天，"我说，天好蓝啊！"

黎陌一脸愚蠢的样子，祁言简直没眼看，转身离开了。

"有情况啊！"黎陌看着祁言的背影挑了挑眉头，"祁言以前都会自动过滤这样的垃圾话，现在看他这么较真的样子，看来真的是有情况了。"

青檬不久前发布了一条跳舞的视频，作为铁杆粉丝的贾汀自然完成了点赞评论转发一套流程，然后冒着星星眼地把青檬跳舞的一些动图设置成了电脑动态锁屏，拿着电脑在宿舍晃悠。

"看看我女神！"贾汀驾轻就熟地吹起"彩虹屁"，"是不是心动了？是不是太美了？是不是要爱上她了？"

王杨对青檬的实力和颜值都没有意见，但是对闭着眼睛"尬吹"的贾汀很是反感，丝毫不买账："不是！不是！不是！"

贾汀难得没有动手，开始策反王杨："反正图轻檬已经有了男朋友，不如你和我一起喜欢我女神吧，肥水不流外人田，反正她俩名字都是一样，翻墙的话也不会有愧疚感。"

贴吧里那张图轻檬、云清远和祁言一起吃饭的图引发热议，话题已经在贴吧上疯狂地发酵。

"你怎么知道是男朋友？"王杨愤怒值飙升，"祁言不是还在吗？"

"果然，永远无法叫醒一个装睡的人。"贾汀悠悠地感叹了一声，"祁言能出现在这张照片中，只有一种可能，那就是图轻檬正牌男友看见那组宣传照了，然后不远万里来学校兴师问罪了。"

"哟，你又知道了？"

"用脚趾一想也知道，好吗？"

祁言刚从梧桐巷回来，就看见王杨和贾汀吵成了一片，随意一瞟就看见电脑上戴着口罩跳舞的图轻檬，瞬间就移开了视线。

"哥。"贾汀迅速转移了说话对象，端着电脑放在祁言面前，"你

来评评理，我女神是不是比图轻檬要好一点点？"

祁言才没无聊到参与这两人的战争，将面前的电脑移到一旁，不由自主地说了句："换个壁纸吧。"

"哥，你这是什么意思？"贾汀完全没想到会得到祁言这一句话，虽然他知道祁言一向没什么好话，还是忍不住开口询问。

"字面意思。"祁言面无表情道。

贾汀忍不住戗了一声："不换，这可是我女神，我不用她难道用你啊？"

"你女神？"祁言也不知道为什么总有人接二连三地成功刺激到他，他转身看着贾汀，在贾汀"口下留情"的眼神中，冷漠地掀起嘴角，"也是别人的女朋友。"

贾汀成功地被噎了一下，梗着脖子生硬地反驳了一句："怎么就不能是我的？"

祁言像是听到了什么笑话一般，同情地望了贾汀一眼，轻轻吐出一个字："呵。"

等到贾汀终于消停了之后，王杨才探着脑袋，试探着问了一句："哥，今天你和图轻檬一起吃饭了？"

祁言知道这消息肯定尽人皆知了，不过没有多说的欲望，拿出搪塞黎陌的那套说辞，回应了王杨："意外。"

王杨深呼了一口气，才问出来："旁边那个男生是图轻檬的男朋友？"

祁言愣了一下，目光垂了一下，才道："可能吧。"

王杨再没有八卦的心思，转过身独自消化这个残酷的事实："我的命好苦……"

不知中午三人吃饭的场面被校友们杜撰出了什么年度大戏，祁言难得打开贴吧，打算看一下自己在这个剧本里扮演着什么角色。

根本不用翻找，热度最大的标题就是——"校花校草同享午餐，神秘男子是何身份？"

祁言冷静了好几秒，才下手点开话题。

热度最大的文案是"疑似校花男友探班，爆甜"。

祁言看了眼发布人的昵称是"小曲说事"，冷哼一声，点开附带的照片，发现自己的脸已经被"无关人士"四个人字盖上了。

评论区也是相当热闹。

"颜值没得挑，祝久久！"

"没想到我们校草祁言竟然拿到了男二的剧本。"

"祁言来当我的'男猪脚'吧。"

……

祁言越看越生气，越生气越停不下来翻动的手指。

今天是每个人都看他好欺负，都要来踩上一脚吗？

祁言丢失了自己的理智，完全没想过自己生气的立场是什么。

在祁言已经失去理智，几乎想要买水军为自己"控评"的时候，微信弹出一条信息。

祁言下意识点进去。

消息是："给你分享一个好东西。"

发送的人是黎陌。

祁言心情没有任何波动，甚至还有点想笑，手指在键盘上滑动："滚。"

很可惜，黎陌在同一时间将"宝贝"送了过来。

黎陌发来了一个类似调查问卷的测试题，名字叫"测一测你喜欢

的女生喜不喜欢你，很准"。

黎陌也很识趣，知道祁言测完之后肯定会得到不满意的结果，马上顺着祁言的意思，麻溜地"滚"了。

"无聊。"祁言吐槽一声，将手机倒扣在桌面上，三秒之后，手却很诚实地划开屏幕，点进测试的页面。

第一题：她是不是经常地看你，总是关注着你的动态？

祁言想起图轻檬曾经调查过他是不是李大壮的事情了，很是自欺欺人地选择了"是"。

第二题：你的事情她都记得很清楚，比如生日，喜欢什么，想吃什么？

饶是没有人看这一幕，祁言也没有足够的勇气选择"是"。

不过祁言没有想到的是，接下来的所有问题，全都好像只有一个答案一般。

第三题：她和你一起吃饭时，是不是很放松，甚至会主动开启话题？

不是。

第四题：她会不会主动找你聊天，分享日常生活的一切？

不是。

第五题：她有没有和你一起计划未来，和你商量接下来的打算？

不是。

第六题：她会不会把你介绍给身边的人认识，有没有主动参与进你的生活中？

不是。

……

每一题都像是羞辱他一般，在祁言快要忍不住退出的时候，终于出现了结论：

这一切都是你一厢情愿而已，也许你曾经以为她对你有意思，可是事情的真相往往不是表面那样。其中的原因是你太过自作多情，让你觉得她是对着你微笑，也许对方眼中根本没有你的影子。也许你也想放手一搏，但是在对方对你完全漠视的情况下，建议你要考虑清楚，与其放手一搏，不如洗洗睡吧。

祁言还没来得及缓一口气，又差点被这个结论气到窒息，返回和黎陌的对话框。

"测一测你喜欢的女生是不是也喜欢你，很准"这十几个大字，仿佛变了形一般，变换成"你竟然还自称是社会主义新青年，这也信"。

祁言关掉手机，将身体靠在椅子上，揉了揉太阳穴。

他这是怎么了？

"图图，你又有绯闻了，对象是你弟弟云清远。"时里刚逛完论坛，还好她看过云清远的照片，倒没有误会图轻檬，只是有些疑惑，"只是你们怎么会和祁言一起吃饭？"

"清远喜欢玩滑板，上次网上不是说李大壮就是小霸王，我就把祁言的照片发给他，然后他就说要近距离观察一下祁言。"图轻檬吃饭的时候已经想到了这样的后果，此时倒没多惊讶，只是叹了一口气，"我从未吃过这么令人尴尬的午饭。"

"怎么样？你上次和祁言短暂接触得出的结论被推翻了吗？"鹿韶已经搬着小板凳，坐在图轻檬的身旁，随时准备更新八卦。

"并没有。"图轻檬摇摇头，叹了一口气，"两人争吵，最后受伤的还不是我。"

时里倒是有不一样的思路："没准清远弟弟不是心血来潮，是有备而来呢。"

"什么？"图轻檬和鹿韶的视线尽数移到时里的身上。

时里推了一下眼镜："清远弟弟也许就是冲着祁言来的。"

"不是吧？"图轻檬完全没想到祁言和云清远有什么关联，疑惑地指了指自己，"因为我？"

"对啊。"时里点头，"宣传照不是曝光了一张吗？照眼下的情况来看，清远弟弟完全就是来拆官方 CP 的。"

这倒是云清远会干出的事情。图轻檬满脸都是无奈："我真的不知道该说些什么了。"

"清远弟弟这是已经把祁言小朋友列为危险对象了。"鹿韶担心的是另一件事，"不过现在清远弟弟好像有些弄巧成拙，阴错阳差地成了自家姐姐的绯闻男友了。"

"也许不是阴错阳差，是蓄谋已久。"时里冲着图轻檬挑了下眉，"毕竟不怕贼偷就怕贼惦记，这样清远弟弟就可以从根源上解决问题了。"

图轻檬没有恋爱的打算，倒也没有生气："他也快高考了，随他高兴吧。"

"绯闻还要不要澄清？"鹿韶问道。

"不是要不要，是不能。"时里早就权衡了利弊，"上次全校嗑祁言小朋友和图轻檬的 CP 时，两人都没有出面澄清，如果图图这次澄清的话，就好像默认了和祁言小朋友关系不同寻常。"

图轻檬挠了两下脑袋："那就算了，反正我们是亲姐弟，亲子鉴定都不怕，还怕这些吗？"

"是是是。"鹿韶突然想起表白墙下的 CP 粉，撞了图轻檬的肩膀一下，"你和祁言小朋友还有 CP 名，企图夫妇！好不好听？"

图轻檬一下扑到鹿韶的身上："姐妹，为了咱们的友情，请你谨言慎行！"

宿舍这边闹成一团。另一边,曲铙看着论坛里被成功扭转风向的评论区,满意地拿起桌子上的饮料,喝了一口,才将截图发给云清远:"兄弟,你又欠我一个人情。"

第九章

差生也要分等级

春和小区 305 室。

图轻檬正在拍这周要发布的视频，她已经换了五套衣服、五个发型了，这是最后一个。

身后的窗帘隐隐地飘动，图轻檬戴着面纱，穿着暗红色的汉服，胳膊上扬，纤细的腰肢扭动，层层衣衫飘动。在空灵的音乐中，摇摆着自己的身体。

这是一条暗黑向的视频，后期会剪辑成天使最终黑化成恶魔的内容。关长乐举着摄影机，将图轻檬的舞蹈一帧帧记录下来。

"好了。"关长乐已经拍够了足够的素材，可是放下相机时，看向图轻檬的眼中依旧盛满了惊艳，又一次感叹，"好漂亮啊。"

图轻檬提着裙摆，转着圈走到关长乐的身边，面纱随着她的动作飘动，影影绰绰间露出微动的嘴唇："是吗？"

"小鹿挑的这件衣服真的绝了，时里做的造型也是。"关长乐已经被眼前的人迷住，后退两步，"我要再拍几张，正好微博还缺一些照片。"

图轻檬也很青睐这件衣服，随意做了一些舞蹈动作，等着关长乐抓拍。

"什么衣服、造型，最绝的还是图图本人。"鹿韶托着下巴坐在

一旁的小板凳上，迷恋地望着图轻檬，"这是什么神仙姿色啊！"

"幸好我是女生。"时里也随声附和道，"不然一想到要被图图拒绝，我这辈子得有多少遗憾啊。"

半个小时后，关长乐终于满意地收起了相机："姐妹们，我们终于有新的壁纸可以用了。"

"哇！"鹿韶欢呼着抱着图轻檬，"图图，好想和你换脸，一天也可以。"

图轻檬已经习惯鹿韶的各种奇思妙想了，将面纱摘下："为什么？"

"还用想吗？"时里走到图轻檬的身后，小心地取下她头上有重量的发簪，"当然是也想体会下早上起来被自己美哭的感觉。"

"你们老这样吹捧我，我早晚会飘。"图轻檬听着两人的一唱一和调侃道。

鹿韶又搂了一把图轻檬的细腰："你还是太谦虚了，我要是长成这样早就去天上当仙女了，谁还尝什么人间疾苦？"

"我现在倒是有些佩服祁言小朋友。"时里越被图轻檬惊艳，就越不理解祁言，"对着你这样的绝色，他是怎么做到面不改色的？"

鹿韶轻哼一声："要不他怎么叫小朋友呢？哪个成年人会错过这样的绝色？"

"话说，"关长乐也加入了这个话题，虽然祁言是个缺乏面部表情的人，但是她还是想让两人再合作一把，"图图，你对他也没感觉吗？"

"你这是打的什么算盘？"图轻檬不用想就知道关长乐的小心思，"男模特重要，姐妹的幸福就不重要了？"

"这不是两全其美嘛。"在关长乐所见的人中，只有祁言的颜值能勉强配得上图轻檬，"你有没有一丝丝心动啊？有的话，咱们计划计划给你安排一场偶像剧？"

"别了。"图轻檬已经换上了平时的衣服，想起这段时间偶遇祁言的情景，不禁猜测道，"也不知道是不是我的错觉，总觉得他有些躲我。"

"真的吗？"鹿韶也是不明白祁言的脑回路。

"前几次看见他的时候，我们偶尔还会打个招呼，这几次我感觉他似乎不愿意看见我。"图轻檬心里有些微微的不舒服，但是想到祁言的性格，也就很快释怀了，"可能是我多想了吧。"

时里微微一挑眉，若有所思地摸摸下巴。

所以，这是有情况了？

凌涵打来语音通话的时候，祁言正准备午睡，看了眼舍友都戴着耳机玩游戏，索性也没再出去，戴上耳机，接通了电话。

"妈。"因为滑板的缘故，祁言和凌涵的关系很紧张，完全没有别的母子那么热络。他开门见山道，"有什么事吗？"

"你今天有课吗？"凌涵本人倾向于事业女强人类型，就算和祁言说话时都带着几分命令人的感觉。

"没有，怎么了？"祁言早已经习惯这种模式，所有的期望早在多年前就已经耗尽了。

"陌陌今天高考，我担心他怯场，不然你去陪陪他？"凌涵的声音缓和了一些。

祁言的目光黯然了几分，凌涵虽然是他的母亲，但是从小就对他很严格。他刚开始只以为是凌涵的个性使然，后来看见了她对待黎陌的样子后，才知道凌涵也有温柔的一面。

聊到这里，祁言已经没有了听下去的欲望，随意地翻开朋友圈，才让自己的声音听起来正常："他已经十八岁了，不需要了吧。"

"他就算十八岁了也是你的弟弟。"凌涵对这句话十分不满，"你有时间多关心关心身边的人，不要整天去玩什么滑板，玩物丧志……"

祁言也不反驳，早对这些话免疫了，平静地翻着朋友圈的动态。

大抵是高考的缘故，朋友圈都热闹了起来，大家都纷纷发着祝福的文案，然后发出一个自拍照。

即使隔着屏幕，凌涵也能想象到祁言心不在焉的样子，提高了音量："祁言，你听没听我说话？"

"嗯。"祁言不咸不淡地应了句。

虽然祁言只回复了一个字，但凌涵的情绪明显平复了很多，顿了一下，她终于扯到了另外的话题上："你没去住我帮你在学校附近买的房子，我就租给了一个朋友家的亲戚，是你们学校的女生，很有礼貌，也很漂亮……"

凌涵的话还在耳边响着，只不过祁言的注意力被一条朋友圈转移了。

是图轻檬的动态，也是祝福高考学生的朋友圈，同样配了一张照片。

祁言蹙着眉头点开照片，只见图轻檬靠在云清远的身边，两人倒是很默契地比了一个胜利的手势。

文案是"高考加油哦"。

祁言下意识地蹙起眉头，他怎么也没想到云清远还是高中生。

很久没得到回应，凌涵的情绪又有些浮动，分贝又大了几分："祁言，你听到我说话了吗？"

"听到了。"祁言不咸不淡地回应，然后点开了图轻檬的朋友圈。

凌涵的话还在继续："你也老大不小了，又不像陌陌那样招女孩子喜欢，恋爱的事情最好不要拖，我找个时间帮你约一下这个女生，你们见一面看看合不合适。"

"不用。"祁言的声音大了些,还不等凌涵教育,又平静下来,"不需要。"

"不需要?"凌涵又被点燃怒火,"这件事没得商量,除非你有女朋友。"

图轻檬朋友圈发的都是些日常的事情。有时因为一朵花的绽放而开心,有时因为吃到好吃的食物而高兴,也有时因为一场小雨心情不佳,总结下来就是小女生的点滴日常。

祁言滑动着屏幕,努力地寻找云清远存在过的痕迹,可直到翻到"朋友仅展示最近半年的朋友圈",也再没找到云清远半点痕迹。

凌涵没听见祁言的回应,将声音压低了几分,试探着问:"你有喜欢的女生了?"

祁言点开图轻檬的一张自拍照,在凌涵的逼问下,破天荒地应了一声:"嗯。"

倒是凌涵有些不知所措,沉默半晌消化着这句话。

"没事我先挂了,要午睡了。"祁言不等凌涵说完,就挂断了电话,他也是怕凌涵继续追问下去,他给不出什么像样的答案。

上次拿错手机时加了图轻檬的好友,祁言倒不是矫情之人,既然加了好友就没有删除的打算,不过倒是应该改个备注了。

点开图轻檬的资料,祁言在备注名上写下"图轻檬"三个字。

一般祁言微信里加的人,无论呢称多么好听,最后都会被祁言备注成连名带姓的姓名。

祁言在"完成"的按钮上犹豫了一下,突然改变了主意,在"保存本次编辑"的选项中点击了不保存。

图轻檬以"我不是大耳朵图图"的呢称躺进了他的好友列表中,在一群都是三个字或者两个字的名字排列中,分外显眼。

这一年的盛夏如同往年一般，在一阵喧嚣声中，高考落下帷幕。

最后一场英语考试结束后，图轻檬接到了来自云清远的电话。

"考完了？"图轻檬的声音格外温柔，为了不给云清远施加压力，高三这一年她都没有问过云清远的成绩。

"嗯。"

听见云清远的声音，图轻檬心里的压力瞬间减少了很多："这段时间好好休息休息。"

"你都不问我考得怎么样吗？"

云清远声音里的抱怨顺着信号分毫不减地传来，图轻檬眉眼弯弯："我还是更关心另一个问题。"她停顿了一下，又道，"有没有遗憾？"

"没有。"云清远不带一丝犹豫。

图轻檬最后一丝担心也消失："那恭喜云清远同学的高中时代圆满结束。"

云清远低低地笑了声，还不等说话，周围好像有人搭话，听起来有些杂音。

"好了，你先和同学说话吧。"图轻檬听到了异样。

"等下。"云清远着急开口，"我去你学校找你玩吧。"

其实以他的成绩是根本不用担心会落选的，他之所以这么想去F大，最重要的原因还是因为图轻檬。

"不要。"图轻檬很果断地拒绝，头疼似的看了一眼桌面上的专业书，无精打采道，"我这段时间要准备期末考了，你来了我还得分心。"

"我不打扰……"

图轻檬难得不妥协："我的考试要是挂了，旅行计划也要泡汤了。"

"那我不打扰你学习了。"云清远也觉得自己有点敏感了，主要

是他的旅游攻略都做好了，万一这次的旅行被自己搞砸了，他会恨死自己的，"好好加油！"

图轻檬好笑地看着被挂断的电话，心情还没愉悦几分钟，在看到密密麻麻的代码时，头疼似的揉了揉太阳穴。

鹿韶朝着图轻檬移动，由于烦躁，一绺头发已经被她挠到了空中，她心慌慌地看着图轻檬："图图，学了一上午感觉怎么样？"

其他的学科还好一些，至少有选择题，临时背背考试时还能有点印象。

可是侯教授完全没有给差生一点活路，明确说明试卷是以代码的形式出，没有原题，必须要理解才有动笔的可能。

图轻檬一想起侯教授平日对她的格外关照，头皮都要发麻了："我感觉要挂！"

"我也是！"鹿韶瞬间像是找到了共鸣，"你说侯教授何苦为难我们呢？我们也都是成年人了，还要为挂科这种小孩子都不用担心的事烦恼。"

"你的基础还是比我好点。"图轻檬欲哭无泪，"我感觉我一只脚已经迈进了挂科的大门里了。"

倒不是图轻檬谦虚，要是图轻檬有一点天赋，也不至于被侯教授给盯上。

鹿韶这才稍稍有些安慰，赞同似的点点头："这倒也是。"

图轻檬完全没想到鹿韶竟然会附和自己，愣了三秒钟，才一脸痛心疾首道："我们还是不是好姐妹？"

"你这么一说，我也有点慌。"鹿韶的心理建设彻底崩塌，"不会是挂科小姐妹吧？"

瞧着两人崩溃的样子，时里推了推眼镜："一上午你们也总能记住些什么吧？"

"真没有。"鹿韶和图轻檬手握着手可怜巴巴地望着时里。

"我们懂的也只是皮毛，完全把持不住你们两个的好奇心。"关长乐曾几何时也想帮助两人，只是差点被这两个好奇宝宝问到怀疑人生，尤其是图轻檬，简直是拉着她去死胡同里转悠。

鹿韶和图轻檬一副"救救我"的样子："那怎么办？"

"也许换个环境会好点。"时里也是对两人无能为力，只好从其他方面下手，"古来孟母三迁，下午我们也试试。"

图轻檬和鹿韶相互看了一眼，纷纷举手赞同："好。"

若说学校里最好的学习环境，肯定就是图书馆了，里面可汇聚了不少学霸，身处其中，没准一个幸运，脑子备受感化就突然开了光呢。

可惜，差生都想到一块去了。

"这……这也太夸张了。"鹿韶刚进图书馆，就被密密麻麻的人给震撼住了，"我从来都不知道原来我们学校有这么多的人。"

"一楼已经没位置了。"关长乐叹了一口气，"去二楼看看吧。"

一行四人整齐地朝着二楼走去。

二楼也和一楼差不多的盛况，只有一个靠窗的桌子处有几个空的位置。

"都只剩下两三个位置。"图轻檬有些无力，可天无绝人之路，在看到最右边八人桌时眼睛亮了一下，"那里还剩五个……"

图轻檬说到一半，就和一个人的视线撞到一起，在那人悄然移开视线的时候，话就停在了嘴边。

"祁言小朋友？"鹿韶挑了挑眉头，"果然自带冰山气场，竟然没有人靠近他。"

不止祁言看见这四人了，王杨也看见了图轻檬，扬起手，给时里招手："这边。"

"王杨，我们有过照面。"时里朝着王杨笑着点头，从一开始她就知道王杨靠近她是为了图轻檬，所以格外尊重图轻檬的意思，"图图，去吗？"

在看见祁言冷漠地低下头时，图轻檬更是不愿意硬凑了，可是看着鹿韶期待的小眼神，又觉得自己实在没有亏欠祁言，也有些赌气似的点点头："当然去。"

鹿韶兴奋地挑了挑眉头，她确实是格外激动，可并不是因为可以学习的位置，而是想看祁言和图轻檬能擦出什么小火花。

校花和校草哎，没有点小故事的话岂不是对颜值最大的浪费？

在四人走过来时，王杨才想起身边的祁言，问了一句："言哥，你介意吗？"

云清远的脸又浮现在祁言脑海中，祁言暂时还理不清自己的情绪，并不想和图轻檬有过多的接触，应了一声："嗯。"

贾汀还是一脸震惊，他完全没想到王杨竟然会认识图轻檬的室友，枉他平时还将王杨看成难兄难弟，没想到这人竟然早就"暗箱操作"了，简直太卑鄙了。

四人走到这边的时候，时里的视线在祁言的身上停了一下，礼貌地问道："我们方便坐这边吗？"

王杨快笑成一朵花了："当然方便。"

闻言，祁言捏着笔的力度加大了几分。

所以，王杨是听不懂人话吗？

四个女生开始在王杨和贾汀的热情招呼下一一落座。

李梁依旧没和他们待在一起，贾汀和王杨坐到一边，祁言坐在他们的对面。

"校花，你坐这里。"贾汀笑容满面地拉开祁言旁边的椅子，招呼着图轻檬。

盛情难却，图轻檬道了声谢，又道："叫我名字就好，图轻檬。"

图轻檬三个大字还有哪个不认识。贾汀一心要报复王杨的隐瞒，马上接了话："好。"

祁言看似没有任何动作，可眼睛是闭了又闭。

等到四人全部坐下之后，贾汀才望向怒视他的王杨，嘴角好心情地上扬着，眼神传达着自己的得意：你先不仁，不能怪我不义！

碍于祁言在身边，图轻檬的注意力更是不集中了，全程表面上是在认真看书，但实际上大脑解读不出来书上的一个字。

祁言的余光控制不住地飘向图轻檬，看到她散在耳边的头发，看到她握着笔的手指，看到她翻动的书页。

整个下午，这张八人桌上的七个人全都不在状态。

祁言和图轻檬相互影响，鹿韶、时里和关长乐盯着两人的一举一动，王杨偷偷地望着图轻檬，贾汀则是一边吐槽王杨得偿所愿，一边怨恨自己时运不好。

到了饭点的时候，图轻檬便受不住率先给旁边二人使眼色："饿了吗？"

"嗯嗯。"鹿韶捂着肚子狂点头，"吃饭去？"

"我们先去吃饭了。"图轻檬小声地说了句，"课本还带回去吗？"

"我们明天早上还来。"鹿韶仍然觉得两人擦出火花只是时间问题，便抢先道，"先放在这里吧。"

图轻檬思考一下，莫名将视线转移到了祁言身上。她已经浪费了一个下午，但是鹿韶已经开口了，她也不可能再解释，想着晚上再来

一趟，悄悄将课本带回去，便点头："好。"

晚上的时候，鹿韶三人都已经有了各自的计划，拒绝了去图书馆的建议。

图轻檬便美滋滋地拿着几颗糖，哼着小曲出了宿舍，打算将下午浪费的时光补回来。

千想万想，没想到在图书馆的门口碰见祁言。

"你……你晚上也来学习啊？"图轻檬说起话来都不是特别利索了。

祁言将眼中的惊讶藏得很好："嗯。"

于是，两人稀里糊涂地坐在了下午的位置上。

图轻檬恍惚了一分钟，才接受又要浪费一个晚上的时间，心情瞬间不好了，下意识从口袋拿出一颗糖，塞进嘴里。

薄荷味瞬间占据了整个口腔，图轻檬稍稍平静了一些，后知后觉地意识到应该也给祁言一颗糖。

幼儿园老师曾说：好东西要和身边的人一起分享。

图轻檬很想骗自己没上过幼儿园，正当内心挣扎的时候，手已经捏住一颗糖，很显然手已经做出了选择。

不就是给一颗糖吗？图轻檬在心里嗤笑自己的矫情，迅速将糖推向祁言，原本软糯的声音更增加了几分温柔："给你吃糖。"

不好意思，我不喜欢吃糖。

不用了，我对你的糖不感兴趣。

怎么，这是喜糖吗？

祁言的大脑高速地运转，各种说辞在脑海中一一掠过，盯着糖的眼神也成功移到图轻檬的脸上。

图轻檬也没想到祁言有这么大的反应，从不可思议到有些生气，现在眼神中竟然还隐约透出几分委屈。

看着图轻檬越发慌乱的表情，祁言终于回过神来，下意识地移开视线，才发觉自己的反应太大了。

不就是一颗糖？

祁言难得觉得自己的内心戏太足了点，不过看图轻檬的反应，似乎被吓到了？

确实是被吓到了。图轻檬看惯了祁言板着一张脸的样子，方才看到了情绪变化得那般迅速的祁言，还以为自己不小心碰到了祁言的怒点，下意识就伸手去拿那颗糖："我不知道你不喜欢……"

"谢谢。"祁言难得善解人意一次，没想到手伸出去，却碰到了图轻檬的手背。

图轻檬率先反应过来，抽出自己的手，耳尖微微泛红，却还是不得不圆场："不客气。"

图轻檬指尖的温度似乎还停留在手上，祁言用惊人的自制力忽视掉整个胳膊酥麻的症状，捏起桌面上的薄荷糖，放在自己的课本上。

尴尬的气氛不断在两人之间蔓延，图轻檬脑海中不断循环播放："啊啊啊，现在走还来得及吗？我为什么大晚上要来？为什么就我们两个人来？"

祁言的注意力还停留在薄荷糖上，人家的糖果都收了，他要拿什么还？

祁言这样"有恩必还"的性格并不是天生如此，而是被凌涵培养出来的。彼时的祁言寡言少语，每天顶着一张"阎王脸"，凌涵也是怕祁言这样下去会出什么事情，便一遍遍告诉祁言"滴水之恩，当涌泉相报"。

凌涵主要是想改正祁言不爱说话的毛病，没想到矫枉过正，祁言没养成微笑说"谢谢"的习惯，反倒是总想着避免欠别人的"人情"。

别人的零食不吃，别人的课外书不碰……

在最应该调皮好动的少年时代，祁言活得像一座孤岛。

或许，在祁言的世界中，扯着嘴角说"谢谢"的难度，远远大于板着脸说"对不起"。

图轻檬胡思乱想了半个小时，课本还停在最开始的那一页。

左右权衡之下，祁言也终于想出一个足以还清图轻檬这颗糖果的"报酬"。

"会吗？"祁言努力让自己的表情柔和一些，但语气仍然生硬得厉害，"我可以讲给你听。"

如果不是祁言那张脸自带"严肃"特效，图轻檬很想大笑两声，然后再认真地问一句"你是认真的吗？"

祁言是一个太过于低调的人，除了别人杜撰的绯闻，就再没有其他的事情，而差生就是除了颜值和绯闻外，祁言唯一脱颖而出的标签。

祁言难得主动搭话，图轻檬不忍心伤害祁言那颗幼小的心灵，只想着让祁言知难而退，便忍辱负重道："真的吗？太感谢了。"

图轻檬眼中的怀疑太过于明显，祁言也很理解，毕竟他可是唯一能和图轻檬齐名的差生。

这样看来图轻檬也算是勇气可嘉，祁言心情莫名好了些，将椅子朝着图轻檬移了几厘米，接过图轻檬递过来的课本："开始吧。"

图轻檬本来没抱什么希望，没过十分钟，那些晦涩难懂的知识点，听起来竟然不是天书了，她好像有一点点开窍了。

图轻檬对祁言的佩服呈指数上升，望着祁言的眼中都好像冒出小星星，不可置信道："你……你真的是差生吗？"说完，又觉得措辞不够严谨，补充道，"我是听别人说的。"

祁言好笑地看着图轻檬的反应，道："我也听说过。"

"别人还都说我是差生呢。"图轻檬不像之前那般拘谨了，心里的话不断从嘴巴里跑出来，"这样看来，原来差生也是分三六九等的。"

看着图轻檬前后的转变，祁言的嘴角也微微勾起："还有哪里不懂？"

"有有。"图轻檬好不容易有个能解惑的老师，自然不肯放过，立刻拿起书，"你等下。"

两人看的是图轻檬的书，书上倒没有多少知识点，空白处都是图轻檬的涂鸦，记录着她整个学期的听课成果。

图轻檬也没想到她的画作竟然会被第二个人看见，如果知道的话她一定不会画书上，谁能想到祁言会坐在她身边一起翻看这本书。

就在图轻檬懊悔的时候，更尴尬的事情来了。

空白处的涂鸦是图轻檬的正常水平，可是这个涂鸦人物戴着黑色的口罩，肚子上还穿着类似于肚兜的衣服，上面写着"李大壮"三个字。

祁言肯定不是什么李大壮吧？图轻檬给自己打着强心剂，不过三秒之后，还是用手盖住课本："意外。"

作为"李大壮"本尊，祁言也没想到自己在图轻檬眼中是这副形象，不过为了巩固自己不是李大壮的事实，多问了一句："李大壮？这名字不错。"

"是吗？"图轻檬只得赔着笑，"我觉得也不错。"

这个小插曲很快过去，两人又进入一个提问一个解答的模式。

图轻檬所有的问题都被祁言用简洁易懂的语言讲解了一遍，图轻檬感觉自己都提升了不少，忍不住赞叹道："你真的是我见过最厉害

的差生。"

一个晚上，"差生"这个名词生生被祁言变成褒义词，成为她触及不到的神坛。

"把重点标记弄明白，考试就不成问题了。"祁言盖上笔盖，在看清图轻檬的天赋之后，还是多嘴提醒了一下。

"好。"图轻檬像个听话的小朋友，继而又问，"如果我有不会的题，可以再问你吗？"

祁言犹豫了一下："我最近可能不会来图书馆。"

祁言没有撒谎，本来他就是被贾汀和王杨烦到不行才来图书馆的，可是明天黎陌说要来学校转转，要他当导游。凌涵已经再三告诉过他了，更何况他已经应了下来。

"这样啊。"图轻檬的笑容瞬间减半，以为祁言是为了逃避她才这样说，慌忙解释道，"是不是我打扰到你了？明天我不会来图书馆了，你可以继续来的。"

一般情况下，祁言是不会解释这类问题的，他向来不喜欢将简单的问题复杂化，况且图轻檬如果这样误会他的话，应该会避他远远的。

这应该是他想看到的画面。祁言心里还在这样想着，可嘴巴已经开始自作主张："明天有人来找我，所以我没办法来图书馆。"说完，将课本里的笔记本抽出来，放在图轻檬的面前，"这是我的笔记本，你有不懂的可以在微信上问我。"

图轻檬再次近距离看着祁言这张脸，仿佛被美色蛊惑，反应也迟钝了不少。

看着图轻檬这般反应，祁言不自觉皱起了眉头，微微眯了一下眼睛："你不会把我删掉了吧？"

"啊？"图轻檬轻轻吞了下口水，连连摇头，"没有没有，没有删掉。"

祁言看了眼时间："没有问题的话，今天先到这里吧。"

"好。"图轻檬连点了三下头。

两人收拾着各自的东西，祁言这才拿起课本上的薄荷糖，安心地放进了口袋里。

表白墙上再一次上传了一张祁言和图轻檬一起学习的照片，不出意外，评论区又炸开了锅。

是一位路过母校的学姐拍的，本来她只是来纪念一下青春的。在图书馆看见这美好的一幕，心一动便拍了下来，发给表白墙顺便感叹了一下自己无疾而终的爱情。

所以，祁言一只脚刚踏进宿舍，迎上来的就是一双幽怨的眼睛。

"哥，你为什么晚上还去图书馆？"王杨控诉似的望着祁言。

当然是因为你们太吵了——祁言没有开口，自觉忽略这个无聊的问题。

"哥，看不出来啊。"贾汀一副幸灾乐祸的样子，朝着祁言伸出了大拇指，"这招高啊！"

王杨直接飞到祁言的身旁，将胳膊放在桌子上，以一种极其扭曲的姿态，将脖子伸到祁言的面前："哥，你真的谈恋爱了吗？"

祁言向后移动，望着仿若"贾汀"附身的王杨："你又听见什么谣言了？"

"你和图大校花又被拍了。"贾汀忙不迭地科普，"你们的关系又变得扑朔迷离了起来。"

再次拿到男主角的剧本，祁言也谈不上来自己是什么感受，只是看着王杨那副等着他否认的样子，实在开心不起来，没好气道："只是恰好碰见了，然后帮她补习。"

王杨这才捂着胸口离开："谢天谢地。"

"有没有点脑子？"贾汀见不得王杨开心，"这都相信？"

"关心则乱你懂不懂？"王杨瞬间来劲了，"如果青檬要是和言哥传绯闻，我就不信你不怕？"

"怎么可能？这两人根本不是一个次元的，连面都没见过。"虽然知道概率微乎其微，贾汀依旧激动了起来。

"你忘记那次言哥替你去'面基'了？"

"那不是都戴着口罩嘛，两人连对方的长相都没见到。"

……

宿舍的战争一触即发，祁言没心思关注这两人，拿出手机火速打开表白墙的账号。

上次宣传照曝光的时候，他就关注了表白墙，不一会儿便翻出了照片。

因为光线极好，即使没有加滤镜，照片依旧拍得很好看。

下面的评论区也很热闹，大多数人都在祝福，也有人在讨论图轻檬上次曝光的神秘男友。

祁言翻到最后便翻到了王杨刚刚澄清的评论：破案了，是同学间的互相帮助，补习而已。

身为祁言的室友，王杨的澄清很有用，一会儿就得到了不少的回复。

"我不听，我粉的CP是真的。"

"补习的是C语言？是认真的吗？"

"我也看到了！"

"还真是一个敢讲，一个敢听。"

"如果对象是祁言的话，我不介意挂科。"

"楼上的姐妹，你首先要拥有图轻檬的颜值，才有挂科的资格。"

......

祁言将所有的评论翻了个遍，意识到自己在关注什么后，立刻自欺欺人地按了返回键，望着主屏幕抿了下嘴巴。

余光像是不经意般扫了王杨和贾汀一眼，看到两人还在疯狂输出垃圾话时，祁言才收回了视线。

照片好像拍得还可以？

这是祁言的第一感觉，可是仔细想想，却又想不起具体的样子。

他思想还在"要不要看"中来回徘徊，手指却再一次点开了表白墙的那条绯闻动态。点开大图，查看原图，保存照片。

整个"作案过程"仅仅只用了三秒钟，颇有一番只要我动作快，谁都不知道发生了什么事的意思。

祁言本想保存完照片就火速撤离，可在手指按下返回时，手机上突然蹦出一条新的动态：

投票：票选图轻樣的男神，选项 A 是祁言，选项 B 是神秘男友

附和的人一大片，评论也在激增。

果然，期末考试的临近也无法制止这些人聚众吃瓜。

祁言轻哼一声，然后手指像是不经意间碰到了 A 选项，又瞅了一眼看到自己的票数遥遥领先，嘴角才上扬几分，将手机放在桌子上："无聊。"

他放下手机，便拿着洗漱用品，迈着轻快的脚步去了洗手间。

第十章
关于渣男的定义 /

暑假模式已经开启，各科的期末成绩也陆续被录进了系统，送达到每位学生的手中。

有人欢喜有人忧，而"帅炸天"群里是一阵庆幸。

"言哥，我 C 语言 89 分，我人生的高光时刻啊！"刚查完成绩，贾汀就在群里高呼呐喊，拼命地给祁言各种送花，送飞吻。

"能注意点吗？"紧随着，就是王杨的吐槽声。

"怎么，羡慕？"贾汀不发文字信息了，连着发了两条语音，"火气这么大，有什么不开心的事，说出来让哥乐呵乐呵？"

"滚。"

看着王杨的态度，贾汀更是来劲了，语气是要多欠揍有多欠揍："瞧你这气急败坏的反应，不会是挂了吧？哈哈哈……"

"不好意思。"像是怕文字表达不出他的讽刺，王杨也加入语音模式，"90 分，和你不在一个层次上，没有可比性。"

"臭不要脸。"贾汀肯定不服气，拼命召唤祁言，"言哥，把成绩单晒出来，让不知天高地厚的某人清醒清醒。"

王杨和祁言做了一个学期的舍友，也听了些小道消息："听说言哥又保持了上一年的奇迹，各科都是 60 分，一分不多，一分不少。"

"不是吧？"贾汀早已经把祁言当作学霸一般的存在，虽然上一年确实差点被祁言的成绩单亮瞎了眼，可实在不相信祁言会比他考得差。

"应该是。"王杨生怕打击到祁言，将消息私发给了贾汀，"侯教授本来就盯上言哥了，后来统计成绩的时候，看到祁言60分，又十分不甘心地回去复查了一遍，可是言哥除了空下来的试题，其他的题全部都是答出的标准答案，根本没得扣。"

贾汀哀叹一声，为祁言愤愤不平："你说他不会是被谁诅咒了吧？实力明明比我高一大截，怎么会只考60分？"

"没准是故意的呢？"王杨更倾向于这个理由。

"谁会拿挂科开玩笑？而且是每一科，这要是稍微有一点失误，可是有挂科的风险。"贾汀实在无法理解。

王杨倒是接受能力更强："可是他做到了，每一科都是60分，一科都没挂。"

"如果真的是你想的这样……"贾汀声音越来越弱，"那也太变态了。"

"如果每一科都能考满分的话，把分卡在60分，确实是有可能的事情。"王杨倒是第一次对贾汀有如此的耐心，"你又不是不知道言哥的能力，控分完全有可能啊！"

"图啥呢？"贾汀不怀疑祁言的能力，可是完全无法理解这种做法。

王杨幽幽道："你的思想境界是够不到的，不要浪费脑细胞了。"

"别以为你比我多一分，就可以站到道德的制高点了。"贾汀瞬间被激怒，"言哥那样的大佬也是尔等能揣测的？"

"怎么不是我能揣测的？"

"你要是全科都能卡点60分，我叫你爷爷。"

"你把我当爷爷，我还不想认你这个孙子呢。"

"你大爷！"

……

祁言看到两人在群里说的话时，已经是一个小时之后了，匆匆扫了一眼，没有做出任何解释，关掉了聊天界面。

确实如同王杨所说，他的各科成绩都是 60 分，想起凌涵看见成绩单的反应，他没有报复的快感，更多的是内疚。

不过，祁言倒没有后悔，如果他不这样做，难免凌涵还会继续出尔反尔，干涉他的人生。

"轻檬，收拾好了吗？"云清远将行李箱放在客厅，来到图轻檬的卧室前，"要我帮忙吗？"

图轻檬正拿着一件粉色的外套和一件绿色的外套犹豫着，听见云清远的催促，瞬间做出了选择，将绿色的外套放进行李箱，然后合上行李箱："马上好。"

以往都是姐弟俩一起去旅游，可这次正好图旎和云成要去他们旅游的城市出差，于是两人游便成了全家游。

两人拖着行李箱，刚刚想出门，鹿韶突然打来电话："图图，你在哪里？"

"我刚收拾好行李，准备去旅游呢。"图轻檬推着的行李箱，被云清远接了过去，"怎么了？"

"你还没出去吧？"鹿韶似乎很急，但是又有些不知道该怎么告诉图轻檬，"有个坏消息……"

"什么啊？"图轻檬好笑道，"还这么神神秘秘的？难不成你找到男朋友了？"

"比这严重多了。"鹿韶的声音轻了几分，"你弟弟在旁边吧？"

图轻檬看了云清远一眼，根本没体会其中的深意："在啊，到底怎么了？看你这样，我有点慌。"

"你扶着你弟弟。"鹿韶扔下这样一句话。

图轻檬虽然不知道是什么意思，但还是按照鹿韶的指示，扶住了云清远的胳膊："好了，你说。"

"图图。"鹿韶深吸一口气，像是给自己做着心理建设，"你的C语言挂科了。"

本来只是虚扶着云清远的图轻檬，一听到这个消息后腿都软了，握着云清远的胳膊使了狠劲："你说什么？我的C语言挂了？"

宿舍群里已经发了好多信息，只不过图轻檬刚才在收拾东西没注意，四人都是知道彼此账号密码的，鹿韶见图轻檬许久没有回信息，便帮助图轻檬查了下成绩，这一查查出事了。

"你的成绩只有平时成绩。"鹿韶小心措辞，"有好几个同学反映了这样的情况，侯教授说……说这类情况都是交了白卷。"

C语言是上机考试，这种情况也不是稀有的事情。

"白卷？"图轻檬感觉自己要哭了，哭丧着脸，"我努力了那么多天，竟然也会犯这么低级的错误吗？"

"偏偏还是侯教授的科目。"鹿韶也是着急，"如果你不趁着暑假学学，补考完全会挂啊。"

图轻檬这趟旅游是去不成了，本来云清远也要陪着她，不过想到图旎两人还在等他们，她执意送走了云清远，一个人待在房间里，和舍友们商量对策。

"我怎么这么命苦啊！"图轻檬要不是怕丢人，都要掉泪了，"本来这次考试已经要了我的半条命了，没想到竟然还有补考，这不是把我的另外半条命也取走吗？"

宿舍三人也都知道图轻檬在计算机上实在没什么天赋，又加上侯教授这较真的性格，都是悬着半颗心。

"暑假你好好学学，不然你去学校也行，大三的学姐在准备考研，图书馆和宿舍楼应该都不会封。"时里是其中最理性的一个。

鹿韶马上接话："我可以陪你去。"

"我自己去就好。"图轻檬觉得时里说的话有一定的道理，毕竟在家真的没有什么学习的氛围，而且还是她一个人在家，还不如去学校，"好不容易放的暑假，你们被我耽误了，我会很内疚的。"

"什么叫耽误？"关长乐对这句话持有很大的异议，"你的事就是我们的事。"

图轻檬微叹一口气："可是，你们就算都来了，也教不会我啊。"

"这……"好像说得也没什么毛病。

"好了。"图轻檬已经做好了打算，"你们好好玩，我一个人去，没准冷静冷静，就突然开窍了呢。"

看着图轻檬的坚持，三个人想了想也同意了，毕竟图轻檬说得也没有错，她们确实帮不上什么忙。

四人协商好意见，关长乐的手机才刚离手，没一会儿就有电话打进来。

本来以为是图轻檬，关长乐看都没看屏幕，就接过了电话："图图，怎么了？"

对方沉默了三秒，一个讨厌的声音从手机里传过来："是我。"

关长乐看着屏幕上"烦人精"三个字，翻了个白眼："宋逸清？你找我干什么？"

"就是宣传照的事情。"宋逸清看着屏幕上早已经挑不出毛病的照片,没事找事的意图已经写在了脸上,"我觉得还有一些细节要调整。"

"什么?"关长乐像是听到了什么笑话一般,"我还没找你算账呢,你倒是恶人先告状了。"

宋逸清挑了下眉头:"嗯?"

"图图C语言挂了,暑假还要去学校补习。"关长乐也是气急攻心,只能说宋逸清挑的时机不对,偏偏撞到枪口上了,"你倒好,不但不帮忙,竟然还落井下石,你还是不是个人?"

宋逸清仍然没摸清头脑,不过看关长乐正在气头上,首先向关长乐表达了关心:"侯教授的那门课?"

"不然呢?"

"这科倒是有点麻烦。"宋逸清也是从侯教授的阴影里走出来的,他斟酌了一下措辞,"需要我帮忙吗?"

关长乐终于冷静了几分,仍然是拉不下来面子,小声嘟囔了两句:"你倒是能帮上什么忙?"

感受到关长乐的情绪变化,宋逸清这才虚心请教道:"不过,她挂科和我有什么关系?我们无冤无仇,我可没有咒她。"

"怎么没关系?"关长乐对于图轻檬也是有心无力,在无能为力的情况下,她想起被图轻檬称为"外挂"的祁言,这时正巧宋逸清送上门,那就不能怪她被仇恨蒙蔽了双眼,"你的好兄弟祁言可是指导过图图,别说考高分了,直接给指导挂了,不用负责的吗?"

还有这种操作?宋逸清倒是大丈夫,没有反驳,道:"那我应该怎么办?为认识祁言的事,负荆请罪吗?"

关长乐也知道自己是无理取闹,哼了一声:"你看着办。"就挂断了电话。

"看着办?"宋逸清翻开手机联系人,他还能怎么办?

当然是解铃还须系铃人了。

"喂。"祁言很快地接通了电话。

"是我。"宋逸清转了转眼珠，想着怎么表达能激发祁言最大的内疚感。

只不过祁言相当无情，没给他思考的时间："有事？"

祁言认为，他已经和宋逸清没有任何亏欠，早已经拥有了拒绝宋逸清的底气。

"图轻檬的 C 语言挂了，听说，是你教的？"宋逸清知道祁言的性格，如果他拐弯抹角的话，难保没有开口的机会，只好开门见山，其他的就看祁言的良知了。

照上次祁言的态度来看，和其他人相比的话，图轻檬至少还是有一点点不一样的。

"挂了？"祁言紧皱着眉头，得到宋逸清的回答之后，瞬间冷静下来，"关我什么事？"

宋逸清虽然很同意祁言的逻辑，但是现在的情况不允许他有逻辑，只好硬扯："听说她之前没有挂过科，结果经你一指导她挂科了，就算没有直接关系，也还是有一定的间接联系吧。"

祁言明知道应该直接挂断电话，心里却对宋逸清和图轻檬的关系有一丝丝耿耿于怀，拧着眉头又问道："你怎么知道？"

"她舍友，"宋逸清倒是没有隐瞒，"关长乐说的。"

"谁？"

"上次拍宣传照的摄影师。"祁言的这句话，让宋逸清看到了希望，毕竟关长乐和图轻檬一样都是和祁言合作了一次，祁言只记下了图轻檬的名字。

他可不认为祁言是因为图轻檬校花的名号，才会对这件事如此关心。

不过宋逸清这样一说，祁言倒是将关长乐和那张对他不太满意的脸对上了号，继续道："然后呢？"

宋逸清觉得希望又大了几分，毕竟祁言没有挂断电话，现在反而有"套话"的嫌疑，便好心将自己掌握的信息和祁言共享："图轻檬暑假准备去学校补习，你是不是要将功补过？"

"就这些？"

宋逸清应了一声："我所知道的就是这些，其他的就需要你亲自去问了。"

"就目前状况来看，还是与我无关。"祁言声音倒是毫无起伏，"没事的话，挂了。"

宋逸清将手机放下，虽然祁言嘴硬，但是按照祁言的性格，他会找图轻檬的概率已经达到了百分之八十。

基本是稳了。

宋逸清摸了摸下巴，他现在要做的就是怎么能利用这件事，从关长乐那里讨到什么好处。

和我没关系。

我又没做错事。

退一万步，就算有关系，他也顶多是多管闲事，最后没得到好的结果而已。

况且，他可是无偿的！

祁言不断地安慰自己，在好不容易说服自己之后，黎陌冲进了他的房间，他白了黎陌一眼："有事？"

在祁言高中的时候，父母已经因为工作原因移居到国外。他高中

便是在姑姑家生活。大学之后，虽然凌涵在祁言所在的大学附近买了一套房子，不过祁言还是更喜欢住在姑姑家，基本没去过新家。

"你衣服里的糖果。"黎陌打赌输了要给祁言洗衣服，在把衣服放进洗衣机之前，翻了一下口袋摸出了糖果，递给祁言，眨巴了下眼睛，"哥，你不是从来不吃糖果的吗？"

祁言看见薄荷糖，从黎陌的手中夺了回来："嗯。"

他刚刚说什么来着，无偿？

简直啪啪打脸。

看着祁言的态度，黎陌更加好奇了，搓着小手，望着祁言："谁给你的吗？"

祁言已经下了逐客令："回你的房间。"

"不去。"黎陌刚想一屁股坐在床上，却在扫到祁言凌厉的目光后，走向旁边的椅子，"你不告诉我，我就不出去了。"

祁言哼了一声，将黎陌当成一团空气，拿起一本书随意地翻看，道："随便你。"

不过十分钟，黎陌和祁言的心理战才刚开始，黎母就已经开始召唤黎陌了："小陌，有人给你打电话。"

黎陌一个激灵，急忙起身："妈，我在这里。"

大抵是高考结束，黎母对黎陌放松了很多，也没有再查岗，将手机递给黎陌，不过没有离开，很明显是要黎陌当她的面接电话。

手机到他的手中时，电话已经自动挂断了，黎陌的心情像是过山车，现在终于回归到了地面上，拿着手机在黎母面前一晃："估计没什么急事。"

"你现在已经成年了，要是祸害人家女孩子的话，可以坐牢了。"黎母严肃道。

“妈，早恋和犯罪没有关系吧。”黎陌为自己叫屈。

黎母瞪了一眼黎陌：“收收你那花心肠子，不然，我早晚大义灭亲。”

“不以结婚为目的的恋爱都是耍流氓。”黎陌拿出黎母平日里训诫他的话，伸出三根手指保证，“我保证不再耍流氓。”

“最好是。”黎母暂时没抓到黎陌的把柄，只好威胁，“再让我知道你拈花惹草，我打断你的腿。”

黎陌乖巧地点着头，害怕再有什么电话打进来，便想把黎母支走：“妈，你还有事吧，去忙吧。”说着就要关门。

黎母的声音还是比黎陌的动作快了几分：“你在你哥的房间干什么？”

“请教点问题。”黎陌心如乱麻，脸上倒是不漏分毫。

黎母又瞪了一眼黎陌：“快点问，不要耽误你哥的时间。”

“呼——”黎陌刚关上门，手机就开启疯狂振动模式，他深呼一口气，将手机放在桌子上，如同劫后余生一般躺在椅子上，“命总算捡回来了一条。”

祁言不悦地看着桌面上振动的手机，又看着黎陌：“不接？”

“不接。”黎陌摇摇头。

祁言不打算发表自己的看法，只是噪声太聒噪：“那就挂了。”

“不敢挂。”黎陌拿起手机，调为静音模式，由着手机在桌面上闪烁，有气无力道，“要是挂了，小魔女能杀到家里来。”

黎陌小时候就喜欢和女孩子联络感情，偏偏又生了一张讨喜的脸，从小到大桃花不断。

人在水边走哪能不湿鞋，到了高三报应就来了，一个叫高唯妙的女生闯进黎陌的生活，黎陌没忍住说了几句搭讪的话，没想到就被高

唯妙缠上了身。

黎陌哪里是能为了一棵树木，放弃一整片森林的人，毫不犹豫地和高唯妙说清楚了，没想到高唯妙直接找上了黎母。一哭二闹下，黎陌就背上了"负心汉"的名号，更是为了不影响高唯妙的心情，整个高三都活在被高唯妙支配的阴影下。

"我还是第一次见这样的女生。"黎陌头疼地捏了捏眉心，"这是属狗皮膏药的吧。"

从黎母的口中，祁言已经知道了大概的事情，便像黎母那般，说了句："渣男。"

"什么渣男？"黎陌难得严肃了起来，"我那是怕影响她高考，不然你以为我干什么？演浪漫偶像剧吗？"

祁言不愿和黎陌浪费口舌，道："出去。"

"我告诉你，没有比我更良心的男生了。"黎陌来劲了，"那些耽误人家学习不说、事后还不愿意负责的人，岂不是比我还要渣？"

人心虚的时候，最容易对号入座，祁言自动将自己代入到黎陌口中的情景，发现竟然意外地合适。

黎陌正打算大吐苦水的时候，就看见祁言起身走到衣柜前，将能换洗的衣服放到床边。他疑惑地走到祁言身边："哥，你这是要，离家出走？"

从小到大，黎陌离家出走的次数一双手都数不过来，对眼前的情况早已经熟知于心。

祁言没打算搭理黎陌，自顾自地拿起行李箱。

完全搞不懂状况，黎陌挠了两下头，小心地试探着："这……"顿了一下才继续道，"哥，你这是迟到了几年的叛逆期来了吗？"

"闭嘴。"祁言瞪了黎陌一眼，思索了一下，他一向不擅长说谎话，便打算借用黎陌的嘴巴，向黎母说明情况，"你帮我和姑姑说一声，这个暑假学校有点事情，我可能有段时间要在学校过了。"

"暑假还有事？"这种类型的谎话，黎陌不知扯了几百次，瞬间就判断出真假，嘴角上扬，坏笑道，"老实说，是不是有佳人在学校等着呢？"

祁言手上的动作停下，轻哼一声，望着黎陌不说话，不过阴沉的表情已经显示出他耐心不足，心情不佳了。

"好，我去说。"黎陌起身，又补了一句，"不过我妈可不是什么好骗的人，你做好思想准备，迎接堪比锦衣卫的询问吧。"

祁言没再搭话。

不一会儿，黎母就火急火燎地跑了过来："言言要去学校？"

"嗯。"祁言停下收拾衣服的节奏，起身回答黎母的问题，"学校有点事，我明天可能要回学校待一段时间。"

"明天才走是吧？"黎母这才稳住情绪，"那我这就去超市，给你买点东西，晚上再做一些你爱吃的，不要等到去了学校吃不上。"

"嗯。"祁言的眼睛弯了几分。

"这……"黎陌本来是来看热闹的，没想到事情和他想象的大相径庭，他摇着头，委屈得像个十八岁的宝宝，"我妈简直就是区别对待我们！没有动手就算了，也不需要审问吗？"

祁言早就习惯了："还用我回答吗？"

"凭什么？"

大抵是黎陌受了不小的刺激，祁言难得照顾了一下他的情绪，道："凭你不是三好学生。"

黎陌只感觉所有的血液都涌到脑门，一瞬间像是回到了小学时光，他委屈地问为什么祁言可以得到变形金刚，黎母当时就是用这几个字，

催动了他所有的泪腺。

"这个梗过不去了吗？"黎陌越想越生气，直到自己把自己气昏了脑袋，"而且那次你不是得到了变形金刚吗？"

"最后落到谁手里了？"祁言似笑非笑地望着黎陌。

黎陌立刻收起了可怜相，转了转眼珠，答非所问："都已经过去十几年了，谁还记得？"

"我记得。"祁言挑了挑眉头，"你当时抱着我哭得上气不接下气的样子。"

"哦，是吗？"黎陌不去看祁言的表情，转身离开，还不忘补一句，"陈芝麻烂谷子的事，谁吃饱了没事记这么清楚？"

某位吃饱了没事的人，瞪了一下黎陌离开的背影，然后毫不留情地将卧室门锁了起来。

第十一章

小老师再次上线

在空荡荡的宿舍里自然是没有学习的气氛，图轻檬收拾好学习用品，就慢吞吞地朝着图书馆走去。

原本以为她的暑假应该被阳光沙滩海浪填满，没想到如今变成这般模样，心里的落差可不是一般的大。

除了考研的学姐学长，倒是很少有人逗留在学校里了。往日热闹的林荫路，如今一片安静的景象。

图轻檬根本提不起多少情绪，可下一秒看见图书馆前的某个身影后，眼睛倏地亮了一下，笑着跑了上去。

"祁言同学。"简直就是"老乡见老乡，两眼泪汪汪"，兴奋的情绪已经让图轻檬自动忽略祁言高冷的气场，她自然地搭上话，"你也是来复习功课的吗？"

祁言已经在附近晃悠了半个小时了，从匮乏的表情中硬生生地挤出半分吃惊的样子："嗯。"

"你的 C 语言也挂科了吗？"图轻檬有种"同是天下沦落人，相逢何必曾相识"的感觉，眼神亮晶晶地瞧着祁言。

望着图轻檬眼中满满的希冀，祁言竟然有点不忍心打碎它，不过这样的感觉也只持续了一秒钟，下一秒他就否定了这个答案："没有。"

图轻檬满脸的欢喜僵硬在脸上，三秒后才调整过来，尴尬地圆着场："我猜你也没有挂科，感觉你懂得很多。"

她又重新扬起小脸，问道："那你应该考了很多分吧？"

"60分。"祁言不急不慌地接道。

60分？图轻檬不知该做何表情。

这是什么神仙运气？

两人已经走到了图书馆，眼看图轻檬还沉浸在自己的世界中，祁言挑起话题："你要坐哪里？"

"啊？"图轻檬反应慢了一拍。

在祁言的注视下，她缓缓地反应过来，呆呆地问："能坐到你旁边吗？"

祁言轻微勾起嘴角，面上有着不易察觉的愉悦，声音都带了几分轻快："嗯。"

图书馆的位置远没有之前那么紧张，为了防止再被拍到，祁言找到最角落的一个位置，而且有一盆盆栽挡着他们，应该没有暴露的风险。

祁言本就是为了图轻檬而来，所以注意力大部分都在图轻檬的身上，短短一个下午，就对图轻檬有了一个全新的认识。

在他的印象中，图轻檬大多是做什么事情都很认真，可现在的她正揪着笔帽上的小兔子，没过一会儿就开始和小兔子干瞪眼。

祁言无奈地清咳一声，提醒着图轻檬。

图轻檬早就忘乎所以然，这轻轻的一声在她的世界犹如平地一声雷，她被吓得抖了一下。

祁言也是没想到自己有这般威力，下意识地关心了一句："没事吧？"

"没……没有。"图轻檬有几分不好意思，立刻板正地坐好，心有余悸地将注意力全部放在学习上。

看着图轻檬没有主动求教的打算，祁言只好将自己送上去："有什么不理解的吗？"

"嗯……"图轻檬心虚地点了几下头，期末考试之前，祁言告诉她的知识点，她也忘得差不多了，"我可能在计算机上没什么天赋，学得慢忘得快。"

祁言知道图轻檬差生的称号，好奇了一句："你当初怎么会报这个专业？"

"我报考志愿的时候看了一个关于黑客的电影，就觉得很酷。"图轻檬说着说着，自己倒先委屈了起来，"我之前用电脑也是没有障碍，哪里知道计算机专业的学生是学这些啊？"

祁言有几分哭笑不得："为什么上学期不转专业？"

"上学期没有 C 语言！"图轻檬激动了起来，不情不愿道，"转专业可能还要换宿舍，我不想换宿舍。"

祁言是绝对理智主义者，可是听着图轻檬"不负责任"的说法，竟然也理解了几分："嗯。"他望着图轻檬的课本，"有问题的话，你可以问我。"

大抵是祁言的语气中充斥着自信，图轻檬自动忽略祁言只考了 60 分的事实，将面前的课本移到两人的中间："那我不客气了。"

图轻檬说的不客气，是真的不客气。

祁言原本以为上次图轻檬已经向他展示了所有的"实力"，直到现在才发现，原来上次他只是看到了图轻檬实力的冰山一角。

不过一个下午，图轻檬问的问题都差不多要绕地球一圈了。

有些知识点应该是他们要背得滚瓜烂熟的，有些规则是早该熟记

于心的，有些问题是老师上课的时候反复强调过的，可图轻檬问出来的时候，她也是真的觉得自己没有学过。

祁言甚至经常被问到哑口无言，甚至想"臭骂"图轻檬一顿，可是看着图轻檬满眼都是求知欲后，又生生地压下情绪，组织着语言解答图轻檬的问题。

暑假已经过去好几天了，图轻檬和祁言仍然在学校攻读 C 语言。

在餐厅坐着的云清远望了眼面前恩爱的父母，没人有要搭理他的意思，只好拿出了手机。

这个时间图轻檬在学习，云清远自然不会打扰她，看了眼曲饶声称千方百计要来的手机号，抿了抿嘴唇。

将自己的昵称换成"甜甜圈"，又将头像换成一个相对活泼的照片后，云清远搜索了祁言的微信号。

搜索出来的头像是蓝色的，昵称是祁言的本名。

云清远轻哼一声，发送了好友申请。

祁言的手机本来是放在桌上的，听到振动声后祁言拿起手机，倒也没在意图轻檬在旁边便点开了微信界面。

图轻檬没有窥探别人隐私的癖好，低着脑袋，生怕看见屏幕上的内容。

没过一会儿，手机便被重新放在旁边，祁言继续给图轻檬讲课。

五分钟之后，云清远看着仍然毫无动静的好友申请，才后知后觉自己被无视了。他皱着眉头又提交了申请，在申请理由上加了几个字："有点事情想请教一下。"

手机又在桌面上振动了一下，祁言看见是同一个人的申请，便点开了这个人的资料，微信号是"yun1234"，确定不是自己认识的人，便又放下手机。

云清远也摸清了祁言的既不回复也不拒绝的路数，根本不再等五分钟，一个个的申请朝着祁言飞了过去。

手机已经被祁言调成了静音模式，可手机屏幕仍然会忽明忽暗。

图轻檬还以为祁言有急事，便将课本朝着自己的方向移了些："这个我不太明白，我先自己试着理解一下，你先忙事情吧。"

祁言应了一声，拿起手机，看着"甜甜圈"不达目的誓不罢休的样子，点了同意，开门见山道："有事？"

云清远还在不断发送申请，猛然看见弹出来的对话框，眯了下眼睛，模仿着女生的语气，发送着信息："当然有事。"

祁言最讨厌的就是这种说话方式，半天憋不出一个有效信息，催促道："说。"

"这说话口气真是令人讨厌。"

云清远吐槽了一下，敲打着键盘："看网上的八卦，你试图插足别人的感情？不会吧？你怎么会是这样的人？"

这敌意来得太突然了。祁言不自觉地抿了下嘴唇，他一向不喜与人交谈，应该不会树敌，能用这个语气对他说话的……

祁言只猜到了一种可能，不自觉地将视线放在图轻檬身上。

所以，是图轻檬的神秘男友？

图轻檬正在偷偷看祁言，和祁言打量她的眼神刚好撞上，她也不躲，问道："怎么了？"

祁言一向是有话直说："你有男朋友吗？"

"啊？"图轻檬咽了下口水，重新思考了这几个字，耳尖也开始红了，她没经历过这种大场面，闪躲着视线摇摇头，"没……没有啊。"

"嗯。"祁言心里涌上一股莫名的喜悦，看着图轻檬不自在的样子，

开口道，"想明白了吗？"

图轻檬心里忐忑万分，想着要是祁言突然告白怎么办，所以听见祁言的声音，不自觉地摇头："我还没准备好……"

"准备什么？"祁言自然知道图轻檬为什么紧张，不过图轻檬身为校花，面对这样的情景竟然还会这么慌乱。他也不继续逗图轻檬，移开了视线，"没想明白继续想。"

"好。"图轻檬将视线转移到课本上，大呼一口气，头脑清醒过来后恨不得捶自己的脑袋，她竟然以为……

啊，简直没脸活了！

祁言得到图轻檬的回答后，看着"甜甜圈"的对话框也顺眼了几分，他还以为是正牌男友来兴师问罪了，没想到此人原来是无证上岗，也不知道哪里来的勇气，竟然还这般理所当然。

"我是个怎样的人，关你什么事？"祁言反击道。

"哟？这么硬？"云清远挑了挑眉头，继续打字道，"你怎么能说这样的话呢？我、我喜欢你，你怎么能做介入别人感情的事情？"

如果不是得到当事人的答案，祁言肯定就信了，悠悠道："我介入谁的感情了？说清楚点。"

云清远感觉后背有些凉，愤愤地点击着屏幕，浑身抖了一下："你口味真重。"

"还有事？"祁言已经感受到图轻檬欲言又止的神情了，便想着早点结束对话。

云清远还想着和祁言理论理论，可是这时班群里发了一条通知，他也顺便回复了一句"好的"。

班群里突然就炸了。

"甜甜圈是谁？"

"怎么没有改备注？"

"是哪位小仙女？"

……

云清远的手指顿住了，他之前的昵称都是用的自己的名字，倒也省得改备注了，没想到会栽在这里了。

韩望已经发来了慰问消息："清远，是你吗？你要是被绑架了就眨眨眼睛。"

云清远懊恼地一拍头，便删除了祁言，快速地修改了昵称和头像。

于是，班群里的同学眼睁睁地目睹了"甜甜圈"变成"云清远"的全过程。

群消息又是一阵刷屏："打扰了。"

许久没看见回复，祁言便将手机放在桌面上，单纯的他丝毫不知道自己还没在云清远的好友列表暖热窝，就被移了出去。

"你有事吗？"图轻檬生怕耽误了祁言的事，主动地询问，"你要有事的话，就去忙吧。"

祁言最重要的事就是帮助图轻檬通过考试，从而让自己心安，自然否定了："没有，还有哪里不懂？"

图轻檬犹豫了一下，才将课本移到中间，颇有几分不好意思："你刚刚给我讲的，我自己想了下，好像，又不太懂了。"

图轻檬向来喜欢在学习的时候给自己挖坑，而且又喜欢钻牛角尖，祁言已经有些习惯了，认命似的重新讲解。

一颗糖啊！祁言在心里感叹着，他当时怎么就鬼迷心窍收了下来呢？

七月的天，孩子的脸，说变就变。

图轻檬望着堪称倾盆大雨的天气，完全笑不出来。

下午还是艳阳高照，谁能想到晚上就乌云密布了。

"等雨小了再离开吧。"祁言淡定道。

图轻檬也没办法："嗯。"

两人站在图书馆一角，原本不太熟悉的两人，更是因为这种情况多出了几分尴尬。

图轻檬偷偷地望了一眼祁言，双脚小幅度地扭动着。

此情此景，莫名想起那句歌词：最美的不是下雨天，而是与你一起躲过的屋檐。

不好了，不好了，脑子里开始有画面了。

一幕幕偶像剧的情节迅速占据了图轻檬的大脑，祁言在旁边一言不发，她倒好，靠着强大的想象力，把自己给整不好意思了。

说点什么，要说点什么？

图轻檬不断在大脑中搜寻着共同话题，朝着祁言望去的视线更加频繁了。

虽然没有正眼看图轻檬，可祁言的余光全是图轻檬的模样。感受到图轻檬的焦虑，他好奇地扭过头，眼神一挑："怎么了？"

"那个……"图轻檬感觉脖子上被架起了一把大刀，在祁言看过来的时候，已经开了口，"别人都说你和我一样是差生，可是，我明明感觉你很厉害啊，为什么别人那样说啊？"

为什么那样说？

祁言的眼睛如同被黑夜染上了几分色彩，自大学之后，他拼命地想要逃出凌涵给他设定的未来，不仅考试成绩都稳定在 60 分，课堂上更是表现得差强人意，他的名声传开也是在意料之中的。

"你又为什么成为差生？"祁言没有回答，反问道。

图轻檬微怔了一下，不好意思地挠挠头："你也看见我的实力了，我上课时基本都是蒙掉的状态，然后就被侯教授提问了几次，问了几个比较蠢的问题，就……"

想起图轻檬平日里堪称白痴的问题，祁言已经可以想象到侯教授五颜六色的脸，忍不住轻笑一声。

笑声并不明显，很快就消匿在雨声中，可是图轻檬所有的注意力都在祁言身上，像是发现什么新大陆般，她嘴角弯弯："你笑了？我还没看见你笑过。"

祁言不自然地抿住嘴唇，看了眼兴奋的图轻檬，逃避似的否认："没有，你看错了。"

"明明就有。"图轻檬走到祁言面前，目光灼灼地看着祁言，"你再笑一下，我刚才没看清。"

被关长乐称为面瘫的祁言笑了！

他笑了！

被图轻檬一直盯着的祁言无处遁形，不自觉地吞了下口水，以往一个眼神就逼退人的阎王，此时无助得像个被流氓调戏的小姑娘。

看着祁言誓死不从的样子，图轻檬心情更加好了，调侃道："可不要让长乐看见你会笑，不然她肯定把你拐去当模特。"

雨渐渐地小了起来，祁言出神地望着图轻檬的样子，恍惚了几秒，迅速移开视线，绕过图轻檬的身侧。

"可以走了。"

图轻檬望着祁言的背影，终于有点知道为什么会有人喜欢调戏别人了。

原来，调戏别人这么爽的吗？

看到祁言这一面之后，图轻檬像是突然被解开了什么封印一般，

好奇心一上来，直呼祁言大名。

"祁言，你为什么总是冷着一张脸？刚开始，我都很害怕你呢。

"祁言，有很多女孩都喜欢你吧，不要总冷着一张脸，会吓跑别人的……"

小姑娘一口一个祁言说得那叫一个顺口，图轻檬微微扬着小脑袋，小雨滴隐隐约约地落在她的脸上。

祁言也不知道怎么，突然伸出手，朝着图轻檬的方向伸去。

眼里只有祁言的图轻檬自然被这个动作吓坏了，在祁言伸出手的时候，她捂住脑袋，忙不迭地认错："我错了！"

想象中的疼痛并没有落下来，图轻檬这才微微抻着脖子，鼓足勇气向上望去。

只见，一张手掌罩在她的脑袋上，将原本落在她头上的雨滴全部挡了下来。

蓦地，原本还张牙舞爪的图轻檬突然像被点了穴，安静了下来。

瞧着图轻檬尿尿的样子，祁言压抑已久的嘴角终于上扬，连眉眼中都有明显的笑意。

果然，只要他稍微厚脸皮点，图轻檬就顶不住了，"欺软怕硬"怕就是这样来的。

祁言还没来得及反击过去，就感觉手上的水滴突然变大了十倍。

雨以迅雷不及掩耳之势大了起来。

图轻檬自然也感觉到了，下意识地攥住祁言的手腕："快跑啊！"

在接天的雨帘中，两人瞬间狼狈了很多，头发和衣服全都被淋湿了。

不过祁言没有注意雨势，只感受到了手腕上一处柔软的触觉，他垂下视线便看见图轻檬握着自己手腕的小手。

生平第一次，心跳急促了起来。

祁言努力控制住自己心跳的频率，即使在这样的大雨中，也担心被图轻檬瞧出端倪，稍稍用点力，想要挣脱手腕上的手。

图轻檬感受到了祁言的用力，步伐慢了下来，反应了好一会儿，才意识到自己攥着祁言的手腕，猛地抽回了手，却又被祁言拉住。图轻檬望着手腕处祁言的手掌，又呆呆地望着祁言，反应迟钝了起来。

祁言避开图轻檬的视线，拉起图轻檬的手腕，生硬道："你跑得太慢了。"

"阿嚏！"

图轻檬用纸擦了下鼻涕，看了下时间，慢吞吞地拿出体温计。

37.5℃。

发烧了，还好温度不是太高。

图轻檬将体温计收好，慢吞吞地爬下床，准备吃点药继续睡。

床上的手机亮了一下，不一会儿就暗了下来，五分钟内手机已经明明灭灭了好几次。

祁言已经到图书馆半个多小时了，按照他们之前约定的时间，图轻檬应该早就来了。

淋雨生病了？祁言想到这种可能，彻底坐不住了，起身朝着图书馆外面走去，看着没有回复的信息，拨通了语音电话。

手机在床上振动了起来，仍然无人问津。

图轻檬慢吞吞地去楼道接了一杯开水，然后翻出之前准备的退烧药，等水温合适的时候才咽了下去。

半个多小时之后。

图轻檬晃悠悠地爬到床上，没看见刚暗下去的手机。

站到女生宿舍楼下，祁言看了眼对他虎视眈眈的宿管阿姨，忍着想冲进宿舍楼的双脚，再次拨打了电话。

图轻檬感觉到了手机振动，眯着眼睛接通电话，将手机放在耳边，声音带着刚睡醒的慵懒："喂，怎么了？"

听着图轻檬明显不对的声音，祁言的眉头再次皱了起来："你生病了？"

"嗯。"图轻檬只感觉脑袋沉沉，闭着眼睛维持着最后一丝清明，"有点发热，不过我已经吃过药了，等我睡一觉就好了。"

"生病要看病。"祁言的话里不带任何商量。

图轻檬强迫自己睁开眼睛，半秒之后又重新合上，声音里都是不情愿："可是我好困，等我醒了之后再去，好不好？"

祁言感觉到图轻檬快要睡着了，也不纠结这个问题，换了个问题："你宿舍号多少？"

"303。"图轻檬已经困到极点，嘟囔了一句，"我要睡觉了……"

"图轻檬。"祁言着急地喊了句，引得路过的同学看了他一眼。一看见是祁言，那同学眼睛都瞪大了不少。祁言抬起脚步朝着前方走去，听着手机里传来均匀的呼吸声，才稍稍放下心来。

二十分钟后，祁言一手提着医务室开的药，一手提着一杯粥和图轻檬最爱的肉夹馍，再次回到女生宿舍楼下。原本他想让宿管阿姨帮忙捎上去，可现在宿管阿姨的影子都不见了。

祁言在原地纠结了一分钟，嘴里默念着"救人一命胜造七级浮屠"，像个勇士一般走进了女生宿舍楼。

祁言以为自己早已经将生死置之度外了，在瞄到宿管阿姨的房间内一抹身影后，心态都快崩了，慌忙几个快步拐进了楼道。

在走上二楼的那一刻，身后传来了宿管阿姨的一声怒吼："有男生进来？好，阿姨穿上鞋立刻去看看。"

祁言浑身发凉，加快了速度走到303宿舍前，直接敲门。

"谁啊？"图轻檬被吵醒，还没睡够的她发了句牢骚，却又不得不下床。

宿舍的门被拉开，祁言就看见了头发乱糟糟、穿着粉色睡衣的图轻檬，手里捏着袋子的手又攥紧了几分。

"什么事？"图轻檬抬起沉甸甸的脑袋，怎么也没想到在这个时间、这个地点看见祁言，"你……"

"闯女生宿舍的流氓，我劝你早点出来，否则别怪我不客气。"宿管阿姨的声音在整个宿舍楼飘荡。

祁言也来不及解释，用手臂勾着图轻檬的脖颈，两人走到宿舍内，瞬间关上门。

"啊？"在一连串的刺激下，图轻檬的意识终于清醒了几分，为难似的望着祁言，"阿姨说的流氓是你？"

祁言已经没脸回答这个问题了，将手里的早餐递给图轻檬："早餐。"

图轻檬原本没什么食欲，可是一闻到熟悉的香味，胃口莫名好了几分："肉夹馍。"

看着图轻檬惊喜的样子，祁言才觉得这声"流氓"总算值了点。

宿管阿姨还在外面巡逻，企图找到祁言这个流氓。宿舍一时半会儿也出不去，图轻檬就帮祁言搬了一把椅子："你先坐会儿，等阿姨冷静一些再出去吧。"

女生宿舍比男生宿舍温馨很多，再加上图轻檬这一宿舍都是些传奇人物，每个书桌上都有各自的照片，桌子上摆放着玩偶和立牌。

祁言的视线不自觉就移到图轻檬的书桌前，看着桌面上的照片，比贾汀手机壁纸上戴着口罩的照片好看多了。

"简直就是有生之年系列。"图轻檬吃着肉夹馍，望着祁言还是有几分不真实的感觉，"你觉不觉得我们两个像在拍偶像剧？"

"偶像剧？"祁言语调上扬，想到昨天被图轻檬调侃的画面，决定先下手为强，嘴角一扬，"所以，你在期待些什么？"

"咳！"图轻檬被祁言的话呛到了，忙拿起旁边的粥，喝了几口才缓过来。

祁言终于找回点自信，看着图轻檬诧异的目光，终究是移开了视线："吃饭就不要说话了。"

图轻檬明智地闭上了嘴巴。

碍于祁言在旁边等着，图轻檬吃饭的速度也快了几分，在祁言"慢点吃"的提示下，咽下了最后一口饭。

宿管阿姨似乎已经放弃了，声音消匿在楼道中。

一个肉夹馍下肚，图轻檬头也不晕了，脑也不涨了，瞬间精神了起来："你要走吗？我帮你探路？"

"你这是卸磨杀驴，还是过河拆桥？"祁言虽然也觉得要离开，可是看着图轻檬迫不及待的样子，莫名有些不爽。

"取决于你啊。"图轻檬扬着小脸望着祁言，眼睛里全是笑意，"看你想当驴，还是想当桥喽。"

上一个和祁言这样开玩笑的是黎陌，吃了黎母两个白眼之后，才学会了沉默。

祁言看着面前得意的图轻檬，也不觉得讨厌，甚至觉得她还有几分可爱，他换了一下姿势："你量一下体温。"

"好。"图轻檬拿起桌面上的体温计，准备量的时候，看着祁言多了一丝防备，"你，闭上眼睛。"

祁言没和病人一般见识，闭上眼睛，语气中带着无奈："好。"

就算图轻檬对祁言再信任，也改变不了祁言是个异性的事实，图轻檬看着祁言，突然伸出手覆上祁言的眼睛："不准偷看。"

祁言睁开眼睛的时候，眼睫毛轻轻划过图轻檬的手掌，将图轻檬的手从脸上拿下："我如果看，你能把我怎么样？"

"你……"图轻檬突然后退半步。

祁言将椅子转了个身，背对着图轻檬，打了个响指："从现在开始，我只给你五分钟的时间。"

图轻檬瞪了一眼祁言的后脑勺，好好的冷酷校草演什么霸道总裁？

"祁言，你喜欢看直播吗？"图轻檬夹着胳膊，随便扯出来一个话题。

祁言没有点头也没有摇头："不太喜欢，不过我们宿舍有一个人是你的粉丝。"

图轻檬的身份早就暴露了，她也不再遮遮掩掩，颇有些激动道："谁啊？"

听着图轻檬这般兴奋，祁言突然不想说了："骗你玩呢。"

"喊。"图轻檬轻哼一声，"幼不幼稚？"

祁言反驳了句："没你幼稚。"

祁言面前的书桌上有一面正对着他的镜子，他不在意地看了一眼，在看到自己上扬的嘴角之后，突然愣了一下。

见鬼了，他什么时候变成这个样子了？

"说真的，你以后多笑笑。"图轻檬的思维跳跃到一个毫不相关的话题上，"你不多笑笑，简直就是暴殄天物。"

听着这句话，祁言的嘴角再也忍不住："还用你说？"

图轻檬笑笑，表示自己不想说话。

体温降到了 36.8℃。

"不用打针了。"图轻檬深呼一口气，看着祁言，"可以安心地走了吧？"

祁言也一副如释重负的样子："总算可以洗清嫌疑了。"

"什么？"图轻檬跟不上祁言的思路，但直觉这并不是什么好话。

祁言悠悠地补充道："如果你出了什么意外，作为这些天和你相处最多的人，首先被提审的就是我。"

"你走！"图轻檬撇了撇嘴，直接拉开门。

祁言站定，一动不动："饭给你买了，药给你拿了，你就这样对待你的救命恩人吗？"

看着祁言突然赖皮的样子，图轻檬只好关上门，上下打量着祁言，防备地问："你想干什么？"

"放心，我对你还没什么企图。"祁言轻笑一声，视线扫过图轻檬的桌面，便看见上次图轻檬给他的薄荷糖，然后拿起满满一罐，"归我了。"

图轻檬立刻像只护食的小鸡，扑了上去："你抢劫啊？"

祁言伸出右掌，整个手掌抵在图轻檬的脑袋上："你应该庆幸，我劫的只是财。看你这样，是希望我劫……"

望着祁言打量的视线，图轻檬老实了起来，向后退三步，忐忑地望着祁言："我……我可是个病人。"

"所以，你是忘了，我还是个流氓呢。"祁言说一个字便朝着图轻檬走一小步，看着图轻檬吓坏的样子，侧过身，走出宿舍，"今天放假，明天见，图轻檬同学。"

图轻檬揉了揉自己太阳穴，懊恼地抿起嘴巴。

昨天打雷了吗？

祁言这是打开了什么奇怪的开关？

不是被什么东西附身了吧？

第十二章
是心动呀 /

在祁言的帮助下，图轻檬仅仅用了两周就复习完所有的知识点，正式开启暑假模式，其间祁言每天晚上还要问她一个学习上的问题。

可是即使做了这样充足的准备，临近开学的时候，图轻檬心里仍然很是忐忑，一点信心都没有，于是在祁言的建议下，提前一周到了学校。

"我应该能通过补考吧。"图轻檬越来越紧张，可怜巴巴地望着祁言，"我要是再不通过考试，就要重修了。"

图轻檬所有的努力，祁言都看在眼里，他所有能想到的话都告诉了图轻檬，效果甚微。

"我不能再自怨自艾。"图轻檬马上将注意力放在课本上，"我要好好学习。"

看着沉浸在知识海洋里的图轻檬，祁言有几分头疼，这种状态他几乎没有拥有过，不过看着图轻檬如此恐慌的样子，也很担心图轻檬万一挂了，到时候他就是千古罪人了。

思索了一会儿，祁言拿起手机，通过班群添加了侯教授的微信号。

三分钟后，侯教授的信息就插了进来："祁言？"

"老师您好。"祁言一副三好学生的样子，直接开门见山，"老师，您补考的卷子范围大概是什么？"

"你不是考了 60 分？还要补考的卷子干什么？是来讽刺我的吗？"

隔着屏幕都感受到了侯教授激动的情绪，祁言只觉得头皮发麻："我才刚过线，想多学点东西。"

"我信就怪了！

"无可奉告！

"再见！"

每句话后面都跟着一个感叹号，可见侯教授对祁言是积怨颇深。

祁言放下手机，抚着额头，倒是他冲动了。

不要说像侯教授这么严格的教授根本不会透露内容了，更奇怪的是他竟然想到了要帮图轻檬作弊。

真是越活越回去了。

"祁言。"图轻檬再次哭丧着脸，"我不会真的要重修吧。"

祁言什么大场面没经历过，只是看着图轻檬这个样子，毫无办法，只好拿出共患难的精神："如果重修的话，我陪你一起去。"

"真的吗？"图轻檬的表情直接亮了。

祁言的表情又柔和了一分："嗯。"

对于图轻檬来说，祁言的话如同一颗定心丸，让她焦躁的心趋于平静。

吃午饭的时候，两人一同去外面买东西，仅仅只是过了一个暑假，两人已经可以像朋友一般相处了。

"我从来没想到能和你成为朋友。"图轻檬现在仍然有几分恍惚。

祁言也从来没想到他竟然会有朋友，而且对方还是一个女生，不可思议地摇摇头。

"谁说我们是朋友？"祁言成功看见图轻檬诧异的目光后，才满意地开口，"我是你老师，一日为师终身为师。"

"什么老师？"图轻檬傲娇地撇嘴，"你就是个弟弟。"

两人还在斗嘴，眼中只有彼此的存在，丝毫没看见远方提着行李箱的真弟弟。

云清远本想着给图轻檬一个惊喜，所以没有告诉图轻檬自己来了，可谁知道惊喜没有，现在只觉得惊吓。

一想到两人不知相处多长时间了，云清远心里升起一阵无名火："轻檬！"

"清远。"意想不到的人出现在面前，图轻檬也有些惊讶。

祁言的视线从云清远身上转移到行李箱上，看着冲着云清远跑过去的图轻檬，眼神暗了一下。

所以，他是考上了 F 大？为了图轻檬？

"你慢点。"云清远将图轻檬微乱的头发整理好，揽着图轻檬的肩膀冲着祁言挑衅道，"又见面了。"

心里一阵酸涩蔓延开来，祁言想要逃离这个情景，没理会云清远的挑衅，和图轻檬说："我先去吃饭了。"

图轻檬刚想介绍两人认识，可看着祁言不太对劲的表情，下意识想要喊住祁言："等……"

"轻檬。"云清远的声音稍稍大了些，"我已经为了你只身来了，你可要把我安排好了。"

祁言的步伐快了几分，很快消失在两人的视线中。

"回神了。"云清远敲了一下图轻檬的脑袋，对图轻檬过分关注祁言的事情十分不满，刚才那副宣示主权的气势已经落败，满脸只剩下被人忽视的可怜，"我千里迢迢来找你，你也看看我，好不好？"

图轻檬这才收神，拍了下云清远的肩膀，有点埋怨道："你来了，怎么不告诉我一声？"

"这不是想给你个惊喜。"提起这个，云清远更加委屈了，幽怨地看着图轻檬，"你好像不太欢迎我？"

"怎么会？"图轻檬接过云清远手里的行李箱，笑容灿烂，"恭喜我的弟弟升级为我的小学弟。"

"什么弟弟？只是学弟。"云清远心思一动，"轻檬，我们的姐弟身份能不能先不要告诉别人？"

"为什么？"

当然是为了让祁言知难而退，不然，他这几次的努力不就白白浪费了吗？

这些话，云清远自然只能在心里想想，早就准备好了另一番说辞："我还想享受美好的大学生活，可不想被人打扰。"

"谁让你长了一张招蜂引蝶的脸？"图轻檬幸灾乐祸道。

云清远露出得逞的笑容："这么说，你是答应了？"

如果时间再向前推三个月，图轻檬完全不会犹豫，可现在心里却涌上一股不情愿的情绪，她不愿多想，只好道："可是别人早晚会知道啊。"

"至少要等我熟悉了大学环境再说。"云清远难得坚持道。

图轻檬还是有点犹豫："可是……"

云清远的目光危险了起来："你不是有男朋友了吧？"

"当然不是！"图轻檬像是被踩了尾巴的猫，说完便心虚地咽了下口水。

云清远忍辱负重地装作没看见图轻檬的小心思，看着图轻檬犹豫的样子，便开启撒娇模式："我都保护了你那么多年，你也要保护我一下吧？学姐。"

一米八的男孩轻轻摇着自己的胳膊，这谁能抵抗得住啊？

反正图轻檬是瞬间妥协了："好。"

"一言为定。"云清远放开图轻檬的胳膊，揽上图轻檬的肩膀，"以后你就是我学姐了。"

转眼，又到了盛夏的尾巴。

九月份的天还残留着夏天的炎热，炽热的阳光穿过鲜嫩的绿叶，影影绰绰地投射下来，每一份都带着灼人的温度。

黎陌眼珠向上翻，望着额头上豆大的汗珠，嘟囔："太热了，要不是被教官发现装病，我还在空调房里吹着空调，哪里要来受这种罪。"

为了躲过被晒黑的命运，黎陌报到之后，以"睡不惯床"的理由回到家，硬生生地给自己冲了两次凉水澡，结果才发热了一天，失去空调的他直接被37℃的高温治愈了。

黎陌哪里甘心，想偷偷再次冲冷水澡，悲摧地被抓了个现行，黎母更是放下"除了被担架抬走，否则不能不军训"的狠话。

"我的脸要毁在军训上了吗？

"我的天，还不让动，有没有人性！

"要被晒干了……"

……

一声声的抱怨钻进云清远的耳朵，云清远本来就因为天气的原因躁了起来，再加上身边有位人肉吐槽机，更觉得受不住了。

F大不仅迎来了图轻檬的弟弟云清远，还有幸迎来了祁言的表弟黎陌。

作为一个合格的弟弟，他们自然是承担起了弟弟的责任，一个致力于斩断姐姐所有的桃花，一个是负责帮助高岭之花的哥哥摆脱单身。

不过因为军训的缘故，两人还没有正式开始实施措施，身份自然不为人所知，彼此都不认识。

"原地休息五分钟。"

大家站军姿都站了半个小时了，终于等来这句话。

黎陌当场就热泪盈眶了："妈呀，我有生之年还能听见这句话。"

云清远轻笑一声，他知道黎陌是自己宿舍的，不过黎陌当时正筹备生病的计划，收拾好床铺就回家了，两人还没有正式地认识一下。

"哎，你和我一个宿舍吧。"身为学霸，黎陌的记忆力自然不错，"云清远，是吧。"

被黎陌准确地喊出名字后，云清远心中的黎陌瞬间高大了起来，应了一声："黎陌。"

"你的皮肤好白。"黎陌的关注点和一般男生都不一样，羡慕地望着云清远，"是用了什么护肤品？"

云清远嘴角抽了抽："就……就是一般的。"

"回去可不可以让我看一眼。"黎陌从不觉得男生保养丢人，自然毫不避讳，"回头我也买一套，看能不能拯救我这张脸。"

云清远接受能力也很强，已经淡定了起来："嗯。"

两人正说着话，突然前面的一个男生给云清远使了一个眼色："清远，校花。"

黎陌不在宿舍时学校发生了很多事，其中最大的事就是传言云清远喜欢图轻檬，之前两人的照片也被扒了出来，热度一时无二。

云清远望过去，只看见图轻檬的一个背影，不过嘴角还是不断地上扬。

"我错过了什么？"黎陌的视线从图轻檬的背影上移到云清远身

上，撞了撞云清远的肩膀，"上一届的校花，你喜欢啊？"

云清远眼神里一片柔和："何止喜欢啊。"

"哥就喜欢你这样直接的人。"黎陌欣赏地看着云清远，已经开始和云清远称兄道弟了，"什么时候介绍认识一下。"

"会有机会的。"云清远自然信心十足。

正在放松之时，一声中气十足的男声打破了一切欢喜。

"全体起立。"

"啊！才几分钟啊！"

这边是热火朝天的军训，那边图轻檬也迎来了最恐惧的补考时间。

作为图轻檬的辅导老师，祁言自然抛下了所有的事情，来送图轻檬进考场。

怀揣着一颗激动的心，图轻檬深深呼吸了一口新鲜空气，在考场外，再次望着祁言："好紧张啊。"

没想到这么重要的时刻，云清远竟然没来现场，祁言也不知在什么情绪的驱使下，问出了不符合自己身份的话："云清远没来吗？"

"他为什么要来？"图轻檬没明白祁言的意思，怎么，弟弟来的话给加分吗？

祁言将手插进兜里，看着图轻檬奇怪的眼神，问出自己纠结好几天的问题："他不是你男朋友吗？"

这个问题，祁言曾变相地问过"你有男朋友吗"，可时隔数月，在云清远成功考上 F 大后，祁言对这个问题的答案已经没有了信心。

"男……男朋友？"

祁言别扭地移开视线："别人都这么说。"

不只是这么说，还说图轻檬不接受任何人，只是为了等云清远。

"你觉得我们有 CP 感吗？"图轻檬听过很多传闻，但她答应了云清远，便没有出声解释，可如果祁言也相信的话，她就感觉有几分不自在，"我们不是……"

图轻檬还没说完，侯教授已经亲自赶到了补考现场。看见祁言，侯教授瞬间紧皱着眉头："祁言，你怎么来了？"

图轻檬内心很敬畏侯教授，一听见这个声音，整个人都尿了，转过身叫了声"侯教授"就钻进了考场里。

看着两个经常挂在嘴边的学生一同出现，侯教授震撼之后，又想起什么可怕的事情，瞪着祁言道："你和她说了什么？"

"没有啊。"祁言坦然地摊摊手，"就说好好考。"

侯教授的疑心并没有全然消失："你们什么关系？"

俊男靓女只是站在一起，就能让人联想出一部偶像剧情节，更何况是在补考的现场。

同学？朋友？

两个词汇在脑海中过了一遍，祁言却只觉得这些词太普通，不能凸显出他的特殊之处，转口道："不瞒您说，这段时间我辅导了她的功课。"

"辅导？"侯教授像是听见了不可思议的事情，上下打量了一下祁言，"看不出来啊，你还是个乐于助人的泥菩萨？"

祁言顶着"60 分万岁"的帽子，完全没有一点不好意思："同学之间应该互相帮助的。"

"互相帮助？我看你是误人子弟吧？"侯教授轻哼一声，"我现在倒要看看 60 分的你能教出什么天下奇才来。"

本就没有几个人出现在补考的教室里，图轻檬只觉得自己全然暴

露在侯教授的眼皮子底下，头也不敢抬。

候教授对图轻檬的印象本就十分深刻，再加上她还有祁言护送，对图轻檬又多了几分关注，恨不得眼睛都长在图轻檬的身上。

考场里一片水深火热，祁言站在栏杆处，望着远方，少见地发起呆来。

这几天王杨一直在宿舍哀号着失恋，贾汀一边幸灾乐祸，一边企图策反王杨共同喜欢"青檬"。

祁言完全没有心情理这两个傻子，看了乌烟瘴气的论坛之后，他的心情久久不能平复。

云清远入校之后，和图轻檬一举成为论坛的常青树，平时用不上几个成语的人统统化身小说作者，论坛已经要沦为小说网站了。

这段时间，祁言刻意没有去找图轻檬，虽然面上不说什么，但是心里早就不是滋味了。

他和图轻檬拍过宣传照，给图轻檬补习过功课，甚至为图轻檬去闯了女生宿舍……

多么荒唐的事情他都干了一遍，可是为什么云清远一出现，他好像什么也不是了呢？

几乎将近一周的时间，祁言都在逃避可能喜欢上图轻檬的事，在好不容易说服自己之后，图轻檬出现在了他面前。

没什么心思的小姑娘，站在他面前，只说了一句："我怕。"

祁言所有的努力都被击溃，他不过是喜欢了一个人，没什么丢人，更不需要逃避。

何况事情远比他想象的要好，至少图轻檬还是单身，他并没有输在起跑线上。

祁言沉浸在自己的世界，没有发觉考试已经结束了。

等到他回过神的时候，图轻檬已经揪着他的衣角，拼命地向前走："快走，侯教授要出来了。"

祁言眉眼弯弯，笑得没有一点高冷的样子。

"不知道是不是我的错觉，侯教授一直在盯着我。"图轻檬心有余悸道。

看着图轻檬收回去的手，祁言有几分失落，顺着图轻檬的问题道："可能是我的问题。"

"和你没关系。"图轻檬早就接受了自己成为侯教授眼中钉的事实，"是我平时的表现不好。"

祁言没有反驳，继续道："如果我说，之前我试图向侯教授要补考试卷，你还会觉得是你的问题吗？"

"什么？"图轻檬不可思议地望着祁言，在祁言点头之后，恨不得敲开祁言的脑袋，"你是不怕死，还是不要命啊？"

兄弟，那可是侯教授啊！那是大圣啊！

"确实有点蠢。"祁言回想起来也是没想到自己会做出这种事。

两人正在小道优哉游哉地逛着，远处一个人看见两人之后，眸子里直接燃起熊熊的"八卦之光"。

"哥！"黎陌生怕祁言跑了，以百米冲刺的速度朝着祁言飞奔而来。

黎陌向来没轻没重的，祁言生怕黎陌不小心碰到图轻檬，迅速挡在了图轻檬的面前，恢复了平日里冷漠的样子："停下。"

"我给你发信息你怎么不回？"黎陌一直瞅着祁言身后的图轻檬，试探着问，"是你吗？小表嫂，我们之前在电话里说过话的，你还有印象吗？"

听见这个声音，图轻檬才从祁言的身后钻出来，露出一个脑袋："你

是？"

"小表嫂，我是祁言的表弟。"黎陌和女生搭讪是家常便饭了，说了两句后就朝着图轻檬伸出友好的小手，"我叫黎陌。"

祁言当即眉头皱了起来，一把拍开黎陌的手："说话就说话，不要动手动脚的。"

只要有第三个人在现场，黎陌从来不会和祁言对着干，否则下不来台的只有他自己，祁言这人从来不会有什么尴尬的感觉。

听说是祁言的表弟，图轻檬瞬间就少了不自然的感觉，大方地打了个招呼："你好。"

"小表嫂……"

还不等黎陌说话，祁言就打断道："有什么事之后再说，你现在可以先去干自己的事情了。"

潜在台词就是，麻溜地滚，立刻马上，不要逼我动手！

黎陌还没说两句话就要被赶走，不快地看向祁言，却看到祁言越来越深沉的目光后，只得哭丧着脸和图轻檬道别："小表嫂，以后有机会再见啊！"说完，一步三回头地走掉了。

"你表弟……"图轻檬看着不断和自己挥手的黎陌，手也在空中晃着，对祁言说，"有点可爱。"

听到这句话，祁言又朝着黎陌翻了个白眼，语气倒也算柔和："大概是和我待得久了吧。"

"喊。"图轻檬望着祁言一本正经的脸，忍俊不禁道，"你和可爱不搭边。"

祁言自动忽略掉这句话："回宿舍吗？"

"嗯。"

祁言继续道："我送你。"

远处的云彩被太阳的光晕染成橙红色，黄灿灿的日光撒在校园的每个角落，很是温馨。

祁言垂眸看了眼踢着小石子走路的图轻檬，轻声道："没关系的吧？"

石子顺着力度滚向前方，图轻檬去追的时候听见这句话，回头望着祁言："什么？"

"如果你没有男朋友的话，黎陌叫你小表嫂是没关系的吧？"

看着祁言认真的眉眼，图轻檬感觉整个世界都安静了下来，然后只听得见自己的心跳声了。

怦，怦，怦……

图轻檬耳朵轰鸣，呆呆地望着祁言，又问了一句："你说什么？"

我，可以追你吗？

内敛的祁言做不到这么直白，发烫的耳尖告诉他这已经是他的极限了。

眼前的图轻檬还瞪着一双大眼睛，紧紧地盯着他的每一个表情。

祁言无意识地吞了下口水，将到嘴边的话换了下来："宿舍楼到了。"

算了，慢慢来好了。

从昨天开始，黎陌的心情就很好，不仅逢人就笑，就连军训时也少了很多抱怨。

休息的时候，云清远望了眼笑成花一样的黎陌，好笑道："心情很好？"

黎陌喜不自胜，和云清远分享道："我表哥，恋爱了。"

瞧着黎陌那娇羞的样子，云清远实在无法理解："怎么笑得像个

被你表哥看上的姑娘一样。"

"你不懂。"黎陌没怪云清远，毕竟祁言也算一朵奇葩，不是每家都有这样一棵十八年不开花的铁树。

云清远的好奇心止于此："好吧。"

"我告诉你，我小表嫂特别特别漂亮。"黎陌忍不住炫耀，"颜值应该不比你那个校花女朋友差。"

"哟？"云清远忍不住嗤笑一声，语气里都是满满的不信任，"是吗？"

在颜值这个领域上，云清远拼姐姐至今没有输过。

黎陌对于图轻檬的颜值相当有自信："不信的话，什么时候比一比。"

"好啊。"云清远一激动就答应了，反应过来的时候，才后悔会参加这无聊的攀比。

这条路的尽头，图轻檬和鹿韶正朝着这边走来。

"清远学弟的班好像休息了。"鹿韶望了一眼，正瞅见一旁的自动售卖机，"要不，我们去给他送水？"

图轻檬连连摆手，自从上次听了祁言的话，她便起了和云清远公布关系的念头，可云清远事情很多，甚至晚上都有训练，她还没找到机会和他说清楚。

"不了吧，太招摇了。"就算没和云清远说清楚，图轻檬还是想着避免两人再起什么绯闻。

"你不是答应清远学弟炒 CP 吗？"图轻檬已经告诉了宿舍的人，鹿韶是一副看热闹不嫌事大的样子，"你这样一送水，我敢肯定暗恋他的人连夜买站票都会走的。"

图轻檬还是不赞同："可是……"

鹿韶已经站到售卖机旁边买了三瓶水，拉着图轻檬的胳膊："去嘛！话说，我还没近距离看过清远学弟呢。"

"好吧。"图轻檬仗着和云清远是姐弟的关系，格外为所欲为，反正事后说清楚好了。

顶着"校花"名号的图轻檬靠近云清远的时候，穿着迷彩服的学弟们都已经蠢蠢欲动了。

云清远在一阵"哇哦"的声音中，看到朝自己走来的图轻檬，眼睛里都是笑意。

如果云清远没有被喜悦冲昏脑袋的话，应该会注意到黎陌同样是一脸激动，并且第一时间同他一起站了起来。

图轻檬注意到黎陌的时候，鹿韶已经扯着她的胳膊，走到了两人面前。

"轻檬……"

"小表嫂……"

"呃……"图轻檬的手捏紧了手里的矿泉水，笑容一度僵硬在脸上。

鹿韶看了眼黎陌，又看了看微愣的图轻檬，完全摸不着头脑，对着黎陌道："你是谁啊？"

"小表嫂，我是黎陌啊。"黎陌迈了一小步，站到云清远的前面，"你还记得我吗？我们昨天还见过的。"

图轻檬咬着嘴唇，点点头："记得。"

天啊！劈死我吧！不，劈死鹿韶吧！

"那个，给你一瓶水。"眼下图轻檬只想逃离这个地方，她将矿泉水一把塞到黎陌怀里，看到云清远幽怨的眼神后，从鹿韶怀里夺过另一瓶，像塞进黎陌怀里一样，放进云清远的怀里。

"我们先走了。"在两人反应过来的时候，图轻檬拉住鹿韶的手，

赶紧逃离案发现场，"你们好好训练。"

周遭的空气都凝固了，一旁的同学完全不敢出声。

云清远看了看怀里的矿泉水，又看了看黎陌手里的，抬头便撞上黎陌不善的眼神，声音森冷道："你表哥是祁言？"

黎陌口中的小表嫂就是图轻檬，他们两个还白痴到拼颜值。

明明就是一个人，可不是漂亮到一块了。

"哦。"黎陌毫无条件地站到了祁言的背后，"你女朋友？你确定？"

云清远轻哼一声："小表嫂？你也不要太自信了。"

话不投机半句多，两人互看两生厌，扭头不理彼此。

友谊的小船，说翻就翻。

暗恋云清远的姑娘没有连夜逃跑，连夜想逃跑的人是图轻檬。

图轻檬从没觉得世界这么小过，黎陌不但和云清远是一个专业，竟然还在一个班。

"图图，来解释一下。"鹿韶回到宿舍就凑到图轻檬的面前，"小表嫂是怎么回事？"

时里瞬间就抓住重点："那表哥是谁？"

"祁言小朋友。"鹿韶已经叫顺了，将图轻檬按到旁边的凳子上，"来，我们要好好理一理图图的感情线了。"

图轻檬看着三双忽闪忽闪的大眼睛，叫苦不迭："祁言陪着我去补考，回来的路上我被他表弟看见了，就成这样了。"

"祁言小朋友陪你去补考？"鹿韶拍了拍双手，"我说你怎么不让我陪你去，还拿什么我陪你就更紧张的幌子来唬我？"

"不、不是。"图轻檬缩了缩脑袋，"我心里没有底，然后祁言不是被称为'过儿'吗？"她顿了一下，继续道，"我就想着没准我和他一起，真的会过呢，结果……"

"接着说。"时里挑了下眉头，"不要停。"

"结果我们就被侯教授看见了。"图轻檬现在想想仍然觉得委屈，撇着嘴巴，"我全程活在侯教授的阴影中。"

"大圣亲自去监考了？"鹿韶捂着胸口，深呼一口气，"幸好我通过了考试，不然心脏病都要被吓出来了。"

时里的注意力没有被转移，为避免被鹿韶带偏，开口道："所以，你和祁言现在还是单纯的朋友关系吗？"

"当、当然是。"图轻檬梗着脖子坚持道，看着三双不太相信的眼神，又道，"不、不然呢？"

"就是一个普通问题，怎么还结巴上了？"鹿韶笑得很是邪恶。

时里轻轻晃晃脑袋："我看情况很危险，你离祁言的坑就差一步了。"

"以前还叫祁言小朋友呢，既然能撩动图图，看来也不是什么简单的人物。"鹿韶在一旁补充道。

四个人中，唯一开心的莫过于关长乐了，她激动地看着图轻檬："什么时候准备确定关系，我什么时候可以让祁言当我的模特？"

"什么啊？"图轻檬被说到脸红，"八字还没一撇的事呢。"

"确实还有很多困难。"时里是唯一看得透彻的人。

图轻檬好奇心上来了："为什么？"

"首先就是云清远学弟。"时里已经将所有的事情串到一起了，将前因后果说给三人听，"清远学弟估计早就盯上祁言了，从第一次突然来找图图，到现在以挡桃花的名义让图图隐藏两人的关系，怕是故意想让祁言误会。"

图轻檬想起云清远的敌意，觉得时里的话并非全无可能，哀叹一声："我怎么就没想到呢？"

"现在知道了，你准备怎么办呢？"时里将问题重新抛给图轻檬。

"我已经知道清远在套路我了，当然是我反套路了。"图轻檬给的理由那叫一个冠冕堂皇。

"只是反套路吗？"时里一副看透的样子，"确实不是给祁言小朋友铲清障碍吗？"

图轻檬笑意已经从眼睛里蔓延出来，但是嘴巴依旧很硬："才不是。"

"除了话少，表情少，祁言整体也还可以了。"

"毕竟脸摆在那里了。"

"幸福来得太突然了，我以后也是有男模特的人了。"

听着舍友一人一句的调侃，图轻檬只觉得无限心动，嘴角再也没有塌下去。

所以，这就是喜欢吧。

将近二十年了，苍天啊，她终于也要有喜欢的男孩子了。

周末的时候，大一新生终于迎来了大学的第一个周末。

图轻檬和云清远已经约定了见面的时间，只是还不等图轻檬开口，云清远就已经拉着图轻檬朝着操场那边走去："听说有社团，我也想去看看，你陪我去吧。"

前几天黎陌仅凭着一张嘴，将学校里原本偏向他的舆论转移到了祁言身上。

为了不让事态进一步恶化，云清远只能先下手，重新巩固一下和自家姐姐的 CP，绝不能让祁言有机可乘。

好巧不巧，黎陌也在现场，并且第一时间发现了两人，快速地给祁言发了信息，便准备去拖延时间。

"小表嫂。"黎陌像是没看见云清远一般，视线停在图轻檬的身上，

"你也来参加社团吗？"

自从知道黎陌和祁言的关系，云清远就把黎陌列入黑名单，挡在图轻檬的身旁："你说话注意点。"

"我注意什么？"黎陌将云清远攥着图轻檬手腕的手拉开，轻哼一声，"你才是，注意点自己的行为。"

图轻檬看着针锋相对的两个人，为了避免事态进一步恶化，只好上前打着圆场："黎陌，你想参加什么社团，我可以帮你介绍。"

黎陌瞬间换了一张脸："真的吗？我还没有方向，小表嫂你觉得我适合什么？"

看着云清远想要杀人的目光，图轻檬勉强一笑："叫我图轻檬就好。"

"我听你的。"黎陌别提多乖巧了。

云清远轻哼一声："我说，你不是有表哥吗？你有事找你表哥，麻烦别人算什么？"

"什么别人？"黎陌丝毫不让，瞬间反击，"小表嫂也算别人吗？"

"我从来没见过你这么厚脸皮的人。"

"说得你好像脸皮不厚似的。"

"黎陌，你最好离我们远一点，不然我可不知道自己会做出什么事！"

"你以为我很想离你近吗？只要你离我的小表嫂远一点，我保证不出现在你方圆五里的地方。"

祁言到的时候，就看见两个吵得不可开交的大男生，以及中间手足无措的图轻檬。

祁言将图轻檬扯到自己身后，冷淡地望着面前的两个人："要吵回去吵。"

一看自己的救兵来了，黎陌气势高涨，脖子扬起一个高傲的弧度，

眼神很是放肆：现在二比一了，识相点的赶紧投降。

云清远当时就被气昏了，差点将图轻檬扯到自己的身边，正式介绍两人的关系。

真是的，谁还没有点靠山了？

不过现在还不是曝光的时候，云清远生生压下自己的冲动，他原本对祁言的敌意，现在基本上全部转移到眼前这个不知天高地厚的小子身上了："黎陌，咱们的账回宿舍再算。"

"谁怕谁？"黎陌也是相当自信。

单挑？除了祁言，他黎陌还没怕过谁！

谁都不愿意退让的情况下，三人只好表面和平相处。

图轻檬一个人时刻紧绷着神经。笑话，她的身边可是有三个随时会爆的炸药包，只要一个有什么风吹草动，另外两个都会自燃。

短暂的和平持续了半个小时，四个人站到滑板社的宣传栏前时，所有的假象都走到了尽头。

率先挑衅的是黎陌，他望着人形高的宣传照，"彩虹屁"说来就来："哇，你们两个也太配了吧。"

宣传照是云清远之前没看见过的。

图轻檬站在滑板上，伸出手和祁言比个头。摄影师抓拍得很好，完全显现不出祁言当时的冷漠。

祁言眼睛弯了一分，看来，他很有必要去要当时拍下的所有照片。

感受到云清远散发出来的低气压，图轻檬只觉得脑袋有点疼，她今天是想和云清远摊牌，没想到竟然火上浇油。

"图图……"远处，鹿韶看见图轻檬的身影，跳起来给图轻檬打着招呼。

此时不跑，更待何时？

"有人找我。"图轻檬朝着三人笑了一下，转身就跑，"我先走了。"

云清远瞥了一眼祁言，又瞪了一眼黎陌，气愤离开。

祁言和滑板社认识的人点了一下头，也走开了。

只有黎陌抱着双臂，欣赏着云清远气急败坏的背影，得意道："跟我斗会有什么好下场？"

第十三章
还不就是个弟弟 /

关于图轻檬的绯闻，学校分成两大派，一派是云清远和图轻檬的"云图"CP 粉，一派是祁言和图轻檬的"企图"CP 粉。

成为茶余饭后八点档的偶像剧女主角，图轻檬恨不得将自己和云清远的户口本甩出来，告诉所有人：他们是姐弟！她没有脚踏两只船的爱好！

倒是祁言看得很开，有事没事就去论坛看看，顺便去取取经。

远在军训的云清远鞭长莫及，现在他的个人时间非常有限，只好采取"敌不动我不动"的措施，万一他不小心刺激到祁言，弄出什么意外，到时候就得不偿失了。

况且，他现在也处于心有余而力不足的境地，身边还有个黎陌对他虎视眈眈，再加上军训的强度，他还真是分不出什么多余的心思。

军训的一个月就这样风平浪静地过去了，学生们也迎来了七天小长假。

云清远自然是和图轻檬一起回家，临走前还不忘朝着黎陌炫耀一番，打电话就算了，还开了免提。

"轻檬，收拾好了吗？"云清远朝着黎陌扯了下嘴角，挑衅意味十足。

"好了，已经准备下去了。"

面对云清远这般挑衅，黎陌也不是什么善类，直接冲到手机旁边：
"小表嫂，回家注意安全啊！"

"黎……黎陌……"

云清远气愤地收回手机，取消了免提，提着行李箱便出了宿舍门：
"在宿舍楼下等我，我去找你。"

"小样。"黎陌刚得意没多久，就意识到了危机，云清远已经和图轻檬一起回家了，他那个没用的表哥在干什么？

等那个榆木疙瘩反应过来，不但黄花菜凉了，他的小表嫂也没了！

事不宜迟，黎陌拿出手机给祁言通风报信。

"您好，您所拨打的电话正在通话中，请……"

黎陌听着忙音，心急如焚："搞什么啊！"

宿舍的阳台上。

祁言正在打电话，不知对面说了什么，他的脸色很不好看："我不会去。"

"祁言，你已经不是小孩子！"

"我知道。"祁言眼睛眯了眯，"你更应该知道，我自己的事情可以自己负责。"

"我已经答应了别人，你一定要让我这样为难？"

祁言没有任何妥协的迹象："如果你还会为难，那当初就不应该应下来。"

"我这几天会回国，其他的事可以随你，这件事你必须听我的。"

听着凌涵强硬的态度，祁言说了句："等你回来再说吧。"率先挂断了电话。

挂了电话，祁言心里全是火，他最讨厌被人左右，可偏偏对方是自己的母亲。

攥在手里的手机微微振动一下。

祁言眉头皱得更深了，可在看向屏幕的时候，所有的情绪瞬间消失。

"我回家了，假期后见。"

祁言方才还绷紧的脸渐渐柔和下来，仔细看嘴角还轻微地勾了起来："小心点，开学见。"

在列车上收到祁言的消息，图轻檬嘴角咧开了。

"笑得这么开心，有什么好事？"云清远的声音冷不丁地在她耳旁响起。

以前图轻檬遇到开心的事，云清远只会比她还要开心，只不过现在，一想到让她开心的事可能和祁言有关，他实在开心不起来。

"没事。"图轻檬自然没傻到说出来，傻笑两声收起手机。

虽然图轻檬没有恋爱的经验，可是逃跑不是她的作风，何况她好不容易才遇见一个动心的人，肯定是要拼命抓住他。

更何况是祁言这么优质的男生，一旦错过，可真的是过了这个村，没有别的店了。

图轻檬看了眼假寐的云清远，还有七天假期，搞定云清远肯定没问题。

只不过图轻檬还没来得及想好搞定云清远的计划，图旋倒是告诉了图轻檬一个不太好的消息。

晚饭后，图旋走进图轻檬的卧室，将一套衣服放在图轻檬的床上："给你买的衣服。"

"妈妈真好。"图轻檬环住图旋的脖子，这样的小惊喜总是让人欢喜。

图旋摸了摸图轻檬的发顶："过两天跟着妈妈去见一位阿姨。"

云清远端着水果盘走到图轻檬的卧室，听见这话，好奇问了一句："什么阿姨？"

"是你大姨的一位朋友，很喜欢我的漫画，就想约着见一面。"图旎道。

图旎是一位漫画主笔，受众一般都是青少年，没想到竟然还有同她一般大的人喜欢她的漫画，自然很是开心。

两人见面还要拉着图轻檬？云清远在脑海中顺了一遍，就知道那位未曾见面的阿姨肯定有位年纪同他们差不多的儿子，如果是女儿的话，怕图旎找的就是他了。

云清远面上不动声色，只道："妈，粉丝和偶像还是应该有些距离。"

"我和那位阿姨很聊得来。"图旎像是想到什么一般，望向图轻檬，"上次檬檬让我帮同学找的房子，就是这位阿姨家的，而且她常年在国外，好不容易回来一次，再拒绝怕是不合适。"

"房子？"云清远望着图轻檬重复了一遍。

图轻檬已经嗅到了危险的气息，飘忽着视线："就是帮同学问的。"

这段时间忙着对付祁言，云清远倒忘记了直播这件事，看来是时候问问了。

"老婆，我明天穿的衣服，你放在哪里了？"

云凌的声音从卧室传来，图旎不再逗留："我去给你爸爸找衣服了。"

图轻檬和云清远已经见怪不怪了，只要图旎在他们这里逗留超过十分钟，云凌总能找借口将图旎支过去。

"你是不是有什么事要和我说？"云清远没有离开的打算，坐在一旁的椅子上，随意地问，"坦白从宽。"

图轻檬粗略地回忆了所有的事情，感觉没有什么事需要报备，没当回事，拿起水果盘里的葡萄往嘴里塞："我哪有什么事？"

云清远道："你确定？"

"万分确定以及肯定。"图轻檬瞅了云清远一眼，不断地往嘴里送葡萄。

图轻檬向来不见棺材不掉泪，云清远早就习惯了，轻飘飘地吐出两个字："青檬。"

"叫我干吗？"图轻檬没当回事。

"是青色的青。"云清远大发慈悲解释了一句，"青檬。"

"咳……"

图轻檬剧烈地咳了两声，打算落荒而逃："天色晚了，我该睡觉了，明天见。"

云清远没出声阻止。

在拉上扶手的那一刻，图轻檬才反应过来这是自己的卧室，然后顺势拉开卧室的门："姐姐要睡觉了，出去。"

从小到大，每次只要图轻檬理亏的时候，就会自称姐姐。

"哦？"云清远依旧坐着，"可是我还不困，既然你困了，这件事我还是和妈商量一下吧。"

"砰！"

图轻檬瞬间关上门，小跑到云清远面前，按住云清远的肩膀："你要是这样说，我可就不困了。"

云清远歪了歪脖子："脖子有点痛呢。"

"我帮你捏一捏。"图轻檬按着云清远的手改为按摩的动作，"这件事……"

知道这件事之后，云清远特意去关注了一下微博等社交软件，才发现原来网友也有温柔的一面，否则他怎么会淡定这么久。

"你打算做多久？"云清远抛出另一个问题。

图轻檬从没有想过这个问题："你也知道并不是只有我一个人在做这份工作，我舍友都在努力，我说放弃就放弃也不太负责任，你看……"

"想要我保密也不是没办法。"云清远顿了一下，继续道，"要是出了什么事，要第一个告诉我，不许瞒着我。"

图轻檬连连点头："我保证出色完成这个任务。"

"那我有幸去参观一下吗？"

"大门永远为你而开。"

为了弥补云清远受伤的小心灵，这几天图轻檬时刻等待着云清远发号施令，一时之间都要忘记曾经自己也是被云清远捧在手心里的小可爱了。

还没等图轻檬和云清远商量公开关系的事，图旋就告诉她今天晚上去见阿姨。

图轻檬穿了图旋挑好的衣服，站在镜子前看着满分粉嫩的自己，扯了扯衣角。

果然，她还是更喜欢鹿韶挑选的风格。

图轻檬本来以为只有图旋和她一起去赴约的，直到云清远上了车，才意识到不对："你也去？"说完，才注意到云清远和自己穿得一样正式。

"我在家没什么事。"云清远是怕图轻檬应付不来，"也怕你无聊。"

图旋才补充道："凌阿姨也会带着她的儿子，到时候你们可以认识一下。"

云清远早就想到了，不过能让图旋介绍的男生，应该是有什么突

出的才能。

为了知己知彼，云清远已经开始打听了："应该和我们差不多大吧？"

"和檬檬一样大，好像也是大二，不过你凌阿姨没有说具体的学校，我也没问。"

云清远没从这些话中找出可用的信息，便又道："妈，你之前见过了？"

"没有，就是看了下照片。"图旎这才稍稍转身，"长得很帅。"

嚯，万万没想到，打动图旎的竟然是一张脸。

云清远只觉得有些难办，其他优点倒还好说，可是如果帅的话，对人的冲击力还挺大的。

想着，云清远不放心地看了图轻檬一眼，才发现图轻檬根本没听他们说话，手指在键盘上敲打，应该在和谁聊天。

云清远将脑袋凑过去一点，想要看一下是谁。

这下，图轻檬倒是反应很快，直接将手机锁了屏，将云清远凑过来的脑袋推了回去："这是我的隐私。"

"隐什么私？"云清远倒是看得透彻，小声嘟囔了一句，"不就是祁言吗？"

不过大敌当前，云清远倒是对祁言没那么多意见了。为了防止图轻檬看见帅哥移不动眼，先给图轻檬打了预防针："虽然以前我觉得祁言是个歪瓜裂枣，但是挑挑拣拣，现在感觉质量还不错。"

重要的是，他现在和祁言在一个大学，至少可以时刻关注到祁言的动态。

图轻檬瞪了云清远一眼，对云清远的措辞很是不满："什么歪瓜裂枣，他是你学长。"

"只是学长吗？"云清远给了图轻檬一个自行体会的眼神。

如果只是学长的话，他没准还想和祁言成为朋友。

图轻檬张了张嘴，又想了一下措辞，才道："至少现在是。"

听了图轻檬这句话，云清远彻底绝望了，他原以为图轻檬只是稍微对祁言有些好感，现在看来她中毒颇深。

云清远烦躁地挠了下头发。

他保护了十几年的大白菜，现在说没就没了，而且图轻檬看起来还很喜欢祁言那只猪。

实在悲哀啊！

宽敞明亮的包间中，一位披着棕褐色鬈发的女性皱着眉头，正在教育旁边的男生："好好表现，你也应该成熟一点了，不要还像以前那么不懂事。"

男生戴着帽子，头不曾抬半分，更不要说回应了。

"祁言，我说的话，你听见了没有？"凌涵一向雷厉风行，教育祁言的时候总是不自觉拿出在公司那套法则。

祁言从没有想过要参加这次聚会，可是凌涵好不容易才回国，他也不希望和凌涵再起其他的争端，就勉强来了，虽然他在这件事情上妥协了，但并不意味着所有的事情都会妥协。

看着祁言的样子，凌涵更加不满了，摆出比祁言还要冷酷的表情："你穿这样的衣服就算了，非要戴着帽子我也不计较，但是起码你得摆正你的态度。这些小孩子都懂的礼貌，不用我再给你重复一遍吧。"

能让祁言感到暴躁的人，一般都被他逐出世界外了，除了凌涵。偏偏凌涵还和他的秉性有几分相似，都是不达目的誓不罢休的主。

为了让周遭安静下来，祁言微微应了一声："嗯。"

一个字瞬间将凌涵的火气全部压了下来，她知道能让祁言做到这样的妥协已经是不容易了，马上收住了即将说出的话。

　　推开包间门的时候，图旎先是进来和凌涵拥抱了一下："终于见面了。"

　　云清远和图轻檬紧跟在后面，两人还在说着悄悄话，还没来得及看里面的情景。

　　祁言对这样的场面也是兴致恹恹，不过礼貌使然，他认命地站了起来，连头都没抬："图阿姨好！"

　　声音一出，图轻檬瞬间将视线转移到了祁言身上，只见祁言穿着一身休闲装，头戴一顶帽子，更过分的是帽子上写着"生人勿近"四个大红色的字。

　　生人勿近？图轻檬身为一个"生人"，不知当笑不当笑。

　　祁言只是随意瞥了一眼图轻檬那边，本来视线已经从图轻檬身上移开，反应了三秒，又重新移了过去。

　　最激动的还是云清远，他惊讶地望着方才口中的"歪瓜裂枣"竟然站在自己面前："祁……祁言？"

　　凌涵和图旎互相看了一眼，不可思议道："你们认识？"

　　"算认识吧。"云清远尴笑两声，何止是认识，还有仇呢！

　　"大学同学。"祁言周遭的温度都升了起来，方才所有的情绪因为图轻檬的到来消失，他补充道，"就是没想到云清远还有个姐姐？"

　　听了祁言这话，图旎以为祁言还没见过图轻檬，解释道："清远从小就不喜欢别的男生靠近檬檬，没想到这么长时间臭毛病还没改。"然后朝着图轻檬招招手，"介绍一下，这位就是我女儿图轻檬。"

　　"比照片上还要好看。"凌涵拍了一下图旎，"还是你有福气，有个贴心小棉袄。"

　　"你儿子也是一表人才啊。"图旎笑容从来没下去过，朝着身后的两人招招手，"你们既然认识，就坐到一起吧，肯定能聊得来。"

听了这话，云清远迅速迈开步伐，站到祁言旁边的椅子旁，拉开另外一个："轻檬，你坐这里。"

在一片寂静声中，云清远迅速将锅甩给祁言："祁言不喜欢陌生人靠近他。"

凌涵抱歉似的看了图旎一眼："我儿子比较认生。"

祁言想起头顶上的帽子，刚想摘下，一想到自己是没梳头就出了门，瞬间将手一偏，将帽子倒扣到头上。

桌上的菜陆续上来。

"没想到他们都是上的 F 大？"图旎已经和凌涵开启了热聊模式，"如果早点知道的话，在学校就可以认识了。"

凌涵也是没想到，虽然 F 大是不错的学校，可是祁言的成绩她更是清楚，就没有往成绩上扯，没想到弄巧成拙了，这会儿感叹道："是啊，谁能想到呢？"

"言言和清远是一届吗？"图旎声音格外轻柔。

凌涵生怕祁言不说话破坏了气氛，正想开口，没想到祁言竟然抢先一步。

"和轻檬是一届。"祁言绕过云清远，和图轻檬对视一眼，继续道，"同一个专业不同班。"

"计算机专业？"图旎眼睛一亮，"檬檬以后有不会的问题都可以请教一下言言。"

云清远动了下身子，阻绝了两人的视线交流，心里吐槽道：还以后，已经请教了。

凌涵有几分不好意思："他的功课不是很好，应该教不了别人。"

"挂过科吗？"图旎有几分好奇。

凌涵愣了一下，想起祁言满是 60 分的成绩单，摇了摇头："这倒没有。"

"那应该可以。"图旎丝毫不觉得丢人，隐隐还有些骄傲的意思，"我们檬檬上学期还挂了科呢。"

图轻檬不好意思地望了眼图旎："妈。"

"好好好，不说了。"图旎接收到图轻檬的讯号，"你们年轻人自己聊聊吧，我和你凌阿姨也说说话。"

很快，五人分成了两组聊天，凌涵和图旎开始讨论各自的生活，而图轻檬这三人组出现了一时的沉默。

悔不当初啊！云清远脑海中就这五个字在循环，他早知道图轻檬的相亲对象是祁言，肯定不会来参加，没想到自己的所有计划被自己一锅端了。

祁言是最快消化信息的人，首先挑起了话题："我竟然没想到你们的这层关系。"

"你这么蠢，怎么想得到。"云清远已经开启了怼人模式。

祁言瞥了一眼云清远，直戳其要害："这样一看，你们倒还有点像，看起来顺眼很多了。"

云清远翻了个大白眼："我和你刚好相反，现在看你是越看越不舒服。"

"眼科医院需要我介绍吗？"祁言也只对图轻檬温柔得起来。

……

两人还处于水深火热的斗嘴中，图轻檬倒是很开心。原本她还在想怎么和云清远商量公开关系，现在这样一来，她也不需要努力了，只要静观其变就好了。

本以为这次晚饭会曲折几分，没想到祁言竟然很是配合，这让凌涵大感欣慰。

"我和你凌阿姨去散散步，你们三个也去附近转转，半个小时之后在这里会合。"图旎冲三人说完，重新开启和凌涵的"热聊"模式。

五人组瞬间成为三人组，三个人大眼瞪小眼对视了几个来回。

散发着二百五十伏电力的云清远表示自己并不想退出，依旧倔强地站在原地。

倒是图轻檬开口了："清远，我和你学长有点事要说，不然你找个地方坐会儿？"

云清远已经做好了反击祁言的所有准备，可万万没想到先开口的是图轻檬。他愣了一下，仍然不愿意相信图轻檬抛下他的事实："你说什么？"

"耳朵好像也不太好使。"祁言毒舌，重复了一遍图轻檬的话，"你姐说，我们需要独处，让你一边待着玩去。"

祁言格外加重了"你姐"两个字。

看着图轻檬已经站到了祁言的立场，云清远知道自己再待下去迟早会被他们气死，转身离开了："十分钟后我来接我姐。"

和祁言一样，"我姐"两个字像是从牙缝里挤出来的一般。

深秋的晚上，偶尔有凉风袭来，图轻檬下意识地缩了缩脖子。

祁言也是逛了一段时间论坛的人，虽然那些花里胡哨的套路没学会，但最基本的倒是知道，转眼之间已经将自己的外套脱了下来，搭在图轻檬的肩膀上。

两人毕竟有很明显的身高差，披上祁言衣服的图轻檬瞬间显得娇

小了起来，扬着头，贴心道："我不冷。"

"我更不冷。"祁言回应道。

图轻檬也没有推辞，她确实有点冷。

"你和云清远不是一个姓？"祁言终于问出了最困扰他的问题，如果姐弟俩是一个姓的话，他也不至于被云清远压这么久。

"我和我妈妈姓。"图轻檬全身轻松，然后重申一个问题，"我可没有骗你，是你自己没有问。"

祁言勾了下嘴角："你倒是会甩锅。"

"明明就是事实。"图轻檬早已经给自己洗脑了，顺便想给祁言也洗一下，"你是不是从来没有问过我们之间的关系，如果你问了，我肯定就告诉你了。"

"我的错。"祁言在这件事情上没纠结这么久，云清远只给他们十分钟的时间，他才不会浪费在争执上，"听说你帮你同学租了我家的房子？"

"呃……"图轻檬大脑短路，刚说过不会欺骗祁言，这会儿正在纠结是不是要撒个小谎。

看着图轻檬这般表情，祁言已经知道了答案，替图轻檬说了出来："所以你拍视频用的场地就是我家？"

图轻檬知道早晚会暴露，也就放弃了隐瞒的想法："是啊。"

"你早说。"祁言顿了一下，"如果是你的话，房租就免了。"

图轻檬也相当有理："你也没问啊，而且谁知道我会租到你的房子。"

"知道是什么房子吗？"祁言突然生出恶作剧的心思。

图轻檬想了一下，突然不好意思了起来："婚房？"刚说完，就自己摇摇头否定了，"不是吧？"

"为什么不是？"祁言没有纠正图轻檬的错位想法，反而将图轻檬往坑里带，"我这个年纪不应该准备吗？"

"可是……"

图轻檬后半句没好意思说，祁言善解人意地替她说了出来："可是你却比我先住了进去。"

图轻檬有几分慌乱，连连摇头："没有住，只是借用一下。"

以前他没觉得恶作剧好玩，可看着图轻檬的反应，祁言感觉非常不错，语调轻扬："真的一点想法都没有吗？"

两人已经面对面，祁言微微低头，整个人似乎都要住进图轻檬的眼睛中。

旖旎的气氛还没有持续十秒钟，破坏高手云清远已经神不知鬼不觉走到了两人中间，不由分说地将图轻檬扯到身后，严肃地看着祁言："十分钟到了。"

美好的时光总是短暂的。祁言站直身子，和云清远平视："你小你说什么，我都让着你。"

"你才小！"云清远冷哼一声，拉着图轻檬的手腕就要离开。

祁言蹙起眉头："你拽疼她了。"

云清远这才反应过来，力度温柔了很多，但嘴巴比石头还硬，道："与你无关。"

"开学见！"

被云清远拉着向前走的图轻檬偷偷回过神，朝着祁言小幅度地挥挥手。

那，开学见。

回到家的时候，图旋朝着图轻檬眨了下眼睛："凌阿姨的儿子怎

么样？"

"很帅。"女生的关注点总是出奇地一致。

图旎搂了下图轻檬的肩膀："有感觉的话可以发展发展，妈妈支持你。"

眼前一个大花痴一个小花痴，云清远实在看不下去了，扭头便回了自己的房间。

躺在床上越想越生气，云清远拿出手机，便看见半个小时前曲铙给他发的短信。

"兄弟，军训结束了，开学咱们干一票大的。

"黎陌是你舍友吧，他是我下一个目标。

"你有猛料吗？"

云清远翻了个白眼，直接拒绝了曲铙："你自己玩吧，我就不参与了。"

"这，兄弟你怕不是忘记你有把柄在我手里吧。"

"随你。"云清远已经在祁言面前暴露了身份，这个把柄自然没了什么价值。

曲铙错失一员大将，自然情绪激动，发了好几个长达半分钟的语音，不过云清远没有要点开的打算。

翻了翻之前的聊天记录，云清远复制了祁言的电话，时隔数日，重新发送了好友申请。

祁言完全不知道云清远把自己删除了，所以在云清远添加他为好友的时候，申请自动同意了。

"祁言，你不要太得意。"云清远为表示自己的情绪，还加上了三个叹号。

正在和图轻檬聊天的祁言看见突然弹出来的对话框，看着云清远把自己的资料和头像都换了回来，调侃道："是你吗？甜甜圈？"

云清远差点当场吐出一口老血，脑门上直接冒起了黑烟，一怒之下又删除了好友。

还没在云清远的列表躺三分钟的祁言，再次被云清远踢出了好友的世界。

在床上伸了两下腿，云清远还是咽不下这口气，找出列表中的"傻大个"，发了一条信息："韩以穆，我挡不住你的情敌了。"

"什么？"

云清远总算找到了同盟，虽然他以前也看韩以穆不顺眼，不过祁言出现后，他对韩以穆所有的意见都消失了："你什么时候有时间回来，巩固巩固你的地位。"

"这段时间我可能走不开，你再坚持一下。"

云清远也只是发发牢骚，现在看韩以穆，突然有种和他同病相怜的感觉："你说，我以前怎么就没发现你的好呢？"

"现在发现也不晚。"

在祁言这个催化剂的影响下，云清远已经对韩以穆生出惺惺相惜的感觉："从今以后，我会支持你的。"

正所谓，敌人的敌人就是朋友。云清远真正认识到这句话的魅力了。

知道云清远和图轻檬的姐弟关系的人，最高兴的是祁言，第二个便是黎陌。

"清远。"黎陌朝着云清远伸出重归旧好的橄榄枝，"之前多有得罪，当然你也没吃什么亏，现在真相大白了，我们还是小伙伴。"

"谁是你的小伙伴？"云清远吃了亏，自然做不到像黎陌那般大度，瞥了黎陌一眼，"起开。"

黎陌难得低一次头，看着云清远这般样子，他好不容易生出的同情之心也没有了："横什么横，搞了半天，还不就是个弟弟。"

"你说什么？"云清远转身看了黎陌一眼。

黎陌从来不会疚的，重复了一遍："我说，你就是个弟弟。"

男生解决问题的方式很奇怪，能动手的时候尽量不会动嘴。

云清远早在祁言那里憋了一肚子火，这会儿黎陌赶着送人头，那就不能怪他了。他松动了一下手腕："操场，去吗？"

"打到你求饶。"黎陌一撇头，先云清远一步。

月黑风高，人烟稀少，突然传来一声惨叫。

在和黎陌对打之前，云清远想到了黎陌会用膝盖顶他的肚子，也想到了黎陌会用拳头揍他的脸，可独独没想到黎陌会扯他的头发。

"放开！"云清远很想不管不顾，可头发被黎陌扯着，他不得不顺着黎陌的动作，减小自己的疼痛，"黎陌，你还是不是男人？！"

只要能取胜，黎陌才不管是用什么方法："叫哥就放你一马。"

云清远倒是很有骨气："做梦去吧。"

两人推推搡搡，云清远在后退的时候，脚被小石子绊了一下，重心朝身后倾斜，临倒之前还不忘将黎陌也扯了过去。

事实证明，他这个做法是错误的，不但自己摔了，还当了黎陌的人肉垫子。

云清远看着近在咫尺的脸，嫌弃地撇开头："起开！"

两人正以一种奇怪的姿势躺在地上，突然对面有光闪烁了一下。

曲铙只是在操场散步，没想到看见这一幕，虽然灯光暗淡，但是凭着狗仔的直觉，他还是认出了黎陌。

两个男生，其中一个还是黎陌？

曲铙美滋滋地看着图片，这下学校论坛估计又要爆了。

“有人在拍我们。”黎陌捕捉到了快门的闪烁，从地上迅速站了起来，快走几步，便捉住了曲铙的后领。

“咳！”曲铙咳了两声，凄惨地喊道，“放开我，你这是谋杀！”

云清远起身，拍了拍身上并不存在的尘土，走到两人面前，便听出了曲铙的声音：“曲铙？”

“清远？”曲铙像是看到救星一般，这才看见另一个主角竟然是云清远，然后抱着手机，向后退了一步。

看见两人认识，黎陌才松开了手，望了眼云清远，道：“认识？”

“嗯。”云清远应了一声，然后将手伸到曲铙面前，“自己删，还是我帮你？”

继祁言之后，云清远是第二个这么理直气壮地让他删照片的人。

曲铙虽然不愿意，但是在二对一的弱势情况下，只能当着两人的面将照片删除了。

黎陌这才半开起玩笑：“取闹？你是不是有个哥？”

“你怎么知道？”曲铙一脸防备地看着黎陌。

黎陌的笑容更加灿烂了：“我还知道他叫无礼。”

“呵呵。”曲铙面无表情地配合了两声，然后看向云清远，像个被欺负的小媳妇，“我可以走了吗？”

“当然。”云清远自然不会为难曲铙，毕竟自己还欠着他人情。

曲铙已离开，又到了两个人独处的时光，黎陌望了云清远一眼，突然倾身向前。

云清远下意识地后退一步，声音里全是拒绝：“黎陌，你再扯我头发，信不信……”顿了一下，才想起一个吓人的词语，“我咬你！”

黎陌顿了一下，手还是向着云清远的头顶伸去。

避无可避，云清远闭着眼睛等待疼痛的到来。

痛觉迟迟没来，云清远才悄悄睁开眼睛，便看见黎陌手里多了一根枯草。

估计是他倒地时沾上的。

黎陌将枯草一扔，似笑非笑地望着云清远："看不出来，你是属狗的？"

"属你的。"云清远扔下这句话，便转身离开。

黎陌耸耸肩，跟了上去，还不忘刺激云清远："你就这点道行，我都不忍心欺负你呢。"

第十四章
活捉一枚小粉丝

自从云清远的身份曝光之后，云清远有点时间就去找图轻檬，生怕一不小心两人"官宣"了，他都不知道。

于是，原本是云清远和祁言针锋相对的局面，渐渐演变成图轻檬在两人之间夹缝生存的活命游戏。

周六一大早，图轻檬忽略所有的消息，拉着关长乐去商城逃难。

"啊，终于清净了。"图轻檬感叹着，"这些天我的脑袋都要炸了！"

看着图轻檬一脸如释重负的样子，关长乐忍不住调侃道："别身在福中不知福了，两个超级帅哥围着你转的感觉不美吗？"

"不是两个帅哥。"图轻檬更正道，"是两张喋喋不休的嘴巴。"

关长乐笑了一声："以前都说祁言是冷酷帅哥，现在来看，他面对你时可不冷酷。"

说话期间，两人已经走到了二楼的美食城，图轻檬的眼睛都亮了："早起的鸟儿有虫吃，这句话果然不错，鹿韶和时里两个大懒猪可无缘美味了。"

"想吃什么？"关长乐说起来也有点饿了。

图轻檬早已经盘算好了，指着最左边那家店："当然是这家了。"

平日生意最火爆的就是这家店，哪怕是清早都已经迎来了络绎不

绝的人，饭点的时候更是人满为患。

图轻檬这才从关长乐的背包里拿出手机，在看见云清远的信息轰炸后，便回了句："我在外面玩。"

"你在哪里，我去找你。"

图轻檬无奈道："你自己玩吧。"

"不行，我一个人太无聊了。"

图轻檬已经知道云清远的潜在台词了："无聊的话，你可以找你的祁言学长玩耍。"

"祁言没跟你在一起？"

"嗯，我和舍友在一起。"

"那我就不打扰你了，玩得开心。"

解决了云清远，图轻檬才跟祁言发了信息："今天不约了，我和舍友出来玩了。"

自从祁言知道云清远是图轻檬的弟弟之后，整个人都舒畅了，很爽快地回了句："注意安全，玩得开心。"

关长乐在一旁酸溜溜地调侃了一句："我可真是个没人担心的小可怜。"

图轻檬将手机放回关长乐的背包里，眉头一挑："可是时里说你有情况。"

"什……什么情况？"关长乐喝着果汁，装作听不懂的样子。

图轻檬笑得像个小狐狸，朝着关长乐眨眨眼睛："据时里的推测，宋逸清有百分之九十看上你了。"

"去。"关长乐瞪了图轻檬一眼，又喝了一大口果汁，才否定道，"说话可是要负责任的。"

图轻檬举手投降："当我没说。"

色香味俱全的小吃被端上来之后，两人再也顾不得说话，整门心思都用来吃饭了。

还没吃十几分钟，关长乐的手机就开始响了起来。

一看屏幕上的备注，关长乐整个人更加不情愿了："有事吗？"

不知手机那头的人说了什么，关长乐的情绪瞬间激动了起来："宋逸清，你要死啊，今天可是周末，你还要奴役我？"

看着关长乐的样子，图轻檬终于感觉到了一丝丝安慰，至少被支配的不止她一个人了，这么想来，自己好像也没那么可怜。

关长乐似乎有什么把柄在宋逸清的手里，对宋逸清完全束手无策，咬牙切齿道："你等着。"

看着关长乐挂了电话，图轻檬才道："怎么了？"

"宋逸清那个王八蛋又给我使绊子。"关长乐恋恋不舍地望了一眼美食，咽了咽口水，却只能忍痛道，"我要先回学校了，钱已经付好了，你吃完自己可以回去吗？"

倒不是关长乐多心，主要是图轻檬方向感不太好，在外只能分清左右，是个不折不扣的路痴。

"放心吧，我可以导航。"图轻檬很是心大，生怕耽误了关长乐的事情，摆摆手，"你快走吧，不要让宋学长等急了。"

关长乐这才背起包，给图轻檬挥挥手，消失在视线中。

因为饭友走了，图轻檬的吃饭速度不知不觉地快了几分，解决完所有的美食之后，摸了摸圆滚的肚子，哀叹了一句："不知道要长胖多少斤，我有罪，我后悔。"

但是不管怎么样，一日三餐不能少啊！

脑袋里已经计划好午饭要吃什么，可出了餐厅门，图轻檬傻眼了。

哪是东？哪是西？她从何处来？她又要去往何处？

最最关键的是，她的手机呢？

图轻檬摸遍了所有的口袋，才想起因为自己没带背包，将手机放在关长乐包里的事情。

果然，吃独食是要被惩罚的！

焦急的不止图轻檬一人，还有不小心翻到图轻檬手机的关长乐，她站在学校门口，犹豫三秒，最终决定去给图轻檬送手机。

宋逸清的事情可以缓一缓，但是图轻檬可就一个，丢了真的就没了！

天无绝人之路，关长乐没走两步，就看见了祁言的身影，此时像看见救星一般："祁言！"

祁言看见关长乐的时候，下意识地环顾四周："有事吗？"

"图图被我落在万达商城二楼了。"关长乐将图轻檬的手机递给祁言，"她离不开手机，我现在有些事，你有时间去把她带回来吗？"

在祁言这里，图轻檬的事情已经位列第一，所有的事情都要靠边站。

"有。"祁言接过图轻檬的手机，"你不用担心，我现在就去。"

祁言用最快的速度赶到万达商城，一眼便看见无处可去、坐在一旁的木马上的图轻檬。

图轻檬垂着脑袋，委屈得像个放学没人接的幼儿园小朋友。

祁言悬着的一颗心才放了下来，调整了呼吸，拨了拨凌乱的头发，才走上去。

图轻檬本以为来的是个路人，头也没抬，忙着检讨自己的粗心大意。

祁言轻笑一声，轻启嘴唇："轻檬。"

听见熟悉的声音，图轻檬猛地抬头，就看见祁言微笑的样子。

总有一天，我的意中人就像个盖世英雄，会踩着七色云彩来见我。

图轻檬觉得祁言就是她的盖世英雄，总是在她不知所措的时候，出现在她面前。

"你怎么……会来？"图轻檬突然委屈了起来。

祁言将手机放在图轻檬的眼前："给你送手机啊。"

图轻檬的情绪稍微缓和了一些，望着手机："我的导航终于回来了。"

"没有导航也没关系。"祁言拍了拍图轻檬的头，"现在有我了。"

图轻檬本来一心想着要回学校，在看到祁言来的时候，突然改变了主意："我们现在要去哪里？"

学校还有云清远这个大魔头，祁言自然不想回去，想了一下，才道："带你去个好玩的地方。"

祁言所说的地方是梧桐巷，图轻檬看着面前巨大的场地，又望了一眼已经戴上口罩和帽子的祁言，捂着嘴巴说不出话。

"认出来了吗？"祁言露在外面的眼睛弯弯。

图轻檬猛地点头，眸子里盛满了惊喜："你……你是小霸王？"

"嗯。"祁言拿着滑板带着图轻檬走到场地边上，指了一下观众席，"你去那边看。"

图轻檬激动地点点头，顺着祁言所指的方向小跑着去。

不只是图轻檬满脸惊讶，滑板场地上的每个人都很惊讶。

这个地方自从限制外人出入之后，已经好久没有女生进来过了。

更何况是这么漂亮的女生。

一个原本坐着的男生突然站了起来，羞涩地跟图轻檬打了声招呼："你……你好！"

"你好。"图轻檬也笑。

男生呆呆地看着图轻檬，不一会儿就感觉身后有杀气传来。他用余光看见朝着这个方向看的祁言，不自觉地后退两步："再……再会。"

图轻檬被男生逗得笑声更大了几分，一看到祁言过来了，马上收起所有的笑意，然后伸出右手给祁言摆了一个"加油"的手势。

祁言一出现，所有人照例停住动作，纷纷跑到观众席上看大佬表演。

只不过这次，大佬好像转型了。

大佬再也没有做出惊险的动作，整个气场都不对了。

所有人只看到，祁言悠悠地从一个斜坡上滑动，什么旋转抓板动作都没了，就只是平稳地滑了下来。

一堆人惊讶得嘴都合不上了，图轻檬双眼灼灼地望着祁言，眸子里的崇拜藏都藏不住。

"大佬，这是怎么了？"

"大概这就是爱情的力量吧？"

"如果是这样我宁愿一辈子不谈恋爱。"

"怎么，想和滑板过日子？"

"反正我好不容易学的技巧，怎么能让恋爱祸害了。"

"你单身还真不是没有道理，大佬这是害怕女朋友担心，懂什么？"

"行行行，你最懂，你也不就是光棍一条，嘲笑谁呢？"

"想 PK 啊？"

"怕你啊！"

……

直到祁言离开之后，滑板场上的众人才平静下来。

可是图轻檬已经抑制不住自己的激动了，望着已经褪去口罩的祁言，拽着祁言的袖子："你好厉害。"

祁言以前不是没听过表扬，也不是没有粉丝，可是一听到图轻檬夸他的话，竟然开心到嘴角都压不住了。

"所以，李大壮也是你？"图轻檬突然想起这一茬。

祁言没有保留："嗯。"

图轻檬放下手，终于清醒过来："可是，你也喜欢直播吗？而且你发微博时简直就是放飞自我啊！"

"那是我舍友的账号。"祁言非常不愿意承认，又补充了一句，"不过李大壮的账号确实是我的，微博账号不是我的。"

不管出于什么原因注册，号是他的没错。

"我就说人怎么会精神分裂。"图轻檬一副事后诸葛亮的样子，作势瞪了一眼祁言，"你还给我别人的手机号？"

祁言有几分心虚："我的问题。"

此话一出，图轻檬就没有任何原则地原谅了他，此时侦探头脑下线，再次变回小粉丝，望着祁言："你好像什么都会啊。"然后跳到祁言前面，仰着小脑袋，"还有什么是我不知道的事情？"

"不要着急。"祁言笑得比图轻檬还要灿烂，"以后，你都会知道的。"

为了不让云清远抓个现行，图轻檬回到学校后不敢闲逛，直奔宿舍，看着还在身边的祁言，小心道："你就送到这里可以了。"

"好。"祁言点头。

图轻檬笑了一下，转身蹦蹦跳跳朝着宿舍楼跑去，跑了十几步后又突然回头，再次站到祁言面前。

看着图轻檬似乎是要讲秘密的样子，祁言微微弯腰，将耳朵凑近图轻檬的脸。

"我也会帮你保密的。"

看着图轻檬转身就跑的背影，祁言唇边的笑意一点点蔓延开。

这一幕被郭然和宋佳人目睹了，郭然碰了碰宋佳人的胳膊："看来传闻也不全是空穴来风，祁言肯定对图轻檬有点意思。"

"如果是图轻檬纠缠祁言呢？"宋佳人一点点握紧手中课本。

郭然面露难色："不会吧？"

"怎么不会？"宋佳人冷冷道，"祁言也不是从来没有拒绝过我吗？"

"好吧。"郭然摸摸鼻子，不再说话。

"图图，再笑一点。"关长乐不断变换着角度，想要找找最合适的。

今天关长乐和图轻檬的神仙默契不复以往，图轻檬已经拍了好几张照片了，仍然没有达到让关长乐满意的程度。

"状态不行。"关长乐看了眼照片的成品，然后冲着图轻檬摇摇头，"休息一下继续拍。"

关长乐这句话刚说完，就看到两抹身影朝着图轻檬的方向飞奔而去。

"肩膀露了出来。"云清远不怎么开心地将图轻檬的领口拢了拢。

祁言更是霸道，直接拿着旁边的毯子披在图轻檬身上。

图轻檬感觉太阳穴跳了两下，接连的失败使她有点沮丧，看着两人的样子，直接皱起眉头："你们视察好了？看好了就出去，影响我发挥。"

"我们又没有说话，你直接把我们当成空气不好吗？"

"就是啊，你拍你的，我们说了不打扰就是不打扰。"

没有永远的朋友，也没有永远的敌人，在这件事上，祁言难得和云清远一致。

他们是没有说话没错，是没有打扰她也没错，可是那两道炽热的视线，真的让人忽略不了。

已经耽误了很长时间，图轻檬全身疲惫了，看着眼前两个大直男，直接下了逐客令："你们看也看了，现在不要耽误我的进度了，出去！"

"去哪里？"云清远飘忽着视线，朝着其他的方向走去，很明显没有离开的意思。

祁言也跟着装傻："我还是第一次来我家的房子，再去别的地方看看。"

图轻檬平时一个人都应付不来，现在更不要提是两个人了。

"啧啧。"鹿韶朝着图轻檬眨了下眼睛，将果汁递给图轻檬，"被帅哥包围的感觉怎么样？"

图轻檬将毯子放到一旁，喝了一口果汁，才道："给你个机会，你要体会一下吗？"

"别。"鹿韶立刻双手叉在胸前，"我这小心脏可承受不起。"

图轻檬有苦难言："知道我的苦了吧。"

"痛并快乐着。"鹿韶牵着图轻檬转了个圈，看着自己的杰作，很是不解，"也不知道那两个大男人什么眼神，你这样明明很漂亮嘛！"

另一个房间里，云清远和祁言坐在一起，两人的短暂合作宣告彻底结束。

"我说，你怎么像个狗皮膏药一样。"云清远上下瞟了祁言一眼，"说吧，怎么样才能离开我姐姐？"

为了凸显自己的身份，云清远在祁言面前，一口一个姐姐地叫图

轻檬叫得可甜了。

祁言看了云清远一眼："我也想知道你什么时候能放下这个念头？"

"放不下。"云清远像是又想起什么一般，有些别扭道，"听说你是小霸王？"

祁言愣了一下，用肯定的语气道："黎陌告诉你的？"

图轻檬虽然知道他的身份，但是她答应为他保守秘密了，绝对不会告诉云清远的。

云清远还不知道图轻檬也知道了内情，怪异地看了祁言一眼："不然还有谁？"

黎陌那张嘴，他随便套套话，就全知道了。

"想学吗？"祁言好像明白云清远的意思，顺着云清远的话，道，"我可以教你。"

"谁稀罕。"云清远虽然说是这么说，但是语气很明显软和了许多，飘忽着视线，颇有些不好意思，"梧桐巷的通行卡你有吗？"

祁言没戳破云清远的小心思："为什么不直接问黎陌要？"

"他？"云清远的声音顿时就高了起来，一想起黎陌那张讨人厌的脸，更生气了，"我就算不去，也不会求他。"

还不等祁言说话，客厅里已经传来了响动，两人对视一眼，便朝着客厅跑去。

看到两人又凑了过来，图轻檬动作和表情顿时放不开了，在尝试了两次之后，终于出声："长乐等一下。"

关长乐放下相机，只见图轻檬朝着鹿韶招了招手："帮我把他们请出去。"

三分钟之后，祁言和云清远看着面前紧闭的门，再次成为敌人。

"都怪你。"云清远哼了一声。

祁言早就把高冷的包袱丢到了十万八千里以外，立刻反驳："你也别谦虚。"

没了两人之后，图轻檬迅速恢复以前的状态，所有的动作都是一次过，关长乐悠悠地感叹道："果然，男色误人。"

鹿韶在一旁乐得直不起腰："这成语用得简直就是一针见血。"

难得到了周末，图轻檬为了清净两天，以长痘痘为由拒绝了云清远吃火锅的邀请，又以减肥为由拒绝了祁言喝奶茶的邀请。

两人似乎共享了信息，得知图轻檬谁也没答应，也就没再勉强她了。

图轻檬本来打算睡到中午十二点的，可是到了八点的时候，就饿醒了。

宿舍一片安静，昨天关长乐剪视频剪到半夜，而时里和鹿韶玩狼人杀玩到熄灯，就她一个人睡得早。

图轻檬本想着再坚持一下，又钻进了被窝，可是半个小时后，肚子开始叫了。

实在受不了了。

图轻檬轻手轻脚地起床穿衣，洗漱完成之后，打算去餐厅买个包子喝个粥。

图轻檬刚从餐厅出来，迎面就撞上了云清远和黎陌二人组。

平日里看见图轻檬就甩不掉的云清远此刻一反常态，躲在黎陌的身后，企图瞒天过海。

"小表嫂。"黎陌笑得倒是灿烂。

图轻檬自己都觉得累了，不过还是打起精神纠正道："叫我名字就好。"

"好。"黎陌答应得很快，突然感觉云清远太过于安静，疑惑道，"清远，你怎么突然变成哑巴了？"

云清远恨不得堵住黎陌讨厌的嘴，硬着头皮和图轻檬打招呼："轻檬，你起得好早。"

图轻檬到底是和云清远一起生活了将近二十年的人，她一眼就看出云清远有什么不想让自己知道的事情。她视线一转，重新回到黎陌的脸上："你们要去干什么啊？"

昨晚黎陌轻而易举地中了激将法，早上就被云清远拉扯起来，去梧桐街用滑板技术分个高下。

黎陌没有想要瞒图轻檬的想法，脱口而出道："去找我表哥，你要不要一起……"还没说完，就因为腿上的痛觉发出一声尖叫，"啊！"

"我们有点事要处理一下。"云清远松开掐着黎陌腿的手，接过话，企图蒙混过去，"你快去吃早餐吧。"说着就推着黎陌往前走。

看着云清远的样子，图轻檬的好奇心被云清远激发出来了，马上跟在云清远的身后："我也要去。"

"不行！"

"好啊！"

云清远和黎陌的声音同时响起，说完，两人皱着眉头看着彼此，又说了同样的话："你想干什么？"

果然生活在一起的两个人，都会变得越来越像。

图轻檬无心参与两人的战争，小跑到黎陌身边："我跟着黎陌。"

"小表嫂，咱们走。"黎陌顿时占了上风，趾高气扬地看了云清远一眼，扭头就走。

黎陌从来都没和外人说过祁言的身份，他知道祁言有多反感被人关注的感觉，他告诉了云清远祁言就是小霸王的行为无异于在老虎身上拔毛。

其实，这也并不是他的本意，关键是云清远那几天总是在他耳边叽叽喳喳，于是他也不知道被按下了什么开关就脱口说出了这个秘密，等他回过神的时候，已经收不住了。

有了黎陌的把柄之后，云清远威胁起他来丝毫不费吹灰之力，三两下就被拐着要去梧桐巷。

想起祁言那个暴脾气，黎陌就十分头疼，不过现在有了图轻檬之后，情况好像好转了不少，至少祁言问起来的时候，他还可以理直气壮地用"小表嫂不是外人"这样的理由搪塞过去。

图轻檬原本只是担心黎陌和云清远一言不合打起来，所以才跟来看看，可是看着黎陌一副神秘的样子，她又觉得哪里不对。

直到那棵枝叶茂密的梧桐树映入眼帘，图轻檬才后知后觉他们是来找祁言。

"小表嫂，待会儿无论你看见什么都不要害怕。"黎陌生怕太刺激的场面吓到图轻檬。

图轻檬也是来过一次的人，听见黎陌的话有些摸不着头脑："为什么要害怕？"

云清远接话道："这就是传说中的滑板圣地梧桐巷，有时候人们做出的滑板动作看起来会很凶险。"

"我觉得还好啊。"图轻檬只觉得这两人有些小瞧她了。

云清远狐疑地看了图轻檬一眼："你来过了？"

"当……当然没有了。"图轻檬立刻忽闪了下视线，"没吃过猪肉还没见过猪跑吗？我在网上看到过。"

黎陌对图轻檬伸出大拇指："小表嫂好气魄。"

真不愧是他表哥看上的女生。

三个人刚进去的时候，祁言正站在一个十米高的台子上，看了眼地面，然后将帽子往下压了几分，一跃而下。

图轻檬看见的就是这一幕，刚才所有的胆量都被祁言这个危险的动作给吓没了，死死地咬住嘴唇，生怕自己发出什么声音分散了祁言的注意力。

"啊！"一声杀猪般的惨叫响彻云霄。

黎陌成为全场焦点之后，苦哈哈地看着被图轻檬掐住的胳膊，整个人的脸色都变了。

听见黎陌的声音后，祁言本来只是想随意一瞥，却不想看到了图轻檬的身影，微微晃神了一下。

只是一刹那的分神，脚下的滑板已经开始脱离脚面，祁言马上回过神去控制身体的平衡，即使经验丰富如他，回到地面后脚还是狠狠地崴了一下。

在祁言落地的一瞬间，图轻檬就跑了过去。等跑到祁言面前时，她眼眶已经红了："祁言，你没事吧？"

"没事。"祁言只露出了两只眼睛，看着图轻檬快要掉下泪的表情，又重复了一遍，"不要紧张，我没关系的。"

两人说话期间，黎陌和云清远已经站到了两人的身边。

观看台上的人都愣住了，他们来梧桐巷的时间不算短，但是几乎没有看到祁言失误过。

不要说他们了，就连黎陌看到祁言受伤都是好几年前了。

黎陌语气里都是心虚："表……表哥，你没事吧？"

图轻檬在场，祁言压下所有的情绪，瞪了黎陌一眼，语气还刻意放缓了："扶我去医院看看。"

"又是玩滑板弄伤脚了？"一位戴着老花镜的爷爷已经看透了真相，哀叹一声起身，"你们这些年轻人啊，要我说你们什么好啊？"

这是个私立医院，原本地处偏远，平时都没几个人，自从梧桐巷建成之后，一天要迎来两三个年轻小伙。

老爷爷轻轻摸了摸祁言的脚踝，才抬起头："倒是没有错位，不过最近是碰不了滑板了。"

"真的没关系吗？"图轻檬还是放心不下来。

"女生？"老爷爷推了推眼镜，望了眼图轻檬，然后又将视线放在祁言身上，"你这张面孔也是陌生，来梧桐巷没多久吧？"

祁言不想多解释，应了一声："嗯。"

"以后就算要玩，也要有个度。"老爷爷不满地看着祁言，"你看你女朋友多担心你啊！"

女……女朋友？

图轻檬下意识地看了祁言一眼，猝不及防和祁言对视上，看见祁言那双似笑非笑的眼睛后，像是触电一般，迅速地撇开视线。

一看这旖旎的氛围，云清远立刻挺身而出："老爷爷，需要拿些药吗？"

"你跟我来。"老爷爷也没再追究下去，转身朝着药柜去。

云清远实在不想放任两人独处，可奈何祁言是个病号，就算他有什么不满，也只能暂时忍下。

还不等两人独处，刚在外面接完电话的黎陌，哭丧着脸进来了。

"你这是什么表情？"祁言看着黎陌的样子就来气，不过碍于图轻檬在场，他也是收敛了几分气场，"我的腿还没断。"

黎陌的表情更是凝重了："可能快了。"

一听这话，祁言的脚又疼了几分，不确定道："你说什么？"

"舅妈知道了。"黎陌说这句话时，垂下脑袋，看都没敢看祁言。

祁言感觉太阳穴疯狂跳动了几下，深吸一口气："你又干了什么好事？"

"我妈刚刚打电话来，我一不小心说漏嘴了。"黎陌像个受气的小媳妇，躲在图轻檬的身后，逃避着祁言凌厉的眼神。

好久没有在祁言身上感受到这么强烈的气场，图轻檬也有些害怕，小心道："凌阿姨，知道了？"

凌阿姨？在生死攸关时刻，黎陌还是抓住了要点，迅速被转移了注意力："你见过我舅母？"

不等图轻檬回答，在看到祁言望过来的眼神之后，黎陌硬生生地压下好奇，改口道："不重要，这不重要。"

以凌涵的性子，既然知道了这件事就肯定会马上杀过来，为了避免凌涵找到学校里，祁言只好在这里等着凌涵到来。

祁言清楚凌涵的脾气，也不怕她责怪自己，只怕她吓到图轻檬，对着图轻檬表情缓和了许多："我有点饿了，你和清远能去附近给我买点东西吃吗？"

知道这是祁言的借口，图轻檬没戳破，也没有多问，笑着点点头："好。"

事已至此，祁言没什么多余的力气去骂黎陌了，闭着眼睛等着凌涵的到来。

半个小时后，凌涵从外面走进来，浑身都带着一股肃杀的气息。

黎陌见状马上扶起老爷爷，躲到旁边的一个屋里。

"医生怎么说？"凌涵只是站在祁言的面前，表情比祁言还要生硬。

祁言没有带情绪，平静地说："只是扭伤，没什么大碍。"

"没什么大碍？"凌涵被这句话刺激到，就算有在刻意压低声音，也没有控制住音量，"你数数看从小到大你进了多少次医院？"

即使祁言天赋惊人，也是从小带着伤长大的，特别是在十二三岁以后，受伤的次数越来越多。

眼前的一幕并不算陌生，祁言还是和从前一样，默不作声任由凌涵发火。

"你的叛逆期也该过了吧？什么时候能稳重一点？"

祁言眼中有一丝悲伤划过，在他很小的时候，凌涵也是这样说的。

每次他受伤之后，凌涵关注的只是他又给她添了麻烦，也总是让他稳重。

"祁言！你已经成年了，能不能稍微懂事一点？

"我自认为给了你绝大多数的自由，可是为什么你就是不听话？

"为了滑板这件事，你已经忤逆了我多少次了？"

凌涵的声音在祁言耳边不断地回荡，祁言的情绪一点点被挑动起来。

在凌涵的情绪逐渐平复的时候，祁言抬起头，冷冰冰地看着凌涵："即使我没有玩滑板，还会做别的。"

这是祁言第一次反驳她的话，凌涵愣神了一下，不敢相信地问："你说什么？"

"我说，"祁言的表情没有一丝松动，"即便我没有玩滑板，也不会按照你设定的人生走下去。"

好好学习考上大学、按部就班地工作、结婚生子，这些和同龄人一样生活，一眼就能望到尽头的日子，不是他祁言的选择。

凌涵皱着眉头，望着祁言，眼底的伤感掩盖不住："我错了吗？我会害你吗？"

"无论什么人，都会犯错。"祁言平静道，"妈，你也会。"

凌涵和祁言对视着，从受伤到失望再到冷漠，然后走出这间诊所。

在诊所的拐角处，云清远提着一兜子零食，已经站了好久。

看着图轻檬还没有离开的意思，云清远不解道："不进去吗？"

"凌阿姨还没出来。"图轻檬将探出的脑袋收回来，"再等会儿。"

云清远心思不如图轻檬那般细腻："也可以进去等啊？"

"祁言他不希望我们看到，那我们就配合一下吧。"图轻檬笑着望着云清远，"每个人都有不希望被别人看见的秘密。"

远处的蓝天一望无际，随着风的吹动，树叶沙沙作响。

少年总有着一颗年轻的心，那颗心坚韧又骄傲，更有着不能为外人诉说的敏感与细腻。

直到最后，图轻檬也没有去问凌阿姨说了什么，她像是什么都不知道一般，继续和祁言相处。

祁言的脚伤明显好转之后，图轻檬才放下一颗悬着的心，将黎陌约了出来。

知道图轻檬要约他的时候，黎陌有一种要背叛祁言的感觉，在不断给自己催眠"少说话，不说话"之后，只希望可以逃过这一劫。

"黎陌。"图轻檬笑得一脸灿烂，看着黎陌层层防备的眼神，伸出手，"给你糖吃。"

黎陌愣了一下，等他反应过来的时候，薄荷糖的味道已经在嘴里蔓延开来。

图轻檬随意地开口："你那么聪明，应该知道我为什么找你吧？"

你看，这坑简直就是当着他的面挖的，黎陌觉得自己如果跳了下去，简直就是白长了一个脑子。

　　"对了一半。"黎陌出动所有的脑细胞，"前半句是对的，但是后半句不是。"

　　听着黎陌打太极般的回答，图轻檬有几分好笑："真的不打算和我说吗？"

　　温情攻势想来是黎陌的致命点，黎陌紧紧抿住嘴巴，确定自己不会说错什么之后，开口求饶道："小表嫂，不要为难我好吗？这几天我犯的错够多了，如果再犯错，我这脑袋可能真的要飞了。"

　　"我又不会告诉祁言。"图轻檬开始打感情牌了，"我没什么恶意，只是想了解一下情况，看看能不能帮上什么忙？"

　　黎陌一脸为难地望着图轻檬，嘴都不敢张，生怕一开口就投降。

　　图轻檬还在继续："你是不相信我吗？"

　　"当然不是。"黎陌否认得很快，成功上演了一幕脑子追不上嘴的情况，"如果我表哥发现了，我肯定没有活路。"

　　"我保证你的脑袋一定好好的在你头上。"图轻檬将责任都揽到自己身上，"祁言发现的话，我绝对不牵扯到你。"

　　黎陌已经蠢蠢欲动了起来："真的？"

　　"当然。"图轻檬本来是想和黎陌勾手指，想起祁言上次的话，生生地将勾手指的手势变成发誓，"我保证。"

　　"其实，也不是什么大事啦。"黎陌的嘴巴已经率先妥协了，"就是家里内部的矛盾。"

　　祁言变成如今这样的性格，绝大部分原因出在凌涵身上。

　　作为一名事业心强的现代女性，凌涵在祁言身上倾注的关心和时间都很有限。在这样的环境下长大的祁言，开始变得少言寡语。

性格互补的两个人能和谐生活,两个脾性相似的人只能针锋相对。

祁言和凌涵的关系并没有随着时间的推移得到丝毫缓解,反而开始有恶化的倾向。在祁言学滑板之后,两人的矛盾一度达到了顶峰。

祁言是摔伤了腿进了医院后,被凌涵发现玩滑板的,当时凌涵望着一脸倔强说要继续玩滑板的祁言,一怒之下砸了祁言的滑板。

如果说凌涵对任何事情都不会妥协,那么祁言就是百分百遗传了凌涵的性子,同样不会。

后来因为工作的缘故,凌涵需要去国外长居,祁言就留在了国内。

那时祁言高中的成绩连连亮红灯,凌涵身在国外鞭长莫及,两人总是争吵,凌涵甚至放下"只要你考上大学以后就不管你"的狠话,谁知祁言当真了。

祁言玩滑板玩起来不要命,学习起来也可以做到不眠不休。

就是这样的疯狂,让祁言只要想做一件事就能做到最好,他不仅考上了大学,而且读的还是国内顶尖的大学。

凌涵却忘记了自己的承诺,仍然试图掌控祁言的人生,一再声明"不可能支持祁言玩滑板",两人的关系再度降到零下。

"就这些了。"黎陌刚说完这句话,又哀叹一声,"要不是我舅妈一直反对,我表哥肯定会参加比赛,也不至于这么多年都埋没在梧桐巷这个小地方。"

图轻檬没想到黎陌会这样说,有些不解:"他看起来不喜欢抛头露面,也会想要去参加比赛吗?"

"当然。"黎陌突然想起好几年前的光景,扬着头看着路灯散发的光芒,"他那么努力,不会只想被灯光看到。"

祁言的叛逆期比同龄人来得要早,十岁左右就开始了,那时他因为凌涵对他的不理解而叛逆,压抑的情绪全部都释放在了滑板上。

白天也好，晚上也好，祁言似乎感觉不到累，也感觉不到疼痛，摔倒爬起再尝试，那些在外人眼里看起来不费吹灰之力的技巧，也都是他一点点练出来的。

　　这世界上，所有的光鲜亮丽，所有的轻而易举，背后都藏着不为人知的血和泪。

　　哪有什么得来全不费工夫，所有站在某个领域巅峰的人，靠的全是些偏要勉强的坚持。

第十五章
万物归你，你归我 /

　　"重磅消息，经侯教授的提议，学校将举行一次大型的编程比赛，全体学生可参赛（计算机系全体学生视为自愿报名）。比赛共设置二十个三等奖，奖品为侯教授亲笔签名的笔记本一本，二等奖是由侯教授挑选的编程系列图书一套，一等奖为……"

　　"免修一门计算机相关的课程！"鹿韶在宿舍发出了土拨鼠的尖叫，"如果我有幸得到这个机会，这学期岂不是可以逍遥自在了？"

　　图轻檬倒不如鹿韶一般乐观："一等奖才一个名额，你觉得你可以吗？"

　　"一等奖不重要。"时里扭过头，加入到讨论中，"我宁可要三等奖，也不要二等奖。"

　　"赞同。"关长乐从电脑前抬起头，"看完一套编程书，头可是会秃的！"

　　"何止头发啊，脑子也会出走……"图轻檬还没说完，就看见桌面上的手机亮起了光。她拿起一看，正想着出去接听，结果鹿韶已经堵在了门口。

　　图轻檬举着双手表示自己投降，才按下接听键："怎么了？"

　　"在宿舍吗？"祁言的声音从手机里传来。

　　图轻檬应了一声："在啊，怎么了？"

"我在楼下等你。"

图轻檬下意识地朝着阳台望了一眼，时里马上捕捉到信息，拉开窗帘便看见祁言正朝着这个方向望来。

"鹿韶让开吧。"时里倚着阳台，意味深长地望了图轻檬一眼，"某人已经找上门来了。"

鹿韶也是配合，将宿舍门拉开，冲图轻檬做了一个邀请的手势："请。"

听着舍友善意的起哄声，图轻檬捂着脸出了宿舍门。

"看样子，我们马上就可以吃喜糖了。"时里悠悠地说道。

鹿韶歪着脑袋想了一下："还有一个月就是图图的生日了，我们要不要提醒祁言一下？"

"为什么要提醒祁言？"时里已经在心里有了计划，"不如，这次我们送图图一份特殊的生日礼物也行啊。"

两人还在开玩笑的时候，关长乐已经关掉电脑起身了。

"长乐，去哪里啊？"

时里看着关长乐怒发冲冠的样子，已经猜到了个大概："看你的表情，应该是宋逸清学长没跑了。"

"我和他同归于尽！"关长乐走出宿舍时，只留下这句话。

看着一个又一个绝尘而去的身影，鹿韶马上扑进了时里的怀抱中："看来宿舍就剩我们两个单身狗了。"

"别怕，姐姐爱你。"时里摸着鹿韶的头，陪鹿韶演起了苦情戏。

图轻檬刚出宿舍楼就看见了树下的祁言，小跑上前，站到祁言面前，将手背到身后，微微扬着小脑袋："你怎么来了？"

"想见你，所以就来了。"祁言眼神里全是坦诚。

以前鹿韶总说理科生最没有恋爱头脑，不懂风花雪月，不懂海誓山盟。

可是，祁言明明不是这样的，这几个字足以让她的心里开出无数名为欢喜的花。

图轻檬嘴角不可抑制地上扬，可又不好意思让祁言看出端倪，匆忙转身道："我们要去哪里？"

只要是在学校，两人只要站在一起，就绝对是焦点。

祁言不喜欢成为被关注的对象，图轻檬和祁言不谋而合，仅仅是一个眼神的交替，两人就达成了一致，朝着偏僻的小道上走去。

"你的回头率太高了。"图轻檬先发制人。

祁言垂眸看了眼图轻檬，轻笑一声："你倒是会恶人先告状。"

"什么恶人先告状，我明明是有理有据。"图轻檬这会儿又起腰站到祁言面前，"刚刚看过来的人，七成以上是女生，还说不是你的锅？"

祁言停住脚步："这么说，你都看回去了，所以这不算太亏。"

"还能这样算？"图轻檬皱着眉头望着祁言。

原本小路就窄，这会儿图轻檬叉着腰，直接占了七分的宽度，挡住了别人前行的路。

图轻檬丝毫不知后面的情况，站着不动，非要从祁言身上讨一个说法。

被挡住去路的女同学，不但不觉得是图轻檬的过错，甚至还觉得是自己打扰了这两位，踌躇着似乎想准备离开。

祁言倒是看得清楚图轻檬身后的状况，忍住笑意，轻声道："靠边点。"

图轻檬觉得是祁言在挑衅她，更觉得自己不能输了气场，又站直了几分："就不，你能把我怎么样？"

只见，祁言一只手朝着图轻檬伸了过去。

图轻檬直接被吓掉了三分魂，叉着腰的手直直地护着脑袋，直接
屁了下来："我错了，我错了，别打我！"

祁言被图轻檬的脑回路逗乐，攥住图轻檬的手腕，然后拉向自己：
"你挡住别人的路了。"

听见这句话，图轻檬才睁开眼睛，扭过头看见女生不好意思地朝
着她笑。

"借过。"女生说完这句话后，简直就是跑着离开的。

丢人丢到太平洋了！

图轻檬耳尖泛红，狠狠地闭上了眼睛，声音里有几分恼怒："你
为什么不告诉我？"

"我说了啊。"祁言有几分委屈，"我都说了让你靠边，你没听
我的。"

图轻檬瞬间睁开眼睛，又觉得身高影响了她的发挥，踮起脚盯着
祁言："你就说了个结果，谁知道你什么意思？"

祁言虚心讨教："那还应该说什么？"

"新闻六要素就算了，至少要有三要素。"图轻檬振振有词，"起
因经过和结果。"

看着近在咫尺的图轻檬，祁言眼神又柔和了少许："可是等我说
完了，人家都该走了。"

图轻檬被说得哑口无言，已经结巴了："你、你……"

图轻檬踮脚踮了这么久，已经累了，甚至身体都有些不平衡了。

可是，如果放下就太没面子了。

图轻檬想着，仍然保持着姿势，然后狠狠地瞪了祁言一眼。

看透图轻檬的心思，祁言毫不犹豫地给图轻檬递上台阶，双手按着图轻檬的肩膀，态度诚恳道："我错了。"

此情此景，看着祁言这般样子，图轻檬的心里只冒出两个字：犯规！

"这次就原谅你。"图轻檬舒舒服服地踏着台阶走了下来，迅速转移了话题，"你听说了侯教授要组织编程比赛的事吗？"

"当然。"祁言一副理所应当的口气，瞅了图轻檬一眼，"不然，你以为我叫你出来是为了什么？"

看着祁言这番不认账的表情，图轻檬被噎了一下："你不是说……"

想我吗？

祁言又朝着图轻檬靠近了一步，声音里带着些许诱惑："我说什么了？"

明明大家在感情上都是新手，凭什么祁言压她一头，难道男生在这方面都是天赋异禀，无师自通？

"你自己说了什么，你自己清楚。"图轻檬小声地嘟囔了一句，然后将话题转移到正事上，"你要和我组队吗？"

祁言像是没懂图轻檬的言外之意，反问道："不行吗？"

"可是……"图轻檬眼神飘忽了一下，有几分不情愿道，"你不怕我拖后腿吗？"

虽然两人都挂着"差生"的美名，但就实力而言，祁言可是甩了她十万八千里。

祁言轻笑一声，很有底气道："可是，你难道不想抱大腿吗？"

"喂。"图轻檬作势瞪了祁言一眼，"你不要开玩笑，我可是会当真的。"

"你看着我像开玩笑吗？我的搭档。"祁言认真道。

看着倒是不像。这次轮到图轻檬不好意思了："我知道自己的实力，你还是找个靠谱点的队友，说不定还能冲击冲击一等奖。"

一等奖是免修一门计算机课程啊，是让她眼红的奖品。

说实话，祁言就是冲着一等奖去的，但不是为了他自己，而是为了图轻檬。

"如果搭档不是你的话，"祁言满不在意地开口，"那么奖品对我毫无意义。"

图轻檬眼睛一下瞪圆了："你认真的吗？"

"我每一门课都不可能挂科。"祁言这点自信还是有的，"可是你就不一样了。"

就算图轻檬挂科了，他不介意带一把图轻檬，可是时间这么宝贵，为什么要浪费在补课上呢？

听着祁言这句话，图轻檬原本的愧疚荡然无存，又怕祁言反悔似的突然伸出小拇指："拉钩。"

再次看见这样幼稚的动作，祁言还是晃了神。

看着祁言的反应，图轻檬后知后觉想起祁言的话，刚要收回手，结果祁言的手指就钩了上来。

"你不是说幼稚吗？"图轻檬用祁言的话调侃着他，"怎么，这会儿不觉得幼稚了？"

祁言勾着图轻檬的小拇指，晃了两下："偶尔幼稚一下，感觉也还不错。"

原本图轻檬还担心自己和祁言组队后，宿舍有一个人要落单，刚回宿舍就被关长乐拉到一旁："图图，祁言和你组队吗？"

图轻檬没领会这句话的意思，还以为关长乐害怕自己落单，心里稍稍犹豫了一下，便已经做了选择："我和你组队。"

反正祁言能找到人，就算他找不到，到时候黎陌也可以挡一下，反正她和黎陌在本质上没有任何区别，毕竟都帮不上祁言什么忙。

但是关长乐就不一样了，她可不认识什么学弟。

关长乐听见图轻檬的回答，显然更慌了，直接推着图轻檬往宿舍外走："你快去找祁言，和他组队。"

图轻檬彻底蒙了："你不想和我搭档？"说完，声音就危险了起来，"你要是肯定，我绝对会咬你的！"

看着图轻檬张牙舞爪的样子，关长乐马上否认："绝对不是。"然后关长乐像是不愿提及般，无奈地开口，"都是宋逸清那个浑蛋，又找了些陈芝麻烂谷子的事情威胁我。"

图轻檬微微挑眉。

她只记得关长乐没有什么认识的学弟，倒忘记了还有一个对关长乐虎视眈眈的学长。

"所以你快点去找祁言。"关长乐比图轻檬还着急，生怕图轻檬因为自己落了单。

图轻檬安抚了一下关长乐的情绪，斟酌了一下措辞，才开口："那以后我们就是对手了。"

看着图轻檬这般笃定的神情，关长乐才想起今天下午图轻檬也和祁言见面了，顿时朝着图轻檬上下其手："你还敢骗我！"

"女王大人，饶命啊！"

比赛参与的人数和搭档都已经公布了，与此同时，有些心细的同学已经发现了不同寻常的地方。

"墙墙，你知道吗？这次编程大赛图轻檬和祁言是搭档！"

表白墙一发布这个消息，吃瓜群众迅速从四面八方赶来。

"我去看了，姐妹们，这是真的！"

"侯教授口中的差生联合在了一起，这是来组团报复了吗？"

"真想看一下侯教授的表情啊。"

……

整个下午，两个全校闻名的差生以"负负得正"的组合迅速火出了圈。

看着参赛人员的名单中图轻檬的名字和祁言的名字挨在了一起，宋佳人紧紧地咬住了下嘴唇，脸上全是不甘心的神色。

晚自习放学之后，祁言自然去找了图轻檬，云清远也是马不停蹄地来凑热闹，为了防止自家表哥吃亏，黎陌也跟来了。

从教学楼到宿舍楼没十分钟的距离，几人生生走了二十分钟。

图轻檬实在受不了三张嘴巴在耳边聒噪，和三人说了再见，就钻进了女生宿舍楼里。

云清远生气地瞪了祁言一眼，也抬脚离开了。

"表哥，晚安。"黎陌说完，后脚跟了上去，然后一只胳膊搭在云清远的肩膀上，被云清远打开之后，又搭了上去。

祁言自然也没有待下去的理由，转个身朝着自己的宿舍走去。

到了宿舍楼的门口，有个人从黑暗中走到他面前，祁言看到来人后，礼貌地叫了声："学姐。"

宋佳人本来想晚自习后去教室里找祁言，可等到她去的时候，被别人告知祁言已经离开了，之后她就看见了祁言一行四人的身影，便来了宿舍楼这里等他。

"我有些事想和你说。"宋佳人的声音紧了紧，"能跟你单独聊聊吗？"

祁言犹豫了一下，不过看着宋佳人这般神色，点头应了下来："好。"

操场上的人很多，祁言和宋佳人保持着安全距离，等着宋佳人开口。

"你真的要和图轻檬一起参加编程大赛吗？"许久之后，宋佳人听见自己的声音。

祁言应了一声："嗯。"

宋佳人抿住嘴唇，视线飘到地面上，看着自己的脚尖问："为什么？"

"她刚好没有搭档。"祁言没有带任何情绪地回答了。

"可是，是我先找的你。"甚至在比赛还没有正式公布的时候，宋佳人就听到了风吹草动，找到了祁言，没想到祁言毫不犹豫地拒绝了。

祁言不知应该怎么回答这个问题。

宋佳人像是非要得到一个答案一样："你之前都没有拒绝过我。"

祁言仍是表情淡淡："举手之劳。"

借一下笔记本，于他而言，确实只是举手之劳。

宋佳人不甘心道："那你这次为什么会拒绝我？"

原本祁言是想找个温和点的借口，可是为了不让宋佳人误会，诚实开口道："有点浪费我的时间。"

几乎同一时间，宋佳人激动了起来，语气中带了些质问的口吻："那你为什么要管图轻檬的闲事？"

祁言云淡风轻的脸上终于带了点烦躁，但语气仍然平缓："她的事，于我而言，并不是闲事。"

宋佳人的眼睛里已经涌上了热泪："那是什么？"

"分内之事。"

一根弦在宋佳人的脑子里崩断，她几乎尖叫着出声："我原本以为你和她不是一个世界的人，她学习不好，根本帮不上你，除了长得漂亮点，哪一点比我强？"

周围人都看见了这两人之间的波涛暗涌，但是看着宋佳人已经处于失控的边缘，都不敢靠近，更不要说吃瓜了。

祁言听着宋佳人的话只觉得无比刺耳，如果对方不是女生的话，他很可能已经翻脸了。许久，他沉了沉声道："我的世界是我自己划分的，不是你一两句话就决定的。"

宋佳人的眼泪已经掉了下来。

祁言虽然注意到了宋佳人的情绪，但还是冷声补充了一句："而且，她没必要和你比较。"

宋佳人控制着自己即将崩溃的情绪，说了句："对不起。"

祁言没有再计较："很晚了，你早点回去吧。"

周围有很多人在跑步，也有很多视线放在她的身上。

宋佳人狼狈地用袖子擦了一下眼泪，可是眼泪怎么也擦不干。

是呀，祁言从来没有承诺过什么，一直是她自己自作多情，可笑的是，她甚至还当了真。

为了在比赛中发挥一点作用，图轻檬最近可是废寝忘食地在学习。

本想着临时抱佛脚，可是侯教授显然没有多余的耐心，统计好人数之后，就决定了比赛时间。

一周后，图轻檬怀着忐忑的心情和祁言一起走进机房，毫不夸张地讲，她的腿已经开始发软了。

两人吸睛的组合不仅在学生里尽人皆知，就连侯教授也是早有耳闻。

看着疯狂躲避他视线的图轻檬，以及淡定如常，甚至还给他一个微笑的祁言，侯教授轻哼一声，他倒要看看这两个人能整出什么名堂。

等到人都到齐的时候，侯教授才将比赛的内容同步到每台电脑中："无论是 C 语言，还是 python 语言，或者是其他语言，只要能运行出来，就算获胜，虽然我们这次只设定一个一等奖，但如果有两个人或多数人都能够做出来，可以扩充名额。"

话落，教室里响起了热烈的讨论声。

看着讲台下那一张张明媚的笑脸，侯教授都不忍心打碎，不过为了不让一些人抱有侥幸的心理，还是补充了一句："不过以我对你们的了解，但凡你们之中有一个人能交出完美的答案，我都不会老这么快。"说完，还特意瞧了一眼祁言和图轻檬。

听完这句话，刚开心三秒的同学都耷拉下来脸。

"你们电脑上已经都有了题目。"侯教授看了眼主机，从讲台上走了下来，"现在就开始吧。"

"这是什么意思啊？"

"我的天，我原本以为还可以拼拼运气，现在看来完全是我痴心妄想。"

"连题目都读不明白，这还怎么下手。"

……

十分钟之内，已经有近半数以上的学生自动弃权，抱着"重在参与"的心态，开始随便打开一个盘，不管三七二十一地敲了上去。

图轻檬的状态和大多数同学都一样，甚至比一些同学还要迷茫，望着一旁的祁言，小声道："会吗？"

听着图轻檬的试探，祁言将视线从电脑上移到图轻檬的脸上："想赢吗？"

侯教授都说了很难，怎么赢啊？

图轻檬已经差不多放弃了，可是看着祁言笃定的眼神，竟然生出了些不该有的想法，重重地点了一下头："想！"

"好。"祁言弯了一下嘴角，"等着我赢给你看。"

然后，图轻檬就看见了祁言堪称"天秀"般的表演。

祁言在键盘上疯狂地输出，电脑屏幕上一行行的代码应接不暇。图轻檬看着疯狂闪动的屏幕，只觉得整个世界都要崩塌了。

比赛的两个小时里，图轻檬就盯着屏幕上不断出现的英文单词，心里只有一个想法。

这是人类应该有的速度吗？

如果是的话，那她大概是来地球上凑数的吧？

比赛结束了，图轻檬已经不关心胜负了，没事就在电脑上测测自己的手速，然后想起祁言比赛时的手速，只想撞死在电脑屏幕上。

图轻檬正在认真思索着和祁言之间的距离，只听见鹿韶一声惊呼："图图，你和祁言又上了表白墙。"

"又是什么狗血剧情？"图轻檬垂头丧气地趴在桌子上，有气无力道。

"不是，不是。"鹿韶已经激动地跑到图轻檬的面前，然后将屏幕放在图轻檬的眼前，"你们两个好像是一等奖的获得者。"

"什么一等奖？"图轻檬心不在焉地重复了一遍，然后像是突然想起来一般，盯着屏幕。

侯教授办事效率高得惊人，所有参赛者交上试卷之后，他连夜批改试卷，仅仅两天就看完了所有人的答卷。

获奖名单一经宣布，迅速引来无数人围观，最不可思议的就是一等奖获奖的两个人。

"比赛有黑幕吗？竟然是……"

"想什么呢，这可是侯教授组织的比赛。"

"这是什么情况？"

"所以，祁言并不是差生？"

"我是坐两人后面的考生，你们都没看见考试的时候祁言的手速！这个结果虽然在我的意料之外，但仔细想想也觉得是情理之中。"

"'细思恐极'！姐妹们还记得祁言的期末考试试卷吗？都是60分啊，是不是他在有意地控分啊！"

"我竟然还相信了祁言是个差生，我简直没长脑子！"

"祁言和图轻檬的颜值都是顶尖，现在来看祁言的智商远远高于图轻檬，到底是校花高攀了。"

……

本来大家都是讨论祁言的智商的，后来又把图轻檬扯了进去，生生变成了"配不配"的问题。

图轻檬就像是被人戳中了心思，势必要证明自己一般："有什么事能证明我智商？"

"你还用证明……"鹿韶的声音渐渐消失，作势拉了一下嘴巴，表示自己闭麦。

时里接了一句："考试啊！"

像祁言那样把分数控制在60分？

图轻檬马上停止自己危险的想法，这要是有足够的实力叫天秀，这要是她自不量力导致最后每一课都挂了，那就是作死啊！

"除了考试还有什么？"图轻檬显然放弃了作战计划。

时里明白图轻檬什么意思，想起今天有报名的考试，试探着："计算机二级？"

其实对于计算机的学生来说，计算机二级是不需要考的，毕竟他们也是计算机专业的学生，计算机二级实在证明不了什么水平。

图轻檬已经冲动到没有理智了，一心想着要证明自己："什么时候考试？"

"十二月份。"时里简直就是百事通。

图轻檬眼神坚毅："我一定要拿下此证，证明我在计算机上的天赋。"

鹿韶和关长乐都竭尽全力忍着笑意，生怕影响到图轻檬的斗志。

只有时里无奈地摇摇头："考试先放在一边，你现在应该做另一件事情。"

图轻檬顿时蒙了，转身望着时里："什么？"

回答她的是三个声音——

"报名！"

祁言正在以"一等奖"为由，企图从图轻檬手里得到福利的时候，王杨终于忍不住喷薄而出的好奇心："言哥，你和图轻檬……"

一听到这句话，贾汀立刻停止玩游戏，竖着耳朵听两人的对话。

饶是祁言面对王杨时也有几分心虚，想着趁着这个时间说清楚，便道："你想知道什么？"

王杨沉思了一下："你真的喜欢她吗？"

"嗯。"祁言倒是坦诚，难得觉得自己有夺人之爱的愧疚，"不

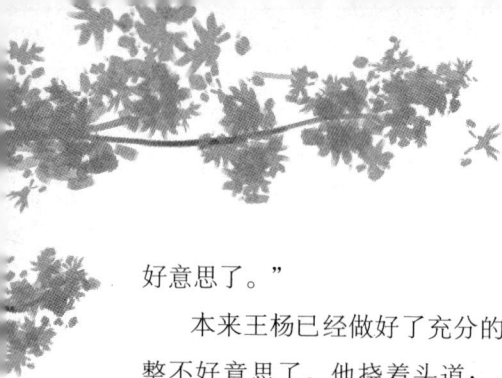

好意思了。"

本来王杨已经做好了充分的心理准备，可是祁言这声道歉，给他整不好意思了。他挠着头道："我就是单纯地欣赏图轻檬的颜，你没有必要觉得对不起我，我知道就算没有你，我和图轻檬也没什么故事。"

"兄弟果然看得开。"贾汀拍了拍王杨的肩膀，为了避免两个人心生隔阂，忙开导道，"这样想就对了。"

本来王杨没什么事，可听见贾汀欠揍的声音，下意识开怼了起来："你没事就学学我，早点放下那不切实际的幻想吧。"

"你以为谁都和你一样？"贾汀的劲也上来了，"如果青檬现在宣布谈恋爱，我连着她男朋友一起粉。"

祁言挑了挑眉头，他倒是没想到贾汀这样博爱，瞧了眼贾汀，突然说了声："谢谢。"

"谢？"贾汀反应了好一会儿，还以为祁言是谢他开导王杨，乐呵呵道，"不用谢，应该的。"

王杨已经拿出手机点开了录音功能，挑衅似的望着贾汀："你刚刚说的话，再来一遍，我要取证。"

"来就来，谁怕谁？"贾汀对着手机，声音宏大而坚定，"如果青檬宣布恋情，我贾汀不但第一个选择祝福，而且还会喜欢她的男朋友。"

瞧着贾汀死猪不怕开水烫的模样，王杨冷哼了一声："你明天流的泪都是今天脑子进的水。"

"狭隘。"贾汀轻嗤一声，"我的喜欢不是什么占有，只要青檬快乐，我就开心！"

"你等一下。"王杨又点开录音，对着贾汀，"把你刚才那句话再说一次！"

  ……

  祁言收回放在两人身上的视线，听着两人的争吵，微微弯起嘴角。

  这两个有时候也挺可爱的。

第十六章

喜欢是双向奔赴 /

　　两人虽然没有正式确定关系，但是全校同学已经默认这两人是一对了。

　　云清远自从掉了图轻檬弟弟的这个马甲之后，也没那么多时间去抵制祁言了，女生们的一封封情书不断朝着他飞来，旁边还有个黎陌这样的话痨整日烦他，使得他没心思管闲事。

　　午后的时光，祁言拿着滑板在操场上来来去去，看着图轻檬向他投来的目光，慢慢改变了方向，直接以图轻檬为圆心，做着圆周运动。

　　看着图轻檬一脸羡慕的样子，祁言将滑板稳稳地停在图轻檬的面前，踩着滑板，看着还不到他肩膀的图轻檬，柔声道："想玩吗？"

　　"可以吗？"图轻檬眼睛亮了一下。

　　人称有"洁癖"的某人丝毫没有任何犹豫，从滑板上走下来，鼓励着图轻檬："你站上去试试。"

　　图轻檬迈出一只脚踩在滑板上，这是她第二次站在滑板上了，除了拍摄宣传照那次之外，她基本上没碰过滑板。

　　祁言害怕图轻檬维持不了平衡，将一只手伸到图轻檬的面前，缓了一会儿，才状似淡定开口道："我扶你。"

　　图轻檬被脚下的滑板吸引了注意力，丝毫没觉得祁言这句话有任何不妥，将葱白的小手放到了祁言的手上，然后紧紧地攥着祁言的手，将另一只脚也放了上去："我第一次玩，你不要嫌弃我。"

"不会。"祁言另一只手也护在图轻檬的身后，"小心点。"

祁言的气息就在自己的耳旁，图轻檬感觉半边身子都麻了，好不容易维持住了平衡，在祁言的牵引下，朝着前方移动了一点点。

图轻檬异常容易满足，像是证明自己并不差一般，一副求表扬的样子："我是不是很有天赋？"

在滑板方面，至今还没人敢在祁言面前谈天赋。

不过为了不影响图轻檬的兴致，祁言点头："嗯，我第一次滑的时候就摔了个大跟头。"

"是吧？"图轻檬的尾巴怕是已经翘到了天上，忽闪着大眼睛，"我想学滑板，不然你教我吧？"

祁言蹙了下眉头，几乎同时便拒绝了："不要学。"

那些不被理解的委屈，那些磕到头破血流的伤痛，那些无人知晓的孤独，祁言不希望图轻檬沾上半点。

他喜欢的姑娘，应该站在阳光下，应该被宠爱，应该得到所有的眷顾，而不是像他一样，只能从黑暗中走来。

图轻檬还没来得及问原因，就被祁言从滑板上拉了下来："太危险了，不适合女生。"

"可是……"

祁言打断了图轻檬的话："喝奶茶吗？"

"不喝。"图轻檬有些小脾气。

祁言已经收起了滑板，露出半点委屈："可是，我渴。"

图轻檬轻轻嘟了下嘴巴，还是妥协了："你请客。"

学滑板的事虽然告一段落了，但图轻檬也是有脾气的人。为了让

祁言认识到自己的错误，在祁言邀请她一同去梧桐巷的时候，又开始了新一轮的套路。

"我去干什么呀？"图轻檬轻哼一声，虽然这样说，但已经开始换准备出门的鞋子了，"你都不教我学滑板。"

祁言也是难得坚持："虽然不可以学，但你可以看。"

"看什么？看你耍帅？"即使知道祁言看不见自己的动作，图轻檬还是停下了穿鞋子的动作，威胁他，"我想学滑板，你答应教我，我就去。"

图轻檬本来对学滑板没有多大的执念，可是被祁言拒绝之后，图轻檬安静了好几年的叛逆心瞬间上来了，有种不达目的誓不罢休的气势。

"真不去？"

听着祁言的话，图轻檬眉头拧了起来，秉着"不蒸馒头争口气"的念头，很有原则道："除非你教我。"

"那你在宿舍休息，下午我再来找你。"

还不等图轻檬发动新一轮的攻势，电话就猝不及防地被挂断了，看着显示通话结束的屏幕，她踢掉了还没有系好鞋带的鞋子，赌气似的爬到床上去了。

鹿韶悠悠地望了图轻檬一眼："美人计没成功？"

"哼。"图轻檬傲娇地一撇嘴，"他就是请我去，我也不去了。"

鹿韶自然没当真，反正只要祁言愿意，就可以三两下把图轻檬忽悠过去。

图轻檬也是闲来无事，坐在床上，追起最热门的言情偶像剧。

无论什么时候，恋爱总是少女们放在榜首的话题，令人心动的情节，让人向往的爱恋，总是时时刻刻撩拨住一个故事外的人。

櫻花树下，男主角微微倾身，手揽着女主角的后脑勺，在微风下将唇印在……

早已经没有人捂住她的眼睛，但图轻檬还是老实地闭上眼睛，脑子里突然出现祁言的脸。

"嗡嗡嗡……"

手机的振动打碎图轻檬的所有幻想，她从幻想中抽出身来，耳尖泛红地接起电话："清远，什么事？"

"你在哪里？"云清远的声音里有一丝焦急。

图轻檬浑身都坐直了起来："宿舍，怎么了？"

"我在宿舍楼下等你。"云清远似乎在小跑着，气息有些紊乱。

听着云清远的声音，图轻檬也来不及细问，从床上下来："你等我一下。"

"也不是什么大事，下楼的时候小心一点。"云清远定了定神，"一会儿见。"

听见云清远的这句话，图轻檬多多少少安心了些，但收拾的动作毫不见缓，随手拿了个背包就匆匆出了宿舍。

去梧桐巷的出租车里。

图轻檬心急地望了眼窗外，回过头望着云清远，声音里全是焦急："以穆哥怎么会来？"

"不知道。"云清远心虚地摸了摸鼻尖，虽然这里面应该有他的功劳，但他是怎么也没有想到韩以穆会瞒着他，突然就过来了。

图轻檬恨不得飞到梧桐巷那边："那他怎么会找上祁言？"

"不知道。"云清远不但摸了摸鼻尖，视线也忍不住飘忽了几下。

韩以穆是来找他商量对策的，到了校门说有惊喜给他，云清远本

来没放在心上，就应了一句。

谁知道韩以穆问路的时候正好碰见祁言，硬是凭着对照片的记忆认出了祁言的脸，马上就给祁言下了战书。

等到云清远收到韩以穆信息的时候，两人已经去了梧桐巷。

二十分钟后，图轻檬匆匆从车上跳了下来，马不停蹄地朝着梧桐巷跑。

不是她对祁言没有信心，而是韩以穆不但人高马大，小时候更是练过拳击，万一他一冲动把祁言打了，可真的不是小打小闹这么简单了。

所幸，事情比想象中的好多了。

图轻檬看着两个对峙的身影，才缓了一口气，慢慢地走过去。

第一个察觉到情况的是黎陌，他站在两人中间，看见图轻檬的时候，整个人的精神都松弛了下来。

旁边两个人同时朝着图轻檬走过去。

黎陌这才为自己擦了一把汗，然后看了眼韩以穆将近一米九的身影，再次深呼一口气。

这两人要是打起来，他第一个成为肉饼。

"檬檬……"

"轻檬……"

韩以穆和祁言同时出声，然后就开始怒视对方。

"以穆哥，你来怎么不说一声？"图轻檬还有些心有余悸，"怎么还跑这里来了？"

韩以穆收回视线，一看到图轻檬，整个人的气场都变了："我听说有人骚扰你，是他吗？"

"听谁说的？"图轻檬下意识去找云清远的身影，就看见云清远抬头望望天，低头望望地，就是不看图轻檬。

"我既然来了，就要和他一分高下。"韩以穆也是好不容易抽出三天时间，自然是想解决掉祁言这个隐患，"檬檬也在，那我们就分出个胜负吧。"

"情敌"已经耍威风耍到家门口了，狠话已经当着喜欢女生的面放了，祁言自然不会让步，看了一眼韩以穆："怎么比？"

韩以穆大男子主义爆棚："挑个你擅长的。"然后视线滑到了祁言的手上，"就滑板吧。"

周围吃瓜群众一阵惊呼，不过倒不是惊讶于韩以穆的勇气，而是提前庆祝祁言胜利罢了。

一个新手和祁言比，还不如直接认输来得实在。

云清远看着韩以穆自信的样子，一阵头疼，果然还是在美国的韩以穆顺眼一点。

"好。"祁言已经应战。

图轻檬拉了拉祁言的袖子，低声道："你冷静一点。"

祁言将头上的帽子摘下来，扣到图轻檬的头上，将帽檐压低了几分，轻声道："待会儿不要看我。"

"哇——"

被喂了一嘴狗粮的观众发出惊呼声。

即使是荷尔蒙爆棚的男生，也觉得祁言这拨操作真的犯规！

图轻檬还想说什么，云清远已经和黎陌将她拖到了观众席上。

"算了。"云清远安抚道，"由着他们去吧。"

黎陌赞同道："小表嫂，这是男人们的战争，咱就不参与了。"

听了这话，云清远还是站出来反驳了一句："你不是男人就算了，不要带上我。"

"你……"

云清远打断道："开始了，闭嘴！"

黎陌对云清远恨得牙痒痒，却也只能暂时休战，将视线转移到下面。

韩以穆手里的滑板是从一位滑板爱好者那里借的，他放在地上一只脚踏了上去，看着祁言道："怎么比？"

"我先来。"祁言说完这句话已经飞了出去。

从斜坡到栏杆，从旋转到翻转，从远处到眼前……

看着祁言各种各样的花式技巧，图轻檬没觉得酷，只觉得心脏都要蹦出来了。

这简直不是追求刺激，这根本就是不想要命了！

云清远热爱滑板，看着祁言的样子，他都沸腾了起来，这样一看，祁言其实也没有那么不顺眼。

作为对手，韩以穆无声地吞了下口水，完全没想到还可以这样玩这四个轮子。

等到祁言觉得秀得差不多的时候，他平稳地滑到了韩以穆面前，声音透过黑色的口罩传过来："还要继续吗？"

"当……当然。"韩以穆站在斜坡上，试探着问，"你那些动作，我需要做哪一个？"

"呵。"祁言轻笑一声，"能站着滑下去，就算你赢了。"

作为初生牛犊，韩以穆发挥自己虎的特质，听见祁言降低了对自己的要求，还以为捡了个大便宜，乘胜追击地谈条件："我如果做到了，你就离檬檬远一点。"

出乎韩以穆的意料，祁言竟然应了下来："那如果你没做到呢？"

韩以穆挺了挺胸膛："你想怎么样？"

祁言道："你从哪里来就回哪里去。"

韩以穆瞬间同意了："好。"

两个人各怀心思，都像是打了一场胜仗，祁言是觉得反正他离图轻檬再远也远不到出国，而韩以穆则是只请到了三天假，不论结果怎样，韩以穆都必须要回去。

祁言撤后了一步，下巴一抬："开始吧。"

韩以穆将一直脚踩在滑板上，回忆着祁言的动作，滑到斜坡时，试着将另一只脚放了上去。

理想是丰满的，现实已经瘦成了白骨精。

在提起脚的一瞬间，韩以穆已经失去了平衡，滑板从他的脚下飞出去，他也一屁股坐到斜坡上，然后跟着滑板从斜坡上滑了下来。

众人都愣住了，饶是祁言也没见识过这一幕。

"噗！"云清远本来不想笑，可实在没忍住。

图轻檬的心终于轻松了一些，拍了一下云清远的肩膀："你还笑，快去扶以穆哥！"

晚上学校的操场上，凉风习习。

即使韩以穆看起来没什么事了，可图轻檬还是有几分不放心："以穆哥，你没事吧？"

"没有。"韩以穆挠着头，不好意思道，"不过让你失望了，我没能赢祁言。"

"不失望，不失望。"图轻檬连连摇头，"你毕竟是新手，表现成这样已经很不错了。"

云清远掐了一下自己的大腿，如果不是自己亲眼所见，他差点就相信了。

也是好久没有见图轻檬了，韩以穆看起来更加笨拙了："我不在

的时候，你过得怎么样？"

"很好啊。"图轻檬笑着回应道。

听见这话，韩以穆比图轻檬还要开心："那就好。"

图轻檬一直都知道韩以穆对自己的心思，原本她怕伤害到韩以穆一直没有开口，可如今她喜欢上了别人，如果再给韩以穆不切实际的希望，那就对韩以穆太不公平了。

酝酿了一下，图轻檬开口道："以穆哥，你觉得祁言怎么样？"

在背后说别人坏话，不是韩以穆的性格，他很诚实道："长得很好看，人感觉也不错。"

"告诉你个秘密。"图轻檬扬起脖子，笑盈盈地望着韩以穆，在韩以穆低下头的时候，欢喜道，"以穆哥，我喜欢他。"

韩以穆愣了一下，好不容易缓过神，就看见图轻檬眯着眼笑起来的样子。

上一次韩以穆差点掉下泪，还是不得不出国和图轻檬告别的时候，他以为人生最痛的事也不过如此。

可是，他错了。

韩以穆用尽全力才压下涌到眼底的酸涩，嘴巴张合了几下，才发出声音："真的吗？"他深呼了一口气，又继续道，"那很好啊。"

知道韩以穆的心情不好受，图轻檬给云清远使了一个眼色，然后和韩以穆说了再见。

图轻檬离开后，韩以穆就维持着一个姿势，直到眼泪盛满眼眶，他问云清远："檬檬走了吗？"

"走了。"云清远轻拍了韩以穆的肩膀，以示安慰，"你也……"

韩以穆再也忍不住眼泪，直接抱住了云清远，委屈得像个一米九的宝宝："清远，我好难过。"

云清远将手放到韩以穆的后背上，轻轻拍了几下，声音也难得轻柔了起来："没事的，都会过去的，等哭完了你就长大了。"

韩以穆还是难受，抱着云清远不说话。

云清远也反省了一下自己，他是想过用韩以穆击退祁言，可实在没想到韩以穆千里迢迢来了之后，只领了一张好人卡。

"你会遇见更好的。"云清远已经到了自己的极限，"以穆哥……"

韩以穆突然止住了伤心，推开云清远，惊喜道："你叫我什么？"

云清远愣了愣，瞬间改了口："傻大个。"

"我听见你叫我以穆哥了。"韩以穆总算找到了一丝安慰，"这次总算没有白来。"

云清远已经理解不了韩以穆的脑回路了："什么？"

"虽然檬檬拒绝了我，但是我实现了另一个愿望。"

"啊？"

韩以穆的难过已经消失了一半："你叫我哥了。"

"非要我叫你才知道吗？"云清远突然有些心疼身为独生子女的韩以穆，别扭道，"你本来就比我大，没有一点身为哥哥的自觉吗？"

"以后会有的。"韩以穆借着身高优势摸了摸云清远的脑袋。

图轻檬生日的前一天，鹿韶三人将图轻檬支开了，将工作室重新布置了一番。

图轻檬也相当配合，早上被三人捂着眼睛站在工作室外时，还是有几分疑惑："一般不都是晚上才过的吗？"

"今年我们要送一个特别的礼物给你。"关长乐一脸神秘，捂着图轻檬的眼睛，丝毫不敢放松。

工作室的门被打开，时里牵着图轻檬的手，一步步朝着工作室的

中央走去。

"三，二，一。"鹿韶数着拍子，在数到一的时候，关长乐同时将覆在图轻檬眼睛上的手移开。

"图轻檬，欢迎来到十九岁的世界。"

屋子里飘浮着无数的气球，每一个气球上都坠下了一颗红色的心，正中央是玫瑰花瓣围成的一个心形，花瓣的四周闪烁着五彩的光芒。

"你们……"图轻檬难掩激动之情，"要向我告白吗？"

"不是啊。"鹿韶摇头，笑道，"送你一个男朋友。"

图轻檬瞪大眼睛，像是听错了一般："什么？"

"鲜花气球都给你安排好了，现在就差一个祁言了。"

图轻檬的惊讶依旧写在脸上："我……我去告白？"

"不要怕，有我们给你撑腰。"关长乐做了一个加油的手势。

"告白可不是男生的专利。"时里挑了下眉头，"敢不敢？"

看着图轻檬还有一丝犹豫，鹿韶又补充道："你也知道祁言小朋友的性格，他完全没有浪漫的细胞，到时候他可能草草地说一句话就把你拐跑了，还不如你主动一点，以后回忆起来才美好。"

图轻檬彻底被说服，朝着四周望了一遍："既然木已成舟，我也不好推辞。"

鹿韶点了一下图轻檬的脑门："瞧瞧你得了便宜还卖乖的样子。"

为了准备晚上的惊喜，图轻檬已经想了无数个拒绝祁言见面的理由了，可是不知怎么回事，祁言今天好像也有别的事情，一条消息也没有发来。

"祁言不会不知道你的生日吧？"时里有几分忐忑。

图轻檬思考了一下，摇摇头："我没告诉过他啊。"

"清远学弟会不会说？"鹿韶灵光一现，说完马上否认，"照清远学弟的性格，应该没什么可能。"

"安了安了。"关长乐倒是心很大，"不要乱猜了，到时候就知道了。"

八点的时候，祁言来电话了。

图轻檬顿时就慌了，看着三人手足无措道："我怎么说，我怎么说？"

为了防止图轻檬露馅，时里接过手机，递给一旁的鹿韶："你来，随便找个理由。"

鹿韶脑袋转得很快，接过手机的时候，已经想好了对策，便滑开了接通键。

"轻檬……"

祁言还没说完，鹿韶就匆忙打断，声音也已经换上了着急："祁言，图图崴到脚了，你有时间吗？"

关长乐和时里配合，在一旁演出："图图，先不要动……"

"很严重吗？"祁言问，"你们在哪里？"

"在你家里。"

祁言似乎已经开始在跑了："我马上到。"

几人出色完成任务，鹿韶将手机递给图轻檬的时候，还不忘邀功："怎么样？"

"厉害。"图轻檬看着脸不红心不跳的鹿韶，由衷地佩服，"学计算机真是埋没你的天赋了。"

挂断通话之后，四个人就趴在门上，听着外面的动静。

突然门外传来一阵凌乱的脚步声，鹿韶三人马上开始撤退。

图轻檬瞬间尿了，求救似的望着三人："你们干吗？"

"加油！"三人功成身退，将独处的空间留给了两人。

门外的敲门声已经响起来了。

刀已经架到脖子上了，图轻檬只能硬着头皮开了门。

祁言没想到看见的是站着的图轻檬，反应了一会儿，扶住图轻檬上下看着，大抵是方才跑着过来的，现在气息有些不平："你没事吧？"

下午的时候，四个人围在一张桌子上，讨论了一下所有的情节，甚至已经想了三四个方式。

可这一秒，图轻檬脑袋空白，就只听得见自己的心跳声。

看着图轻檬这副样子，祁言更加担心了，将手背抵到图轻檬的额头上："发热了吗？"

"没有。"图轻檬一把扯下祁言的手，握着他的手腕，朝着客厅里走。

看着眼前被布置好的一切，祁言完全傻了眼，望着图轻檬期待的目光，呆呆地问："你为什么要准备这些？"

为什么，要准备这些？

图轻檬的耳朵里不断循环着这几个字，眼前的祁言一瞬间模糊了起来，在眼泪夺眶而出的刹那，她选择了逃跑。

祁言刚说完就后悔了，看着图轻檬，下意识地追了上去。

"祁言同学。"鹿韶已经从房间里走出来，挡在祁言面前，面无表情地看着祁言，"你要干什么？"

时里和关长乐已经去追图轻檬了。

祁言看着挡在面前的鹿韶："我不是那个意思。"

"你什么意思已经不重要了。"鹿韶轻哼一声，知道祁言已经没有追上图轻檬的机会了，才转身，"如果以后没什么必要的话，还请你少出现在我们面前。"

祁言皱着眉头，还想说什么的时候，手机响了起来。

鹿韶扯了扯嘴角："不打扰你这个大忙人了。"

"砰！"

看着被关上的门，祁言揉了揉太阳穴，接通了电话。

"祁言，轻檬没事吧？"云清远焦急的声音从手机里传来。

祁言望着客厅里布置好的一切："没事。"

"那你什么时候带着小表嫂来？"手机已经回到了黎陌的手里，"这边已经准备妥当了。"

祁言没工夫应付黎陌，说完"今天就算了"，便挂断了通话。

此时，梧桐巷。

黎陌一手拿着一大串气球，望着被布置了一下午的场地，呆呆地望着云清远："什么叫今天就算了？"

"谁知道呢。"云清远幸灾乐祸，"既然男主角说算了，那肯定是不能继续了。"然后对着等待出演的人，兴高采烈道，"撤了撤了，没我们什么事了。"

早上七点，303 宿舍一片安静。

昨天图轻檬拉着舍友以"失恋"的名义哭诉到晚上十二点，直到筋疲力尽之后才入睡。

"嗡嗡嗡……"

鹿韶感觉到手机在腿边振动，闭着眼睛摸索半天才找到手机，眯着看了眼屏幕："祁言？"然后将手机递给对床的图轻檬，"图图，你的电话。"

昨天晚上祁言又打电话进来，为了防止图轻檬心软，鹿韶就替图轻檬保管了手机，祁言的电话来一个她挂一个。

"我的电话？"图轻檬嘟囔了一句，凭着记忆接通电话，瓮声瓮气道，"喂？"

"起床了吗？"祁言的声音格外温柔。

图轻檬迷糊之间，已经忘记昨天晚上发生的事情，笑得像朵花，整个人都缩进被窝里："还没。"

"我在宿舍楼下等你，能出来见我一面吗？"

图轻檬腾地从床上坐起来，慌忙下床："你等我一下，我马上下去。"

匆忙地换上衣服，没时间刷牙就漱了下口，五分钟之后，图轻檬站在楼道里，突然想起了昨晚的一幕。

"啊！"图轻檬轻捶了一下脑袋，一夜之间，她竟然忘记了祁言拒绝她的事。

可是，电话也接了，她也答应了下来，关键她衣服都穿好了。

管他呢，该心虚的是祁言，才不是她。

抱着这样的念头，图轻檬撇着嘴巴走出宿舍楼，抬眼就看见祁言拿着一个滑板，笑着朝她走来。

"叫我干吗？"图轻檬别扭道。

祁言揉了揉图轻檬的头发，然后将滑板递到她面前："昨天本来要送你的生日礼物，还有我准备向你告白的，结果没想到你也给我准备了惊喜。"

图轻檬努力解读着祁言的意思，如果她现在就欢快地抱着祁言，有点对不起昨天的眼泪："你不是不想教我学滑板？"

"我反悔了。"祁言说得理所当然。

图轻檬的笑容已经呼之欲出了，可还是控制着问："需要我交什么学费吗？"

祁言点头："嗯。"

看着图轻檬要吃人的眼神，祁言继续道："我教你学滑板，你教我谈恋爱。"

图轻檬终于止不住笑容，傲娇了一下，就往祁言怀里扑："听着好像很公平。"

自从两人确定了关系之后，图轻檬的生活就是"酸甜甜甜甜甜"，用时里的话来说，就是浑身散发着恋爱的酸臭味。

即使祁言成功上位，云清远对祁言还是不服，每次看见祁言就吹胡子瞪眼。

祁言倒是不在意，只要云清远对他不敬，就摆出一副长辈的态度，沉稳道："可以改口了。"

云清远恨不得上手，咬牙切齿道："最看不惯的就是你这种样子。"

祁言笑道："可我就喜欢你干不掉我的无奈。"

图轻檬已经习惯两人独特的相处模式了，看见两人吵成一团，也不在意，有时甚至和黎陌在旁边加油助威。

可生活总是这样，看你太如意的时候，就喜欢对你使点绊子，不然怎么让你知道"人间疾苦"。

图轻檬最近的烦心事就是一时冲动之下报的计算机二级考试。

抓耳挠腮半个月，图轻檬在宿舍每日说的最多的一句话就是"当时为什么没有人拦住我？"

转眼就到了考试的时间，图轻檬整装待发，从宿舍出去的时候，自带"风萧萧兮易水寒，壮士一去兮不复还"的背景音乐。

走到考场，图轻檬所有的情绪彻底崩盘，可怜巴巴地望着祁言："我要是挂了，你不会嫌弃我吧？"

"想什么呢？"祁言揉了揉图轻檬的脑袋，"你不会挂的。"

图轻檬一把拍开祁言的手："这个时候你不应该说不嫌弃的吗？"

晴空万里，人来人往。

祁言倾身一步，将嘴唇印在图轻檬的额头上，轻声道："吻过。"

铁树开花？

图轻檬抿着嘴唇转身跑掉了，不过刚走几步，便转身，望着原地不动的祁言，微微一仰头，骄傲道："等我赢给你看哦！"

祁言望着那道背影，任由巨大的欢愉蔓延至全身的每一个细胞。

我见过良辰美景，看过花好月圆，可这世间所有的美好，总结成一句话，不过你在身边罢了。

第十七章

你只能私藏，不能共享 /

万家灯火通明，电视机里欢声笑语，除夕夜拉开序幕。

晚饭之后，图轻檬和云清远照例陪着父母看春晚，可是在自家老爸三番五次的眼神暗示他们是电灯泡之后，他们两个终于无奈回了自己的房间。

图轻檬近些天加了凌涵的微信，想起黎陌的嘱托，便给凌涵发了一条："凌阿姨，除夕快乐。"

"图图也是，除夕快乐。"凌涵的消息很快地传来，然后小心翼翼地问了一句："可以视频电话吗？"

图轻檬马上给凌涵拨了过去。

凌涵接起视频电话，手机里还隐隐约约有些春晚的声音，不过凌涵很快换了个安静的地方。

"凌阿姨，好久不见呀。"图轻檬朝着视频里摆摆手，笑容晏晏道，"最近还好吧？"

听着图轻檬关切的语气，凌涵差点落下泪来，她也为人母亲二十年，只是祁言从未主动关心过她。

"挺好的。"

两人又聊了些不痛不痒的话题，图轻檬在心里想着怎么转移到祁言的身上时，凌涵主动提起了祁言的事。

"听陌陌说，你和祁言已经确定恋爱关系了？"凌涵难得支持祁言的决定。

　　图轻檬抿了下嘴唇，害羞地点了下头："嗯。"

　　"也不知道我家那小子几时修来的福气，能够遇见你这么好的姑娘。"凌涵很少这么为祁言感到高兴，很快又收敛了几分笑意，"祁言这个孩子脾气不太好，如果你受了什么委屈，一定要告诉阿姨，知道吗？"

　　图轻檬摇头："阿姨，祁言不是脾气不好，只是不善于表达，他很好的，我都觉得自己配不上他。"

　　"檬檬，我对祁言这孩子还是很了解的。"凌涵没相信图轻檬的说辞，眼神暗淡了几分，"也怪阿姨不太细心，他小时候我一门心思扑到工作上，等到我意识到的时候，祁言已经变成如今的臭脾气了，说起来，他也是随我。"

　　听着凌涵的声音，图轻檬也感到几分酸涩，想起刚遇见祁言时他那冷清的样子，只觉得心疼。她只得安慰凌涵道："萝卜青菜各有所爱，说起来，我就觉得祁言的性格很好。"

　　"那就好，那就好。"凌涵终于松了一口气，又像是回忆起什么事情般，视线恍惚了起来，"其实祁言小时候很听话，是阿姨不懂事，总是将祁言当成同事对待，时常批评他，忘记了他是个孩子。"

　　图轻檬不知安慰些什么，静静地听着凌涵继续说。

　　"檬檬，你说阿姨是不是错了？"凌涵刚问完，又自嘲地笑了一声，"其实阿姨也知道自己错了，但总是不知道该怎么道歉，明明已经告诉自己对祁言要有耐心，可是有时候还是忍不住冲他发火。"

　　图轻檬很想抱抱凌涵，可眼下的情况不允许，她只好放轻声音道："阿姨，祁言也和您一样，从来没有怪过您，只是不太擅长表达爱。"

凌涵匆匆擦掉眼角的泪，连连点头，又觉得这样的场合不太对，只好换了话题："今天是除夕，我们还是说点高兴的事吧。"

"我想听祁言小时候的黑历史。"

"好，祁言小时候可是天不怕地不怕，唯独怕女孩子，每次一有女孩靠近他，脸就瞬间拉长……"

大概是想去学校见想见的人，这个寒假对于图轻檬来说格外漫长。

等到终于见到祁言的时候，图轻檬没开心几秒，就被关长乐喊去直播。

粉丝们都频频要求图轻檬直播，四人也是找了好多借口才将呼声压了下去。

看着随图轻檬一起来的祁言，鹿韶调侃了句："也不知道我们什么时候能带家属？"

祁言将图轻檬的背包放在一旁，整个人都要贴在图轻檬的身上，还回应了一句："要我介绍给你吗？"

"别。"鹿韶一个机灵，根本没想到能得到祁言的回答，连连摇头，"高攀不起。"

图轻檬拿着准备好的服装，朝着里屋走去，可是走到门口才发现异常。

看着图轻檬突然停下来的步伐，祁言垂眸，不解道："不走了吗？"

"我要去换衣服。"图轻檬忍着脸红解释道。

谁知祁言并没有"非礼勿视"的自觉，歪着脑袋："我知道啊。"

"你不能跟着我了，去一边待着。"

"不要。"祁言已经忽略了三双吃瓜的视线，理直气壮道，"我可以帮你换。"

血液直接涌上脑袋，图轻檬将祁言推出一米远，将门反锁。

看着图轻檬可爱的反应，祁言还在加大火力："快点，不要让我等太久。"

"旁边还有人呢，你注意点。"

经图轻檬一提醒，祁言一转身就看见集体吃瓜的三人，有些不好意思地咳一声。

"有点厉害哦。"鹿韶朝着祁言竖起大拇指。

她们三个还以为祁言走的是那种贵公子的路子，没想到是个扮猪吃老虎的行家。

看来，图轻檬这下是栽在祁言手里了。

整理好图轻檬的妆发，已经是半个小时之后了。

在此期间，祁言搬了个板凳坐在图轻檬的对面，几乎是不动一动地看着图轻檬。

图轻檬没有心情理他，直接闭上眼睛，可怜的是鹿韶和时里，要忍着祁大公子如狼似虎的视线，可谓是身心疲惫。

等图轻檬起身的时候，祁言马上走到图轻檬的身边："渴不渴？饿不饿？要不要喝点果汁？"

鹿韶三人一对视，达成"撤退"的共识。

"图图，直播你应该没问题。"鹿韶第一个拿起背包，"我先撤了。"

图轻檬慌了："我一个人？"

"不是一个人。"时里紧跟在鹿韶的身后。

关长乐做着最后的补充："不是还有祁言小朋友吗？"

祁言挑了挑眉："祁言小朋友……"

回应他的是门关上的声音。

"解释一下吧。"祁言意味深长地看了图轻檬一眼。

图轻檬梗着脖子："谁叫的你问谁，凭什么问我？"

"谁让你是我的女朋友呢？"祁言眼神带笑。

图轻檬和祁言谈恋爱之前，以为祁言是冷酷的杀手，没想到这一切都是假象。

图轻檬很快就招架不住了，朝着电脑桌旁边靠近："我要准备直播了。"

"青檬，好久不见，这段时间过得好吗？"

"假期怎么会不好呢？"

"青檬，我学会了你上次的舞蹈，过年的时候被拉去表演，可威风了。"

"想看你上传新的视频。"

"我在家看你的视频，我妈以为我和女朋友聊天呢，非要见你，你什么时候有时间，我给安排上？"

"这个真的安排不了。"

……

图轻檬说话的时候只觉得一阵寒风从背后吹来，她已经尽力地规避敏感的话题了，可是粉丝们都对她的婚姻大事比较感兴趣。

"我想知道过年的时候，青檬有没有被催婚？"

"没有。"图轻檬回答得干净利落。

"冒昧问一句，青檬现在还单身吗？"

图轻檬只感觉头皮发麻，嘴角都僵硬了："这可太冒昧了。"

……

祁言就在旁边，看着图轻檬戴着口罩，努力地抹掉自己的痕迹。

虽然他也知道图轻檬作为直播界的顶流，肯定有很多人喜欢她，

而且这些人一半以上都是男生，可知道是一回事，亲眼看到又是另一回事。

直播长达一个小时，眼看着快要结束，祁言有些心疼图轻檬的嗓子，去冰箱拿了一瓶纯净水，眼巴巴地坐在小板凳上等图轻檬结束。

"青檬，我特别特别喜欢你，不只是我，还有我妈妈爸爸姥姥姥爷，我们全家都很喜欢你。"

已经算是最后一个问题了，图轻檬也是有些飘飘然了，随口来了句："比心。"

这本来就是一个正常的回应，不带有任何暧昧的意思。

可祁言被冷落了一个小时之后，委屈达到了巅峰，看着屏幕上花花绿绿的弹幕，直接带着自己的胳膊出了镜："喝点水。"

图轻檬没有意识到不妥，只是想着等结束了再喝，便推了一下祁言，漂亮的眼睛眯成一条缝："等下。"

弹幕炸了。

"谁？是谁？"

"那么大的手，是男生的吗？"

"青檬有男朋友了？"

"我失恋了吗？"

……

图轻檬已经慌了，幸好约定的直播时间已经到了，她说了句"下次见"便下了线。

还不等图轻檬发脾气，祁言已经摆好了忐忑的小表情，小心翼翼道："我犯错了吗？"

自从和凌涵聊过天之后，图轻檬就知道祁言的童年过得很糟糕，他曾经备受冷落，最缺乏的就是安全感。

看着祁言这副样子，图轻檬天大的火气也消散了，反而觉得自己吓到祁言，放缓声音道："没关系的，而且我确实恋爱了，瞒着大家也不好。"

祁言心里乐开了花，脸上还装着委屈："会影响到你吗？"

"当然不会。"图轻檬摇头，靠近祁言几分，"我又不是'爱豆'，我可是实力派。"

祁言刚回到宿舍，迎面而来的就是两双审视他的眼睛。

王杨看着祁言这件刚出现在直播间的衣服，试探道："你是青檬的神秘男友？"

接着一声"惊天地泣鬼神"的狼嚎直接轰炸他的耳膜："言哥，告诉我你和我女神什么关系？"

在贾汀冲向祁言的一瞬间，为了贾汀的生命安全考虑，王杨直接抱住了正处于暴走状态的贾汀。

祁言早已经预想到了贾汀这副样子，也没多做解释，坐到板凳上："等你什么时候冷静了，再来和我说话。"

十分钟之后，贾汀的火气才散了些，被王杨按在板凳上，咬牙切齿地问出第一个问题："你为什么不告诉我？"

"告诉过。"祁言一脸无辜道。

"屁。"贾汀试图站起来去挠祁言的脸，只不过被王杨按了回去，"你告诉过我，我会不记得？"

"我怎么知道。"祁言丝毫没有心虚的表情，"而且我不但告诉你了，我还给你道歉了。"

能让祁言主动低头认错的机会几乎是没有的，贾汀勉强回忆了以前的一些事，想起了那次祁言公布喜欢图轻檬，向王杨道歉的事件。

是，祁言是给他说了对不起，但是谁能联想到这一层啊！

贾汀坐在祁言的对面，控诉着祁言的行为："你真是太让我失望了……"

祁言终究是有点愧疚，也任由着贾汀发泄，坐在他面前等待着贾汀怒火消散。

而与此同时，某个自称不是"爱豆"，不怕曝光恋情的实力派，站在三个人的面前，诚恳地接受着批评。

"我们就不在三个小时。"鹿韶恨铁不成钢地伸出三根指头，"就三个小时啊。"

关长乐捏着眉头："你就荣登随播热搜的第一。"

"现在讨论度已经破一亿了。"时里这才抬起头，推了一把眼镜，"你知道有多少人等着扒出你的身份吗？"

图轻檬以一己之力抗下了所有责任，低着头："对不起，我错了。"

鹿韶哀叹一句："那现在怎么办呢？"

我要是知道也不用在这里认错了。图轻檬在心里吐槽了一句，然后尿尿道："对不起，我错了。"

看着图轻檬这一问三不知的样子，时里也是爱莫能助："那只能等热度下去了，在热度退下之前，你把账号都退了，免得再失误。"

"对不起……"图轻檬惯性认错，好一会儿脑子才追上嘴巴，改口道，"保证完成任务。"

等到图轻檬和祁言平息完所有人的怒火之后，晚饭已经变成了夜宵。

月黑风高，图轻檬也不怕被人看见，抱着祁言的胳膊，哀号着："饿死了。"

"想吃什么？"祁言也不阻止。

"我想吃烤串，想吃小龙虾，想吃大盘鸡，想吃尾巴烤鱼，想吃火锅！"图轻檬已经接近崩溃。

"好。"祁言摸了摸图轻檬的头，"只要你吃得完，我们就都吃一遍。"

到了校门口，祁言才问图轻檬："我们要先吃什么？"

"大盘鸡。"图轻檬指了指距离最近的店铺，拉着祁言的胳膊小跑起来，"快点，我要饿死了。"

图轻檬已经饿到眼冒金星，再也顾不得注意什么形象了，屏蔽了祁言炽热的目光，闷声吃鸡。

祁言吃得很快，在图轻檬还在大快朵颐的时候，已经放下了碗筷，然后托着下巴欣赏着图轻檬的吃相。

半个小时之后。

图轻檬摸着圆滚的肚子，才有种回到人间的真实感，这才注意到祁言看过来的目光，为自己找了个借口："美食不可辜负。"

"走吧。"祁言将手自然地递到图轻檬的面前。

图轻檬害羞了一秒钟，然后喜滋滋地将小手放在祁言的手掌里。

两人刚出餐厅，一通电话就打进了祁言的手机里。

"我接个电话。"祁言给图轻檬说了一声，但仍然没有放开图轻檬的手。

"祁言，你为什么要抢走我的女神！我贾汀哪里对你不好了！你竟然这样伤害我！你伤害了我，还一笑而过……"

祁言皱着眉头，望着像是开了免提的手机。

"言哥，有时间吗？贾汀他喝醉了，我有点控制不了他。"

"你在哪儿？"祁言头疼道，说了句，"你等会儿，我马上来。"

"我舍友喝醉了，我要过去看看。"祁言将手机放进口袋里，看

着图轻檬，询问道，"不然，你先回去？"

图轻檬也听到了刚刚的声音，知道和自己有点关系，然后捏了捏祁言的掌心，甜甜道："我也去吧。"

"好。"

祁言和图轻檬刚到餐厅门口，就隔着玻璃门看见了贾汀。

人满为患的餐厅里，只有贾汀那一桌前后左右都没什么人，老板就站在贾汀的身边，唯恐贾汀一个失魂就砸到了其他"上帝"。

"不好意思，麻烦了。"祁言对老板道了声歉。

老板连连摆手："没关系，没关系，既然来了，就赶紧把他带出去吧。"

祁言还询问了一下图轻檬的意见："我先放开你了。"

这话说的，怪让人不好意思呢。

图轻檬觉得没脸回答，直接抽出了手："你快帮忙吧。"

祁言和王杨一起将贾汀半拖着抬出餐厅，注意力还在图轻檬的身上，提醒道："小心点。"

"嗯。"图轻檬点头道。

好不容易离图轻檬这么近，王杨趁着祁言不注意，偷偷瞟了图轻檬一眼，只觉得自己的眼光真的太好了。

一缕风从远方吹来，将贾汀的脑子吹清醒了几分，他一晃神，就看见了面前的图轻檬，嘴巴快要咧到后脑勺了："女神！"

图轻檬被贾汀的反应吓了一跳，下意识地后退了半步。

看着贾汀不受控制的样子，祁言又用了几分力气，将贾汀记入不可靠近图轻檬的头号人物。

"青檬，没想到你竟然真的叫轻檬。"贾汀醉醺醺的，但是讲话还是有逻辑的，"没想到王杨的品位这么高，竟然能有幸和我喜欢一样的人。"

王杨翻了个白眼，这酒鬼真的是哪壶不开提哪壶。

"王杨以前房子塌了的时候，我还笑话他，没想到啊，报应终究来了。

"不过也好，你和言哥在一起，我还能偶尔见一见你，要是和别人在一起，我好像更惨。

"这样一说，我好像还应该感谢言哥？

"是哪里出了问题，我怎么会感谢他？

"管他呢，反正我已经见到你了，我能抱抱你吗？"

祁言只想把贾汀的嘴缝上，为了避免贾汀扑上去，他只好对图轻檬说："不然你先回去吧。"

"嗯，好。"图轻檬实在是被贾汀吓到了，留下一句"你们小心点"就跑了。

"不要跑，青檬，我是不会害你的！

"我是你的铁粉啊，你不知道我吗？

"青檬，我告诉你，祁言可不是什么好人，平时他在宿舍就喜欢欺负我，你要是和他在一起会很辛苦的。

"不如你考虑考虑我，我会洗衣做饭，也会拖地刷碗，比祁言的性价比高很多，入股不亏啊！"

……

祁言恨不得给贾汀一榔头，告诉他什么叫"正牌男友"的火力。

王杨已经意识到祁言外放的冷气了，在一旁平息着战火："言哥，不要和酒鬼一般见识。"

所幸贾汀闹腾完后，再也没有控诉过祁言了。

祁言这才觉得平和了几分。

全国滑板大赛已经截止报名，祁言点开官网微博，想看一下有多少认识的人，却在海报的开端看见了"小霸王"的名号。

此时，黎陌也发来了消息："表哥，我给你选的照片帅不帅？"

照片里的背景一片漆黑，只有祁言头上有路灯的光亮。

滑板大赛的其他选手的配图都是一张两寸的证件照，只有祁言的照片如此生活化，不过"小霸王"能够报名，主办方已经是感谢天感谢地了，就算是张风景图，他们也不会介意的。

祁言没有见过这张照片，如果见过早勒令黎陌删除了，对黎陌的擅自主张有些不满："你报的名？"

"嗯嗯，不用感谢我。"

瞧着黎陌这厚脸皮的样子，祁言轻哼一声："你报的名，你去参加。"

屏幕对面的黎陌捂着小心脏："表哥你这是说的什么话？就我那一瓶子不满半瓶子咣当的技术，出去岂不是败坏你的名声。"

"我不怕。"祁言又补了一句，"自己的烂摊子自己收拾。"

"表哥，听说你会参加比赛，很多滑板选手都开心坏了，总不能让他们白期待啊。"

"不用担心舅妈那边，你喜欢就去做好了。"

看着黎陌发来的信息，祁言眼神终究暗淡了几分，将黎陌设置成免打扰之后，切换到了微博页面。

官宣选手的微博转发评论已经十万加了，这是有史以来，关注度最广的一条微博。

祁言也不知从哪里多出来的好奇心，犹豫了一下点开了微博。

"有生之年，我要见到活着的小霸王了！"

"别人的青春是漂亮的姑娘，而我的青春是小霸王无疑了！"

"青檬粉丝打卡观光团。"

"想知道李大壮是不是小霸王的给我点赞！"

……

即使淡漠如祁言，隔着屏幕看着那些未曾谋面的人因他的存在而兴奋，笑容也深了些。

少年时期，谁不曾想为梦想发光，为热爱发声，可并不是所有人的梦想都有被人承认的幸运。

这么多年，既然凌涵做不出让步的话，那就只能由他做出改变了。

这时，图轻檬的信息插了进来："我看见了那条微博，才知道原来你有那么多粉丝。"

祁言的脸色缓和不少，即使他一辈子都不曾参加过比赛，人生好像也不算浪费。

十几年的坚持换来一身本领，即使不曾有荣光照耀，只是滑给图轻檬看的话，换她一句"很酷"也是值得的。

临近比赛的前两天，本来已经放弃比赛的祁言，接到了凌涵的电话。

宿舍太吵闹了，祁言独自去了阳台："喂。"

"在宿舍呀？"凌涵的声音比平时温柔了很多。

祁言应声道："嗯。"

"听檬檬说你最近话很多，我看呀，就是她在哄我。"凌涵虽然嘴上说着不满，但声音还是如方才般柔和，"你还是之前的臭脾气。"

祁言微微惊讶了一番："你和她联系过？"

"要不是檬檬经常和我说话，我怎么会知道你要参加比赛？"凌涵的声音陡然严肃了起来，"你还是这个样子，什么事情都自己作主，

从不和我商量。"

祁言垂了下眉，抿了抿嘴唇，却还是出声："对不起。"

"为什么说对不起？"凌涵的声音只说了一半，明显地哽咽了一下，顿了一下才继续道，"一直以来该说对不起的人是我才对……"

祁言从没有见凌涵哭过，只听见这样的声音，已经担心极了："妈……"

"言言，对不起啊，妈妈从小就不与你亲近，总是一厢情愿地把自己的想法强加在你身上，总是自作主张从没听取过你的意见……"

祁言攥着手机的力度又加了几分。

"你从小自强自立，八岁就自己解决三餐，十岁开始洗衣做饭，所有人都说你是个好孩子，我明明也知道，可是从来不知道该怎么告诉你……"

漆黑的夜空中，总是有闪烁的星星，祁言抬起头，看着最亮的那颗星在视线里一点点模糊了起来。

凌涵将所有的心里话说完之后，情绪也慢慢恢复："言言，去做你喜欢的事吧，妈妈都会支持你。"

祁言沉默了一会儿，道："您不担心我受伤了？"

"不担心。"凌涵似乎笑了，"有檬檬在，你应该不舍得受伤。"

祁言没有说话，手撑在阳台上，继续听着凌涵叮嘱他的注意事项，不过这些事项全都是以如何照顾好图轻檬展开的。

他和凌涵对峙那么久，用沉默反击过，用叛逆反击过，用疏远反击过，所有的手段都收效甚微。

早知今日，他还需要努力什么，如果能够早点遇见图轻檬的话，一切问题都迎刃而解了。

全国滑板大赛上，祁言穿着一身大红色的运动服，脚踩着一双黑色的鞋子，压了压头顶上带有"赢给你看"的黑色帽子。

在众人的呼声中，祁言终于开启预定"冠军"模式。

不仅观众席上发出惊呼声，连评委席的评委都张着嘴巴，觉得坐在这个位置真的是受之有愧。

不少观众是冲着"小霸王"的名号来的，看着这番操作，顾不得"啊啊啊啊"，直接拿起相机，追随着祁言的身影。

"小霸王"的照片在上传网上半个小时后，开始猛烈发酵。

"万有引力不起作用了？"

"这是神仙操作吗？"

"十分钟，我要知道他所有的资料！"

……

网友的眼睛是雪亮的，从照片中不仅看到了祁言，还看到了观众席里全副武装的图轻檬。

"观众席第五排最中间的位置，那个女生和小霸王穿的是情侣装？"

"她戴着口罩，还有那顶写着'我看着呢'的帽子！"

"是 CP 的味道吗？"

"十分钟，我要知道她的所有资料！"

……

这段充满神秘色彩的恋情，引得无数人去扒图轻檬的身份，总有天赋异禀的吃瓜群众，想起一年前青檬的粉丝福利事件，化身柯南将所有的线索联系在了一起。

于是，青檬前段时间直播时出现一只男生的手的事故，再次成为热搜，粉丝更是纷纷跑来当事人这里求证。

没想到当事人出来回应了。

当天晚上，青檬在微博上发布了一个滑板的照片，所配文案是"爱屋及乌"。

图轻檬坐在沙发上，直到刷不出什么关键词，才将手机放置在一旁，略带生气地看了祁言一眼："你看，又有很多人喜欢你了。"

祁言将图轻檬的脑袋按在怀里："可是怎么办，我只喜欢你一个。"

"能怎么办？"图轻檬露出八个牙齿的笑容，"我就委屈委屈好了。"

两人公布恋爱关系之后，青檬的视频里多了个男主的存在。

和图轻檬一样，祁言仍是戴帽子戴口罩，有时充当守护公主的骑士，有时扮演青檬一见钟情的对象，有时肩负男朋友的甜蜜负担。

自从祁言加入拍摄视频之后，视频拍摄的创意就更加不受限制，无数的经典片段竞相成为模仿的潮流。

对于祁言来说，他最大的变化就是爱笑了。

周日早上，梧桐巷里已经有了两抹身影。

"怎么都没有人？"图轻檬有些好奇今日的冷清。

祁言用钥匙将门打开，解释道："周日这里一向九点才开门，现在还不到七点。"

"我们来这么早干吗？"图轻檬伸了个懒腰，如果不是祁言让她早点起，这个点她估计还在睡觉。

因为周围没有什么人，祁言也只戴了一顶帽子，将图轻檬的滑板带了来，放在地上，才道："我怕人多，你放不开。"

图轻檬撇了撇嘴巴，她当时不过是一时冲动才想学滑板。在充分认识到自己的"天赋"之后，她早就心生了退缩之意，偏偏祁言越教越来劲。

看着图轻檬一动不动的样子，祁言将滑板移动到图轻檬的脚下，下巴一抬："站上去。"

图轻檬一脸不情愿，可又怕祁言拿以前的话压她，只好站上去。

离开地面之后，图轻檬的平衡感彻底消失，双手紧紧地抓着祁言的胳膊，因为脚踩着滑板的缘故，她和祁言的身高差猛然间缩短。

看着图轻檬离不开自己的样子，祁言的嘴角已经不自觉地上扬。

图轻檬像是被祁言的笑容蛊惑了，呆呆地望着祁言，痴痴道："你笑起来真好看。"

好看？听着这个词，祁言的笑容下意识地收敛了几分。

下一秒，祁言的嘴角被图轻檬拉扯出弧度。祁言看着图轻檬，无奈道："别闹。"

谁知图轻檬的手又加了把劲，直接扯出一个更大的弧度，肆无忌惮道："就闹。"

图轻檬没有嘚瑟几秒，手就不自觉地放开了，感受到唇上那抹温热，本来抓着祁言胳膊的手瞬间用力。

"你们……"

听见这个声音，祁言才放开图轻檬，不善地看着来人。

黎陌一时之间失了声，作为第二个拥有钥匙的人，他本来只是和云清远一言不合，要来切磋切磋技术，没想到会遇见这样的大场面。

云清远恨不得冲上去将祁言推开，只是黎陌死死地拽着他的一个胳膊。

"打扰了。"黎陌笑得很是勉强，在看见祁言想要杀人的眼神后，将胳膊搭在云清远的肩膀上，然后硬生生地将云清远转了个身。

闲杂人等已经离开，看着图轻檬通红的脸，祁言询问道："可以继续了吗？"

　　"你是不是流……唔……"

　　立夏的第一缕清风，悬在头顶的那朵白云，梧桐树上的每一片叶子，见过你的每一个事物，它们都知道我很喜欢你。

　　不过，我更在意的是让你知道。

　　图轻檬，我很喜欢你。